ET LA VIE
NOUS EMPORTERA

DAVID TREUER

ET LA VIE NOUS EMPORTERA

roman

Traduit de l'américain
par Michel Lederer

TERRES D'AMÉRIQUE

ALBIN MICHEL

« Terres d'Amérique »
Collection dirigée par Francis Geffard

Édition originale américaine parue sous le titre :
PRUDENCE
chez Riverhead Books, Penguin Group (USA) LLC, New York

Prologue

Le village – 3 août 1952

Tout le monde se rappelle ce jour d'août 1952 où le Juif est arrivé sur la réserve.

Des années plus tard, les gens s'interrogeront parfois, en passant, sur son étrange présence et son départ, le lendemain matin, par le premier train pour Minneapolis. Mais ce jour-là, qui était encore un jour comme les autres, chaud et humide, marqué par les pizzicati des fils électriques agités par le vent et les stridulations des sauterelles au milieu du sable et de l'herbe rare, on oublia le Juif. Il descendit du train, entra dans les pensées des habitants avant de sortir de la gare et de leur esprit tout aussi vite, car une heure ou deux après que le train s'était arrêté dans un grincement, l'une des filles de l'hôtel découvrit le corps de Prudence dans la chambre au-dessus du Wigwam Bar. Et voilà. Son jeune corps tendu, tordu, semblait figé dans la chaleur d'août. Tout comme son bébé dans sa cathédrale de sang, un bébé que personne, pas même Prudence, n'avait vu vivant. Et voilà.

Peu après, le shérif arriva. Suivi du coroner. Puis de

Félix et de Billy, l'un après l'autre. Et bientôt, le village entier, Indiens, Blancs et entre les deux, se trouva rassemblé devant l'hôtel, en face de la quincaillerie, de l'épicerie et sur le quai de la gare ainsi qu'à l'intérieur du Wigwam Bar. Comme le village se réduisait à ces quelques petits magasins et à la centaine d'Indiens et de bûcherons dont les maisons étaient regroupées autour de la voie ferrée, la foule n'était guère imposante.

Et, comme face à tout drame, elle restait silencieuse. Le passage de la civière qu'on avait descendue par l'étroit escalier et sur laquelle reposait le cadavre recouvert d'un drap blanc, l'air d'un gros baluchon, suscita peu d'émoi. On avait l'impression que Prudence recevait ainsi le viatique. Personne ne s'insurgea contre sa mort, alors qu'elle n'avait que vingt-six ans, qu'elle était enceinte et célibataire. Ce n'était pas dans les habitudes de l'endroit. Ni dans celles du nord du Minnesota. De plus, on était en 1952 et il y avait la guerre en Corée. Le monde était bien trop vaste pour se préoccuper de la mort d'une jeune Indienne. En vérité, personne ne s'inquiétait de savoir ce qui s'était passé ou pourquoi, de même que les gens n'aiment pas être confrontés à ce qu'ils préfèrent ignorer à leur propre sujet. De toute façon, il régnait une telle chaleur qu'on pouvait difficilement faire autre chose que rester assis en secouant la tête avec tristesse. Oui, il valait mieux ne pas penser du tout à Prudence.

PREMIÈRE PARTIE

Les Pins – août 1942

1

Emma Washburn surveillait les petites silhouettes de l'autre côté de l'embouchure du fleuve. Il n'y avait pas de changement, du moins aucun qu'elle remarquât depuis la pièce qui, aux Pins, servait à la fois de salle à manger et de salon. Elle se tenait là, mains sur les hanches, et au bout d'un moment elle croisa les bras sur sa poitrine avant de reprendre sa position initiale, comme si cela pouvait nuire aux recherches menées pour retrouver le prisonnier évadé. Non, pas de changement. Sur la berge opposée, les hommes continuaient à tourner en rond dans la cour du camp de prisonniers délimitée par les angles droits des baraques aux murs de bois brut. Le camp avait été construit à la va-vite. Là où il n'y avait rien en août, s'élevait maintenant un grillage entourant quatre baraques, un réfectoire, trois postes de garde et un magasin.

En 1923, quand ils avaient acheté les Pins, la rive opposée n'était qu'un champ d'herbe bordé de beaux arbres donnant de l'ombre. Les Indiens de la réserve venaient de temps en temps y camper. Ils étaient inoffensifs. Rien de commun avec ceux qu'on voyait dans les films. À l'époque,

Emma les entendait chanter et, à la fin de l'été, elle distinguait la lueur des petits feux qu'ils allumaient. Il en était allé ainsi jusqu'à ce que les prisonniers allemands commencent à arriver en février 1942. Au début, ils dormaient sous des tentes, remplacées ensuite par les baraquements. Une horreur.

Dans la chaleur qui grimpait et le vent qui forcissait, Emma percevait les aboiements des chiens ainsi que les cris et les sifflets des policiers et des volontaires qui venaient de former une nouvelle patrouille. Pourquoi avait-il fallu qu'ils construisent le camp si près qu'on pouvait le voir depuis leurs fenêtres ? Et pourquoi cet homme avait-il choisi de s'évader précisément cette semaine, alors que Frankie rentrait à la maison ? Pour cet Allemand, la guerre était terminée. Il y avait pire que ces baraques, et rendez-vous compte, ils étaient même payés pour leur travail. Dans leur pays, les prisonniers américains ne seraient certainement pas aussi bien traités. Emma chassa cette pensée.

Elle ne parvenait pas à s'arracher de la fenêtre en dépit des nombreuses tâches qui l'attendaient – s'assurer que les filles chauffent assez l'eau pour laver correctement les draps, veiller à ce que Félix rentre le bois pour le fourneau de la cuisine avant d'aller nettoyer la plage (l'odeur était de plus en plus nauséabonde), compter les citrons et les oranges, peser la farine, le bicarbonate de soude et le sucre, car il ne conviendrait pas d'être à court et obligé d'envoyer quelqu'un en acheter en ville avec tous ces invités et ces millions de choses à faire afin que tout se déroule pour le mieux, et puis laver les carreaux à l'intérieur et à l'extérieur pour que personne, et en particulier

Frankie, ne voie en se réveillant des toiles d'araignée et des éphémères au lieu des arbres (pour ceux qui couchaient sur l'arrière) ou du lac (Frankie aurait une chambre avec vue, naturellement), et aussi, en pleine chaleur, amidonner elle-même serviettes de table et nappes, parce que les filles, étant indiennes, ne savaient pas amidonner le linge comme il fallait, ah, et sans oublier les appâts dans la mesure où le Chris-Craft sortirait au moins deux fois par jour, à condition que le shérif le ramène, mais les recherches ne devraient plus durer très longtemps. Sinon, la fête risquerait d'être gâchée. Malgré les soucis que lui donnait l'arrivée de Frankie par le train, et tout ce qui lui restait à faire d'ici là, à elle sur qui reposait la bonne marche de l'entreprise bouillonnante qu'étaient les Pins, malgré la patrouille qui s'organisait comme une fourmilière qu'on vient de piétiner, Emma avait le sentiment d'être un roi, oui, oui, un roi et non une reine. Un roi qui, du haut de son château, regarde le siège qui, s'il plaît à Dieu, sera bientôt levé afin qu'ils puissent respirer librement et, surtout, accueillir comme il se doit le prince de retour de Princeton avant qu'il ne parte vers le sud pour Montgomery suivre une formation d'élève officier de l'armée de l'air.

« Tu pourrais te joindre au moins une fois à eux, Jonathan », dit Emma sans se retourner. Le froissement du papier journal cessa. Jonathan avait l'oreille fine. « Ce ne serait pas la mort. Tout le monde participe.

– Si, ma chère, ce serait la mort. Tu sais la chaleur qu'il fait ? Et la forêt en août ? Une véritable jungle. Laisse les gens du pays s'en occuper. Et les Indiens. Qu'ils s'en chargent. C'est ce qu'ils savent faire. »

Bien sûr, même après avoir acheté les Pins en 1923 tandis que tout le monde vendait ou cherchait à vendre, après avoir continué à y recevoir des clients, embauché des Finlandais pour couper le bois et construire de nouveaux bungalows, engagé des Indiennes pendant la saison pour faire le ménage et la lessive, et même laissé le vieux Félix y habiter toute l'année en tant que gardien, ils ne jouissaient pas d'un grand crédit auprès des « gens du pays », comme les appelait son mari. Les Washburn ne seraient jamais considérés comme des gens du pays. Aux yeux de ceux qui étaient là avant eux, ils ne seraient jamais des gens du Nord. Pourtant, c'était leur propriété, et ils y résidaient, l'empêchaient de tomber en ruine. Avec un peu de l'esprit d'initiative de Chicago et beaucoup de détermination, aimait-elle à dire, rien n'était impossible pour un Washburn. Néanmoins, c'était elle qui effectuait tout le travail, elle qui venait chaque année en train après le dégel ouvrir les Pins. Tous les printemps, elle quittait Chicago au cours de la première semaine de mai, prenait le Hiawatha pour Saint Paul, puis le B&N pour Duluth où elle changeait de nouveau pour Bena, le village habité par des Indiens, des métis et des bûcherons, situé au milieu de la réserve. Félix l'attendait à la gare, debout à côté du Chevy Confederate dont le plateau était chargé de provisions, et qu'il conduisait jusqu'à l'embouchure du fleuve où était amarré le Chris-Craft, ballotté par les petites vagues le long du ponton qu'il avait construit, soutenu par une armature en bois d'épinette et lesté par des pierres en provenance du lit de la rivière, un ponton qui penchait, bien entendu, car malmené par les glaces, mais que Félix réparerait en temps voulu. Il garait le pick-up, démarrait le moteur du bateau et conduisait Emma sur l'autre berge. Quelle sensation ! Chaque fois que la propriété lui apparaissait, son cœur s'accélérait, et malgré l'habitude, son plaisir demeurait toujours aussi intense. Comme l'amour (mais pourquoi songeait-elle à l'amour ?). Tout l'hiver, elle rêvait de cet instant où elle apercevrait le bâtiment principal de bardeaux blancs avec sa cheminée de pierre qui se dressait sur le toit au-dessus de la grande pièce et du « hall », et les bungalows blottis autour comme des enfants derrière leur jolie maman. La pensée que c'était à elle l'emplissait de fierté. C'était autrefois un endroit prestigieux et elle ferait en sorte qu'il le redevienne – un endroit où la famille, les amis et, un jour, ses petits-enfants pourraient se réunir. Naturellement, c'était à Jonathan et elle, à tous les deux, mais c'était elle qui avait eu l'idée de l'acheter, d'y vivre et de lui rendre sa vocation initiale. Encore que ce ne fût pas vraiment un hôtel. Les visiteurs se bornaient aux amis et aux membres de la famille. C'était très bien ainsi – d'avoir un endroit à eux, et au fil des ans, son rêve d'en faire un véritable établissement de vacances, mélange de confort et de nature, se reporta sur une réalité plus plaisante, celle de voir une famille se retrouver tous les étés dans un endroit à eux seuls et se souder ainsi davantage. Des questions dont Jonathan ne se souciait guère. Quand, après avoir visité les Pins pour la première fois, elle était rentrée à Chicago en s'exclamant : *Les arbres ! Le lac !*, il avait rétorqué que c'était trop loin. Les Wisconsin Dells à la rigueur. Ou Hayward, peut-être. Les Pins, on ne pouvait même pas y aller en voiture, il fallait traverser en bateau, c'était situé sur une réserve et les Indiens ne manqueraient pas d'entrer par effraction, de mettre le feu ou quelque chose de ce genre. Jonathan ne faisait confiance à personne. C'était son problème. Pourtant, les Gardner – propriétaires de la scierie du village et de trois autres dans le Minnesota – avaient une propriété au bord du lac, de même que les Miller (il se souvenait sûrement d'eux : ils les avaient rencontrés à Lyon's Landing peu après leur mariage, la première fois qu'ils étaient montés dans le Nord). Et ils avaient des enfants, aussi. Des enfants de l'âge de Frankie.

Chaque printemps, lorsque Félix accostait le ponton et amarrait le bateau aux bittes qu'il avait taillées dans des racines d'épinette, se révélant plutôt habile pour un Indien avec ses grosses pattes, elle descendait du Chris-Craft qui se balançait doucement et elle posait le pied sur le débarcadère comme s'il s'agissait du monde qu'elle avait attendu sa vie durant, un monde auquel elle était destinée. Ensuite, avant toute chose, elle ne manquait jamais d'arpenter la propriété, l'air rêveur, effleurant du bout des doigts les planches du hangar à bateaux dégradées par les intempéries, écartant du pied herbes jaunies et mauvaises herbes pour voir si les lis d'un jour perçaient déjà. Elle faisait le tour de la grande maison pour vérifier qu'il n'y avait pas de bardeaux tombés et elle s'inquiétait de la moindre écaille de peinture. Après le long hiver et l'animation de Chicago, elle prenait conscience, stupéfaite, que certaines choses, y compris celles qui se trouvaient loin d'elle dans l'espace et le temps, et en particulier celles qu'elle aimait, continuaient à exister, continuaient à vivre. Ce mélange d'angoisse et d'émerveillement, c'était sans doute cela l'amour. Oui.

Son mariage, c'était différent. Il avait un autre timbre. Une autre tonalité. Il s'accordait mieux au caractère imposant de leur demeure de Oak Park qu'à l'aspect sauvage des Pins. Jonathan et elle étaient mariés depuis vingt-sept ans, et avec chaque année qui passait, l'espace entre eux s'accroissait. Il y avait plus d'échos, plus de liberté de mouvement qu'au début quand Jonathan commençait à exercer, qu'ils avaient perdu Joséphine et que, après bien des déconvenues, Frankie avait vu le jour. Ses concerts et ses récitals, Emma les donna alors au compte-gouttes avant que le flot ne se tarisse pour se réduire à une réception annuelle dans la salle de bal du premier étage. La demeure de Oak Park était une demeure appropriée, et leur union, une union appropriée. Emma ne s'interrogeait jamais sur la solidité de l'une ou de l'autre, mais elle ne trouvait d'exultation pas plus dans l'une que dans l'autre. Elles étaient là et seraient toujours là.

Frankie, bien sûr, ce n'était pas pareil. Il était, et restait, son bébé. Pas seulement parce qu'il était son seul enfant (il y avait bien eu Joséphine, mais elle n'avait vécu que quelques semaines avant que Dieu ne la rappelle à Lui). Frankie était à part. Quand elle pensait à son fils, elle éprouvait le même mélange d'effroi et d'enchantement, de peur et de fierté que chaque mois de mai lors de son arrivée aux Pins. C'était un garçon à part. Peu après sa naissance, il avait eu les joues couleur rouge vif. Puis roses. Il transpirait facilement. En grandissant, il ne devint jamais le garçon athlétique dont rêvait Jonathan. « Anémie », avait-il diagnostiqué lorsque, à huit ans, Frankie s'était évanoui en cours de gymnastique. À douze ans, quand son fils avait abandonné le sport, Jonathan avait déclaré qu'il souffrait d'un déséquilibre hormonal. Ce qu'Emma et Frankie n'avaient pas mis en doute. Après tout, c'était le domaine de Jonathan.

En revanche, dès que l'école catholique de Fenwick le libérait pour les vacances et qu'il arrivait aux Pins, il s'épanouissait. Il suivait Félix partout, même si le vieil Indien ne lui parlait pas beaucoup. Frankie semblait se plaire en sa compagnie, à le regarder faire pendant qu'il réparait le ponton, remplaçait des bardeaux abîmés ou dégageait les bungalows à la lisière de la forêt qui étouffaient sous les verges d'or et les asters. Sinon, il partait pour l'aventure avec Billy, le garçon métis qui s'occupait du ponton et qui, au fil des ans, était devenu l'ami avec lequel il passait ses journées. L'été, Frankie était hâlé, comme si la course du soleil s'harmonisait avec la sienne. Sa peau perdait sa rougeur au profit d'une teinte abricot, dorée, ce que Jonathan ne remarquait même pas quand il daignait venir en août pour deux ou trois semaines après nombre de sollicitations, lettres urgentes et télégrammes. Emma, pour sa part, était ravie de voir combien en été son fils était robuste, plein de vitalité. « Tu es mon petit Indien ! Mon grand petit Indien ! N'est-ce pas, Félix ? Il devient un petit brave. » Et Félix d'acquiescer : « Ugh. Oui, un petit brave. »

Il était un vrai brave à présent. Princeton l'avait changé. Il avait grandi et ses épaules s'étaient un peu étoffées. Il faisait partie de la chorale des Nassoons et chantait à Blair Arch, le visage levé vers la voûte gothique, comme si un fil le reliait à la main clémente de Dieu. Sa voix sonnait, forte et claire. Emma estimait qu'il faisait un ténor correct pour ce genre de musique, ce genre de chorale. Il ne chanterait pas – et ne devrait jamais chanter – *Le Voyage d'hiver*. Ni l'opéra ! Surtout pas. La chorale lui plaisait et lui convenait, et c'est bien de se consacrer à quelque chose qui à la fois plaît et convient. C'est la clé du bonheur. Et maintenant que le pays tout entier ne pensait plus qu'à la guerre, Frankie avait décidé de s'engager dans l'armée de l'air. Comme pilote, avait-il écrit en février. Il serait aux commandes d'un appareil appelé B-17. En plus de ses classes, il avait rejoint le corps de formation des officiers de réserve, et le week-end il trouvait encore le temps de prendre des leçons de pilotage à Lawrenceville. Après quoi, il irait à la base militaire Maxwell en Alabama suivre une formation d'élève officier, et de là, qui sait où il serait envoyé ?

Tout aurait donc dû être parfait aux Pins. Or, il n'en était rien. D'abord, il y avait ce camp de prisonniers qu'on avait installé sur l'autre rive du fleuve, et en plus, un homme venait de s'en échapper. Elle aurait voulu que ce mois d'août soit merveilleux, que Frankie ait droit à de dernières et innocentes vacances avant de rallier le monde et la guerre. Mais comment était-il possible d'oublier le conflit quand, en ouvrant les rideaux, on voyait le camp sur la berge opposée ? Et il y avait ce prisonnier évadé. On ne savait ni où il était, ni ce qu'il tramait. On ne pouvait pas leur faire confiance. Les Allemands étaient terriblement malins, et même vaincus, ils ne renonçaient jamais.

« Tu sais, ils pourraient avoir besoin d'un médecin, dit Emma, se détournant enfin de la fenêtre. Peut-être qu'il y aura des blessés. Ou peut-être que le prisonnier lui-même est blessé et se cache quelque part dans la forêt. »

Elle s'avança vers la double porte vitrée qui séparait la salle de séjour du salon. Près de la cheminée, Jonathan était assis jambes croisées dans le fauteuil en cuir qu'il avait acheté au sanatorium lorsque celui-ci avait fermé. Le journal ouvert était posé sur ses genoux.

« Si tu te soucies des apparences, envoie Félix.

– Ce serait mieux qu'on le retrouve avant l'arrivée de Frankie. Comme ça, nous pourrions célébrer son retour en toute quiétude.

– Envoie Félix. C'est génétique, tu comprends. Il y a des races plus adaptées que d'autres à certaines tâches. C'est tout simple. Il a ça dans le sang.

– Je sais. Je sais que tu as raison, je veux dire. » Elle s'inclina devant la vérité des paroles de son mari. Cela avait été scientifiquement prouvé, bien entendu. Jonathan se replongea dans son journal. Les hommes et leurs journaux. Encore heureux que Félix soit analphabète. Sinon, il aurait pu ressembler à Jonathan.

« En tout cas, ils ont ce qu'ils méritent. Quels sont donc ces cerveaux qui ont cru bon d'enfermer sur les berges du Mississippi une bande de marins allemands faits prisonniers ? Il était évident qu'ils tenteraient de s'évader en descendant le fleuve.

– Je me demande si Frankie verra des Allemands quand il sera dans l'armée de l'air.

– Les Allemands font d'excellents pilotes. Et ils ont d'excellents avions.

– Oh.

– C'est dommage que nous soyons obligés de les combattre. Et maintenant, les Chinois ! » Jonathan agita le doigt à l'intention d'un interlocuteur imaginaire. « Prenez garde à eux. À eux et aux Japonais. On ne peut pas se fier à ces gens-là.

– Oh, mon Dieu.

– Quoi qu'il en soit, c'est déjà assez pénible que le journal date d'une semaine quand il arrive ici, et je ne voudrais pas qu'il prenne encore de l'âge avant que j'aie terminé de le lire.

– Frankie t'en apportera une nouvelle fournée. Je lui ai demandé dans mon télégramme.

– Ernest et les autres vont aller l'attendre ?

– C'était prévu, mais… »

En effet, comme Ernest, David et quelques-uns des autres garçons que Frankie avait connus au fil des ans seraient sans doute recrutés pour les recherches, le comité d'accueil risquait d'être restreint. Et s'ils allaient à la gare, qui sait quels ennuis les guetteraient sur le chemin de la maison. Peut-être iraient-ils au Wigwam Bar. Ou ailleurs. Et puisque le bateau servait aux recherches, comment traverseraient-ils le fleuve ?

Emma passa devant Jonathan dans sa robe de mousseline ornée de tresses de paille qui froufroutait si plaisamment quand elle montait les marches de ronce de pin ou qu'elle mettait prestement la table dans la salle à manger. Elle frôla le fauteuil de Jonathan dont le pied, suspendu au-dessus de ses jambes croisées, paraissait battre la mesure. Le salon avec sa cheminée, ses fauteuils rembourrés et son canapé adossé au mur du fond n'était pas bien grand. Et dans ces endroits exigus (après tout, on n'était pas à l'hôtel Mackinaw), on était parfois obligé de frôler les gens, mais là, elle l'avait fait exprès, désireuse de montrer à Jonathan qu'elle prenait les choses en main, qu'elle veillerait à ce que tout se déroule à la perfection. Prisonnier évadé ou pas, elle ne laisserait rien au hasard. Qu'était donc un marin allemand évadé ? Ce n'était pas un soldat. Il n'avait tué personne. À bord de son sous-marin, il devait se contenter de contrôler les instruments. Ce n'était qu'un employé en uniforme vissé à son bureau sous la mer. En tout cas, elle n'avait pas vraiment eu l'intention de se faire remarquer par Jonathan. Elle n'avait plus vingt-trois ans. Elle en avait quarante et un. Une vieille dame.

Jonathan ne tenait pas à participer aux recherches, ce qui était embarrassant. Quand tout le monde était sur le pied de guerre, on ne voulait pas que son mari reste à la maison à lire le journal. Elle y serait bien allée, mais il fallait que quelqu'un s'assure que tout se passe bien aux Pins. Et pas seulement bien, merveilleusement bien. Enfiler son pantalon en toile, ses bottes de jardin et l'une des chemises en flanelle de Jonathan pour battre les broussailles avec les Indiens et les bûcherons ne ferait qu'ajouter à sa honte. En outre, elle avait espéré que son mari manifesterait plus d'enthousiasme, plus de joie à l'idée de voir une dernière fois Frankie aux Pins avant son départ pour l'armée de l'air, ne serait-ce que le temps de deux semaines. Jusqu'à présent, la seule chose que Jonathan paraissait ressentir, c'était de la contrariété. Il était contrarié (ou plutôt « indisposé », comme il l'avait dit la veille) par toute cette agitation, ces dépenses (avait-on réellement besoin d'un boisseau de citrons ?). Il ne demandait qu'à lire ses journaux, ses livres sur la politique et la génétique, puis à boire son scotch avant de se mettre au lit.

À dire vrai, Frankie l'avait toujours un peu agacé. Sourcils froncés, Emma s'engagea dans le petit couloir menant à la cuisine où les filles préparaient le repas. Peu enclin aux embrassades ou manifestations de ce genre, Jonathan n'était pas un homme expansif. Les démonstrations d'affection l'embarrassaient. Et même l'affection en tant que telle, semblait-il. Il s'était toujours senti gêné quand Frankie voulait s'asseoir sur ses genoux. Heureusement, ce temps-là était depuis longtemps révolu. D'une certaine manière, Jonathan était déçu par le tempérament de Frankie, sa personnalité. Son côté délicat. L'anémie. Les hormones. Ou autres. Jonathan avait consulté des confrères, soumis son fils à un régime de douches froides et de foie cru. Et quand Frankie protestait (l'eau était glacée, le foie dégoûtant), Jonathan levait les bras au ciel comme en signe de défaite – alors que c'était Frankie et non Jonathan qui subissait une défaite. C'était Frankie qui pleurait. C'était Frankie qui avait échoué. Jonathan ressortait indemne de ces épreuves, convaincu que quelque chose n'allait pas chez son fils. Quelque chose d'irrémédiable. Les tortures n'étaient cependant pas terminées. Il obligea Frankie à entrer chez les scouts. On l'envoya en camp dans le Michigan. En réalité, c'était surtout l'occasion d'essuyer des humiliations. Il revenait alors à la maison, chaque fois porteur de nouveaux récits sur ses malheurs. Frankie n'avait jamais été viril, et rien n'y ferait. Sous ses muscles acquis à Princeton, ses épaules restaient presque aussi étroites que ses hanches. Ses poignets étaient si fins qu'ils avaient l'air terriblement fragiles, même aux yeux de sa mère. Mais Jonathan non plus n'était pas un grand costaud. Frankie avait le physique de son père, ce que celui-ci se refusait à voir et même à admettre. Surtout pas ! Interrogé, il vous rappellerait qu'il avait boxé pour Princeton et participé au pentathlon des Jeux olympiques de 1928. Il vous parlerait aussi des marches qu'il avait faites pendant la Grande Guerre. Une fois lancé, il vous raconterait les exploits qu'il avait accomplis, mais il n'était en rien un homme fort et agressif, si bien que ses critiques sur son fils sonnaient creux et ne réussissaient qu'à blesser davantage le jeune garçon. Quelle importance que Frankie ne soit pas robuste ! Incorporé dans l'armée de l'air, il partait pour l'Angleterre combattre les Allemands. C'était un garçon courageux. Rien ne le contraignait à partir, mais il fallait l'entendre discourir sur l'oppression, l'agression, la nécessité pour les démocraties de lutter contre les forts afin de protéger les faibles. Quand il abordait ces sujets à son club d'étudiants, s'imaginait Emma, ses joues s'empourpraient tandis qu'il tapait du poing sur la table et carrait les épaules. Quand il parlait de justice, c'était avec des accents mélodieux dans la voix. Et quand, à la maison, il se lançait avec passion sur ces thèmes, il fixait sur son père un regard farouche, regard que Jonathan était incapable de soutenir, car il savait, de même qu'Emma et tous les autres, que c'était de lui que Frankie parlait. Il n'était peut-être pas grand et fort, mais ce n'en était pas moins un garçon courageux.

Prenez Félix, par exemple. Lui, il était costaud, doté de mains énormes pouvant sans effort faire jouer le ressort d'un piège en acier. Après une journée entière passée à couper du bois, il venait s'asseoir pour dîner sans traîner la jambe ni pousser le moindre soupir. Et il avait combattu. C'était la première chose que Jonathan lui avait demandée quand Emma l'avait engagé en tant que gardien. « Où étiez-vous pendant la Grande Guerre ? » Félix avait hoché lentement la tête, puis répondu : « Dedans. – Ah bon, avait dit Jonathan. À l'arrière, je présume ? » Félix avait fait signe que non. « À l'avant. Ypres. » Il avait alors levé deux doigts, et Jonathan n'avait pas insisté. C'était lui qui avait été à l'arrière pour soigner les blessés, et seulement en 1917. Félix n'avait rien à ajouter sur la Grande Guerre. Il ne parlait pas beaucoup, mais il racontait à Frankie des histoires sur les luttes d'autrefois entre tribus, l'arrivée de l'homme blanc, et il lui apprit à identifier les traces d'animaux, lui rapporta des choses trouvées dans la forêt et lui fit même cadeau de clochettes cousues à des poignets en cuir qui, expliqua-t-il, étaient des clochettes de cérémonie ayant appartenu à un homme-médecine. Pas étonnant que Frankie ait été attiré par lui. Tous les garçons devraient avoir un Indien avec qui jouer. Quelle belle enfance il avait eue !

Emma était encore plongée dans ses pensées quand elle entra dans la cuisine. Les filles étaient assises autour de la table. Elles étaient quatre, toutes des Indiennes, dont trois avaient moins de vingt ans. Deux d'entre elles écossaient des petits pois cueillis dans le potager, tandis que les deux autres épluchaient des pommes de terre. Emma regrettait de ne pas avoir davantage de tâches régulières à leur confier. Non qu'elles ne fussent pas de bonnes travailleuses, mais elles avaient tendance à traînasser, à bavarder. Si Emma n'était pas là pour les surveiller, elles passeraient la journée à papoter et à pouffer de rire en échangeant des plaisanteries dans leur langue, qu'elle ne comprendrait jamais. Elles semblaient cependant plutôt gentilles. Et leurs années de pension n'avaient pas été entièrement perdues. Elles savaient coudre et raccommoder, cuisiner des plats simples et même écrire quand la situation l'exigeait. Ce n'était pas pour autant qu'elle leur confierait la tenue de ses livres ou quoi que ce soit ! C'étaient des Ojibwés, le visage rond, le teint mat, les lèvres épaisses invitant au baiser. Elles avaient des cheveux raides, noirs et brillants, de grands yeux lents en amande aux cils fournis. Quand elles riaient, Emma était toujours étonnée par la blancheur de leurs dents et un peu troublée par leurs langues roses si agiles. Leurs mains aussi étaient agiles. Qu'il s'agisse d'écosser des petits pois ou d'éplucher des pommes de terre, elles travaillaient avec efficacité, et leurs muscles jouaient souplement sous la peau de leurs bras ronds, des bras qui ne ressemblaient en rien à ceux d'Emma qui, devait-elle bien admettre, souffraient de la comparaison – maigres, pâles, sillonnés de veines d'un bleu terne. Après avoir manié trop longtemps la binette ou soulevé une marmite, ses poignets lui faisaient mal, alors que les filles accomplissaient ces tâches avec aisance. Même la dénommée Mary. C'était l'aînée des quatre, et elle était bossue, affligée d'un pied-bot. La seule à être laide, la Quasimodo du quatuor. Le mot « laid » était lui-même laid, mais il n'y en avait pas d'autre pour la décrire. Mary travaillait dur et ne bavardait pas beaucoup avec les autres filles. Selon Jonathan, elle souffrait en outre d'un lupus. Emma avait pitié d'elle. Mary parlait à peine anglais et, en vraie Indienne, elle

habitait un wigwam loin dans la forêt ave
Emma n'était jamais allée à son campemen
l'imaginait facilement. Sols en terre battue.
partout. Crasse, misère et absence de confort. …on que Mary ait pu espérer connaître un jour le confort, et encore moins l'amour. Pour cette pauvre fille, la vie serait toujours la même. Et à n'en pas douter, elle la traverserait seule.

Ah, si les filles pouvaient avoir conscience des joies de la propreté. Et du repassage. Elles ne comprendraient jamais ni l'une ni l'autre. Elles ne sauraient jamais quel plaisir apportait une serviette parfaitement amidonnée ou combien des draps fraîchement repassés étaient accueillants quand on se glissait dedans après une journée de dur labeur. Les filles étaient cependant gentilles et ponctuelles, alors même qu'elles devaient marcher du village jusqu'au ponton sur l'autre rive, un trajet de plus de trois kilomètres le long du lac. Et, pensez-en ce que vous voulez, mais Mary venait avec elles, clopinant sur sa mauvaise jambe comme une paysanne de roman. Quand le bateau n'était pas disponible, elles s'arrangeaient toujours pour traverser, quitte à ramer ou pagayer elles-mêmes si quelqu'un avait laissé un canoë sur la berge. Et à la réflexion, c'était probablement ce que le prisonnier évadé avait fait. Il avait dû s'échapper dans un canoë et se trouvait peut-être déjà à mi-chemin du Mexique. Jonathan avait souvent raison pour ces choses-là. Le marin allemand avait disparu depuis belle lurette, et on gaspillait du temps et de l'énergie à battre toute la journée les broussailles alors qu'il y avait d'autres priorités. Par exemple, il fallait qu'elle rappelle à Félix de débarrasser la plage des poissons morts. La puanteur, apparue la veille, ne cessait d'empirer.

Emma sourit aux filles qui s'activaient.

« Comment ça se présente ? On en aura assez ?

– Oui, m'dame. Tas, petits pois. Tas, pommes de terre. » Les filles éclatèrent de rire comme si celle qui avait répondu avait dit quelque chose d'hilarant. On avait néanmoins du mal à voir ce qu'il y avait de drôle à s'exprimer comme une idiote.

Celle-là s'appelait Betty, et Emma s'enorgueillissait de connaître leurs noms (Betty, Candida, Mary, et la plus jeune, la plus jolie, Stella). Où diable leurs parents avaient-ils déniché des prénoms pareils ? Au dos d'une boîte de céréales ? L'un des Indiens du village avait été prénommé Ovide. Ovide, rien que ça ! Et il n'avait sans doute jamais entendu parler des *Métamorphoses* ! Emma les avait lues deux fois. Une fois en secret quand elle était à St Mary, car les religieuses ne les auraient jamais autorisées en classe, et une seconde fois ouvertement à l'université de Mount Holyoke. Elle avait été frappée par la violence, les passages érotiques, la langue et toute leur beauté brute. Des filles comme elles – issues d'un petit village de bûcherons situé sur une réserve indienne, élevées à la dure par des parents qui n'avaient jamais été à l'école, incapables, bien sûr, de lire la moindre poésie – ne pouvaient avoir aucune idée du sublime.

« Vous penserez à garder l'eau des pommes de terre ? Vous n'avez pas oublié qu'on l'utilisera ensuite pour le repassage ?

– Non, m'dame. On la gardera », dit Stella. Elle baissa les yeux et, tandis qu'elle évitait le regard d'Emma, celle-ci fut impressionnée par la longueur de ses cils. Les garçons du village – Blancs, métis et même Indiens de pure souche – ne tarderaient sûrement pas à lui courir après, ou peut-être était-ce déjà le cas. Emma soupira. Une si jolie fille.

Frankie avait grandi parmi ces filles ou des filles comme elles (elles ne faisaient souvent que passer). Les Washburn avaient acheté les Pins trois ans après sa naissance, et jusqu'à son départ pour Princeton, il y était venu chaque été. Pourtant, il semblait à peine les remarquer. Il n'avait jamais lorgné l'une d'entre elles pendant qu'elle disposait des fleurs sur la table et les guéridons de la salle à manger, jamais levé les yeux de son livre pour jeter un regard à la dérobée sur les hanches d'une autre qui balayait les cendres de la cheminée (les soirées étaient parfois fraîches, surtout en mai). Contrairement à Jonathan, qu'Emma avait surpris à plusieurs reprises en train de le faire. Son pied battait plus vite la mesure. Il baissait son journal. Et tout aussi rapidement, il le reprenait et portait ailleurs son regard. C'était normal que les hommes se livrent à ce petit jeu, mais Frankie était d'un caractère plus noble que la plupart des hommes, et lui il ne louchait pas sur les filles. Il n'était pas comme Ernie. Les deux garçons avaient le même âge, et ils étaient amis depuis des années. La famille d'Ernie était de Rockford et non de Oak Park. Ils étaient propriétaires d'une carrière qui leur assurait un revenu confortable, et ils avaient acheté un terrain un peu plus bas que les Pins sur lequel ils avaient fait construire leur résidence secondaire, encore qu'Ernie passât le plus clair de son temps aux Pins. Sans doute parce que les Washburn étaient les seuls à posséder un bateau comme le

Chris-Craft. Ernie aimait tout ce que Frankie n'aimait pas. Il aimait pêcher, piloter le Chris-Craft pleins gaz, faire du ski nautique et des randonnées dans les secteurs de la forêt qui n'avaient pas encore été débroussaillés. Quand il venait aux Pins, il regardait les filles. Adolescent, il laissait tomber des objets et leur demandait de les ramasser, espérant pouvoir plonger le regard dans leur décolleté, mais Emma avait eu le bon sens de les obliger à porter des tabliers, de sorte qu'il n'y avait rien à voir. Un jour, elle le découvrit dans un bungalow inoccupé en compagnie de Betty. Ils buvaient du bourbon qu'il avait acheté et, un peu ivres, ils avaient été trahis par leurs éclats de rire. Frankie aussi était là, de même que Billy. Assis dans un coin, ils semblaient n'avoir bu que quelques gorgées.

Son fils s'intéressait à des plaisirs plus innocents. Elle ne voyait aucun inconvénient à ce qu'il passe des heures avec Félix, même si c'était un Indien. Quand, devenu adulte, il repenserait à sa jeunesse, celle-ci lui paraîtrait ainsi plus exotique, plus imagée. Et il y avait Billy. Les filles portaient des prénoms originaux, mais les garçons… tous les garçons indiens s'appelaient Billy. Ils prenaient le canot et remontaient le fleuve à la rame. Ou bien Frankie aidait Billy dans son travail aux Pins. Ils étaient très proches. Frankie avait poussé Billy à poursuivre ses études, au moins jusqu'en terminale. Il était le seul Indien à être allé jusque-là. Les autres quittaient l'école en seconde. Pendant l'hiver, Frankie avait demandé à plusieurs reprises à Emma d'envoyer des livres à Billy poste restante – tout ce qu'elle trouverait et qui serait susceptible de plaire au garçon. Elle l'avait fait, bien sûr. Elle avait tâché de lui choisir des ouvrages utiles, des livres qui donnaient le sens des valeurs. Gibbon, naturellement. Un auteur qui brillait par sa moralité et son intelligence. Et Frazer, aussi, *Le Rameau d'or.* Sans oublier Virgile, Homère et d'autres anciens que Frankie avait mentionnés et dont elle n'avait jamais entendu parler. Un ouvrage de Longus, *Daphnis et Chloé.* Un autre d'Héliodore, *Les Éthiopiques.* De sa propre initiative, elle lui envoya Emily Dickinson, Willa Cather et Shelley. C'étaient des œuvres romantiques, certes, mais elles ne pourraient pas faire de mal à un jeune homme.

De son côté, Frankie aussi lui expédia des livres, d'abord depuis Fenwick, et ensuite depuis Princeton. En voyant les reçus, Emma constata qu'il y avait parmi eux un tas d'ouvrages modernes déroutants que personne ne devait réellement lire, et à plus forte raison Billy. Elle s'était arrêtée sur deux titres étranges : *Tous les conspirateurs* et *Le Mémorial.* Eh bien ! De toute façon, même muni de son diplôme de fin d'études, Billy finirait sans doute ouvrier, et encore, s'il avait de la chance. Menuisier, peut-être. Ou soudeur. Dieu sait qu'on en avait grandement besoin à cause de la guerre. Emma se demandait si à lire tous ces ouvrages éclairés, le pauvre garçon ne se préparait pas à de cruelles désillusions. Avec les attentions dont Frankie l'entourait et les livres qu'on lui envoyait, Billy devait rêver de choses pour lui inaccessibles. Frankie avait néanmoins tenu à faire ce geste, et après tout, qui étaient les Washburn pour décider de ce qu'un garçon comme Billy pouvait ou ne pouvait pas avoir ?

« Billy est là, aujourd'hui, non ? Il vient ?

– Oui, m'dame. Il est avec les autres. » Betty avança la lèvre inférieure pour, de cette petite moue, indiquer à la fois les Pins, le lac, le camp de prisonniers et la forêt au-delà. Emma ne comprendrait jamais pourquoi ces gens-là ne se servaient pas de leurs doigts pour désigner quelque chose.

« C'est toujours un bon garçon ?

– Oui, m'dame. Un bon garçon. »

Un fils comme Frankie était une bénédiction. Jamais il ne commettrait une bassesse ni n'engrosserait une de ces filles. Emma baissa les yeux sur Stella. Elle qui était si mignonne serait, d'ici quelques années, à moitié obèse et mère d'une tripotée d'enfants. Emma espérait qu'elle songerait alors avec nostalgie aux jours qu'elle avait passés aux Pins.

« Bon, finissez de préparer le repas, puis vous ferez le repassage. Attention aux faux plis, hein. L'eau des pommes de terre, c'est le secret. »

Elles acquiescèrent en chœur dans un murmure.

« Félix est du côté du hangar à bateaux ? »

Les filles haussèrent les épaules.

« Bon, si vous le voyez, dites-lui que je le cherche. »

Emma sortit par la porte de derrière et déboucha dans la lumière éclatante de la fin de matinée.

Félix n'était pas dans le potager. Naturellement qu'il n'y était pas à cette heure, en pleine chaleur. Il avait l'habitude de se lever tôt pour faire les travaux pénibles entre cinq et sept. C'était une perle. Emma ne savait pas ce qu'ils deviendraient sans lui. Un Indien, debout dès l'aube pour biner et désherber le potager ! La plupart du temps, elle ne le voyait même pas. Il était discret. Il ne se pressait pas et allait lentement, posément, à son rythme. Mais le travail était fait, et c'était ce qui comptait. Quand il disait qu'il serait quelque part – au village pour venir la chercher à la gare ou au ponton avec le Chris-Craft, réservoir rempli, et glacière contenant appâts et sandwichs emballés dans du papier paraffiné pour une partie de pêche –, il tenait parole.

Le potager s'étendait sous ses yeux, rangs sarclés et sillons paillés. Les mauvaises herbes qui poussaient si vite avaient été arrachées puis empilées dans un coin à côté du compost. La binette, la bêche et le râteau étaient soigneusement alignés le long de la clôture blanche, à droite du portail. Le potager faisait la joie d'Emma et elle ressentait la fierté du propriétaire en admirant par une belle matinée les rangs impeccables de maïs, de haricots, de petits pois, ainsi que les fanes délicates des carottes et des radis qui plongeaient leurs robustes racines dans la terre meuble.

Les filles avaient encore du travail – elles avaient écossé les petits pois, mais il restait à cueillir les haricots et à arracher les carottes. Pour le maïs, il était trop tôt, et c'était fort dommage, car il était peu probable qu'à l'armée Frankie ait droit à quoi que ce soit qui ressemble à du maïs frais.

Félix se trouvait sans doute au hangar à bateaux. Il était près de midi et il devait avoir terminé son travail du côté de la forêt, c'est-à-dire débroussailler, chercher du bois pour le fourneau de la cuisine, tronçonner les deux sapins abattus quelques semaines auparavant par la tempête. Les bungalows avaient été soigneusement balayés et les portes-moustiquaires réparées la semaine précédente au cas où l'un des invités aurait désiré arriver plus tôt pour pêcher ou tout bonnement se reposer. Ce soir, espérait Emma, ils seraient tous occupés. Frankie dormirait en haut dans son ancienne chambre, bien sûr. Quant à Ernest et David, ils coucheraient dans les bungalows avec un ou deux de ces garçons de Princeton dont le nom échappait tout le temps à Emma. (Ce qui ne lui ressemblait pas, mais elle devait s'avouer que l'idée de savoir que Frankie avait désormais sa vie à lui et qu'il fréquentait des gens qu'elle ne connaissait pas la perturbait un peu ; c'était une réalité difficile à accepter pour une mère.)

Elle n'aperçut pas Félix autour des bungalows, ni du bâtiment principal, et il avait manifestement fini son travail dans le potager. Emma n'avait nul besoin d'être sans arrêt derrière lui comme avec les filles. Quand on lui demandait de faire quelque chose, il le faisait. C'était aussi simple que cela. Au début, elle avait eu des réserves à son sujet. Elle l'avait croisé à la gare du village où il travaillait comme manutentionnaire, et elle avait juste remarqué sa taille, sa force et la couleur foncée de sa peau. Après quoi, elle n'avait plus repensé à lui jusqu'au jour où, au Wigwam Bar, Harris lui avait suggéré de l'embaucher comme homme à tout faire.

« Dieu que ce type est costaud, avait-il ajouté.

– Je n'en doute pas. Tout le monde peut s'en rendre compte. Mais est-il fiable ? Est-ce qu'il reviendra le lendemain ? Vous savez comment c'est. »

Harris lui avait adressé ce regard amusé dont les habitants du coin les avaient gratifiés – et les gratifiaient parfois encore –, Jonathan et elle, après qu'ils avaient acheté les Pins.

« Non, pas vraiment. Comment c'est, quoi ?

– Vous savez bien. Est-ce qu'il va se soûler au bourbon avec sa paye ? Et ne plus revenir ? Des choses de ce genre. »

Emma était alors dans cet état d'esprit où elle se figurait qu'en tant que femme d'affaires propriétaire d'un hôtel de vacances, elle devait ruser avec le personnel et ne pas se laisser marcher sur les pieds. Quand elle y repensait, elle rougissait, morte de honte devant son manque de confiance envers les gens.

« Eh bien, ça dépend de vous. Ça dépend de la manière dont vous le traiterez. Il a vu du pays, vous savez. Il a voyagé. C'est une espèce de personnalité auprès des autres Indiens d'ici.

– Qu'est-ce qu'il sait faire ? Il sait lire ? Écrire ?

– Vous voulez un homme à tout faire ou un comptable ?

– Je suppose que ce serait trop demander. »

Elle l'engagea pour construire le ponton. Voir comment il allait se débrouiller. Si tout se passait bien, elle lui donnerait du travail dans la maison, mais pas avant qu'il ait fait ses preuves. Il n'était pas question qu'elle permette à n'importe qui de s'occuper des Pins. Le ponton était une chose, la maison une autre.

Tout s'était déroulé au mieux avec le ponton. Félix travailla sans interruption du début à la fin. Il commença par abattre des épinettes le long du fleuve, puis il les attacha ensemble pour les remorquer avec le vieux bateau jusqu'à la plage devant les Pins. Après quoi, il les tailla pour construire l'ossature et cloua les troncs pour former des sortes de caissons qu'il remplit de pierres en provenance du lit du fleuve. Ensuite, il eut l'intelligence de se servir de cordes et du bateau pour mettre la structure en place. À la fin de la semaine, le ponton était terminé, et en prime il avait installé sur les planches des bittes d'amarrage en bois sculpté. Impressionnée, Emma lui demanda alors d'effectuer des réparations dans les bungalows. Puis dans le bâtiment principal. Et avant même d'en prendre conscience, elle devint dépendante de lui. Hormis Jonathan qui venait passer deux semaines en août, elle restait la plupart du temps seule en dehors des visites de Frankie et de quelques-uns de leurs amis qui débarquaient à l'occasion pour pêcher. À l'époque, Frankie était encore petit, et il ne pouvait lui apporter que la compagnie et la protection qu'un enfant peut offrir, à savoir pas grand-chose, sinon rien. Aussi était-elle contente d'avoir un homme sur la propriété. Elle se figurait que la présence de Félix découragerait d'éventuels intrus. Il était de si grande taille, doté de larges épaules et d'énormes mains. Ses cheveux noirs, sans aucune trace de gris aujourd'hui encore (lorsqu'elle l'avait engagé en 1925, il devait avoir vingt-sept ou vingt-huit ans), étaient coupés court. Quand il transpirait, son crâne luisait sous ses cheveux. Il avait le nez épaté, les yeux profondément enfoncés dans leurs orbites. Il répondait lentement aux questions qu'on lui posait, comme s'il comptait les mots sur ses doigts. Emma se demandait parfois quelle image du monde pouvait bien avoir un homme qui ne savait pas lire. Lorsque Félix l'accompagnait en ville et qu'ils tombaient sur un membre de sa tribu, il lui parlait dans leur langue, et pour autant qu'elle puisse en juger, tout aussi lentement.

Deux ou trois ans plus tard, Emma se reposait à ce point sur Félix, et lui faisait à ce point confiance, qu'elle lui proposa de s'installer à demeure dans le hangar à bateaux.

C'était une modeste construction qu'on pouvait diviser en une partie habitation et une partie atelier. La pièce du fond n'était pas bien grande, mais on y avait logé un petit poêle, un lit de camp, une table et deux chaises, ce qui semblait suffisant pour un célibataire comme Félix. Emma ne se soucia pas de savoir s'il n'aurait pas désiré avoir un peu plus d'espace, un endroit où recevoir des amis ou même une femme. Elle ne se demanda pas s'il avait une vie amoureuse. C'était plus ou moins inconcevable. De temps en temps, cependant, aux beaux jours, en général vers la fin mai, puis de nouveau en septembre, Félix disparaissait pour quelques jours. Chapeau à la main, il venait trouver Emma pour lui dire qu'il avait des choses à faire, sans jamais donner de précisions, et Emma n'en réclamait pas. Il prenait un petit sac à dos, empruntait l'un des canots et partait. Il restait absent quelques jours comme annoncé, puis il revenait.

Il devait donc être au hangar à bateaux. Il y avait des tas de choses à faire. Il fallait récupérer le Chris-Craft utilisé par la patrouille de recherche, car ils en auraient besoin pour amener Frankie et les autres jusqu'ici. La plage n'avait pas encore été nettoyée. À cette époque de l'année, elle était dans un triste état : jonchée de mauvaises herbes, de débris de joncs et de grosses racines tubéreuses de nénuphars arrachées par les castors. De plus, des poissons morts de chaleur s'échouaient souvent sur le sable, et ils ne tardaient pas à pourrir. Jonathan affirmait qu'ils commençaient à se décomposer dès l'instant de leur mort. Ce n'était guère difficile à croire.

La puanteur était maintenant palpable, et Emma espérait que Félix penserait à ratisser la plage et à brûler les poissons dans le fût réservé à cet effet. D'un autre côté, ce serait bien que quelqu'un des Pins, ne serait-ce que Félix, participe aux recherches. Il était digne de confiance, mais il y avait d'un seul coup tant de choses auxquelles veiller. Elle devait s'assurer, et doublement, que tout, absolument tout, était en ordre.

2

Félix était assis dans le fauteuil pliant en bois qu'il avait récupéré dans la grande maison située au sud du hangar à bateaux, face au fleuve et au camp de prisonniers. Deux étés auparavant, estimant le fauteuil trop branlant, Emma avait voulu s'en débarrasser, et Félix l'avait emporté. Sa journée de travail finie, il l'avait examiné, et après avoir resserré les vis qui maintenaient les pieds, il avait trempé une peau brute dans de l'eau bouillante avant de l'étirer entre les deux baguettes de bois pour former l'assise qui, en séchant, avait rétréci de sorte que le fauteuil supportait maintenant son poids sans protester.

Le regard rivé sur le fleuve, il sirotait son thé. Il se rappelait un menuisier de son village qui, avec pour seuls outils un couteau émoussé, une scie tordue et une hache, fabriquait des choses merveilleuses. Des planches de frêne pour un berceau, si arrondies qu'elles évoquaient des oreilles de lapin. D'autres qui formaient presque des angles droits. Des pieds pour les tambours de cérémonie qui se terminaient par des arceaux et qui ressemblaient à des crosses pour le jeu de balle, destinés à remplacer ceux qu'on avait brûlés lors d'une longue soirée de beuverie pendant un hiver particulièrement rude. En échange de tabac et d'argent, le menuisier faisait ce qu'on lui commandait, plus habile et patient qu'un chasseur sur la piste du gibier. Enfant, Félix était convaincu qu'il avait recours à la magie. À dix-sept ans, il lui avait demandé de confectionner un berceau pour son premier enfant, attendu pour dans quelques mois. « Trop tôt, avait répondu l'homme. Tu t'y prends bien trop tôt. Attends la naissance du bébé. » Mais Félix était alors plus jeune qu'un arbrisseau. Le bébé viendrait au monde après que ses frères et lui auraient franchi la frontière au nord pour s'engager dans l'armée canadienne, et il voulait le berceau tout de suite, même s'il savait qu'il aurait dû avoir un peu plus de bon sens. En 1919, il brûla le berceau ainsi que le reste des affaires de sa femme et de son enfant. Le menuisier avait eu raison.

Le camp sur l'autre rive était apparu comme par magie, lui aussi. Il était situé sur une hauteur offrant une vue sur les Pins. Petit, Félix y venait souvent avec ses parents et d'autres personnes pour récolter le riz sauvage le long des berges et poser des filets pour prendre des corégones à la fin de l'automne, et des brochets au début du printemps. En une nuit, apparemment, des cabanes, un réfectoire et un grillage avaient poussé comme des champignons sur la falaise herbeuse. Les cabanes en rondins étaient munies de toits en rouleaux de bitume. Elles paraissaient plutôt confortables, au contraire du hangar à bateaux aux planches disjointes avec ses deux fenêtres – l'une donnant sur le fleuve et l'autre sur le bâtiment principal – qui bâillaient dans leurs châssis et vibraient quand il y avait du vent, jusqu'à ce que Félix, manquant de mastic, se décide à tremper des chiffons dans de la paraffine pour les coincer dans les fentes au moyen d'un couteau à découper les filets. Le hangar, mesurant environ quatre mètres sur cinq, était plus grand que le wigwam de son enfance, plus grand que la maison qu'il avait bâtie pour sa femme, mais il était néanmoins exigu. À gauche de la porte il y avait une cuisinière, et à droite un poêle cylindrique. Au fond à gauche, face au lac (qu'en l'absence d'une troisième fenêtre on ne voyait pas), il avait installé son lit de camp, et de l'autre côté, quelques caisses en bois pour ses vêtements et affaires diverses. Au mur, il avait accroché des cageots d'oranges où suspendre à l'abri des mites ses pantalons et chemises. Ce qui lui servait de chambre était séparé du reste par des couvertures de laine clouées aux poutres. Ses parents avaient aménagé leur wigwam de cette manière, et il tenait à faire pareil dans le hangar à bateaux, même s'il n'avait à se cacher de personne pour pratiquer ses ablutions.

Félix se cala dans son fauteuil pour finir son thé, contemplant par-dessus le bord en émail ébréché de sa tasse le camp sur l'autre rive du fleuve où Frankie n'allait pas tarder à arriver en compagnie d'Ernie, ce garçon qui ricanait tout le temps et dont il se serait bien passé. Félix était nerveux. Il n'avait pas vu Frankie depuis un an, et tout de suite après son séjour aux Pins, il partirait pour la guerre.

Il régnait une chaleur suffocante. Le bois peint était brûlant contre son dos. Nul souffle de vent ne ridait la surface du fleuve. Il y avait quelque chose d'apaisant à boire du thé chaud par une chaude journée. Comme s'il absorbait la journée en lui. La chaleur, immobile, se refermait sur lui. Le ciel était clair. On ne voyait pas un nuage au-dessus du lac ni en amont du fleuve vers l'ouest, d'où venait en général le mauvais temps. C'était la pire époque de l'année. Les libellules avaient disparu et il n'y avait plus rien, aucune ligne de défense, pour stopper mouches et moustiques. Ils déferlaient comme les Allemands sur les tranchées, et comme lui aussi l'avait fait.

Le camp grouillait d'activité, mais quoiqu'il ne se trouvât qu'à trois cents mètres des Pins, les bruits en provenance de l'autre rive paraissaient étouffés par du velours ou de la flanelle. Il y avait beaucoup de mouvement dans la cour et devant le logement du commandant. On entendait des coups de sifflet, et les volontaires venus du village ainsi que le shérif et ses adjoints s'organisaient en patrouilles. Tout cela pour un prisonnier évadé. Quand ils ne savaient pas quoi faire, et même quand ils savaient, ces gens-là ne pouvaient s'empêcher de s'agiter et s'agiter sans cesse. Les Anglais et les Canadiens à côté de qui il avait combattu pendant la Grande Guerre étaient pareils, n'arrêtant pas de creuser, de bouger, d'aboyer des ordres avant de recommencer à bouger, à creuser, à battre en retraite, à avancer ; une immense ruche qui ne produisait pas grand-chose sinon un bourdonnement constant semblable à celui d'un moustique. Les moustiques ne pouvaient pas faire autrement, bien sûr, c'était le frottement de leurs ailes, mais c'était ce bruit, si caractéristique, qui permettait de les chasser d'une claque, de réduire une vie à une minuscule tache rouge.

Emma, elle aussi, ne pouvait s'empêcher de s'agiter inutilement. Ses ailes étaient ainsi faites. Quand Harris avait appris à Félix qu'elle cherchait un gardien, il avait haussé les sourcils d'un air interrogateur, et Harris avait éclaté de rire en disant : « *Binekaaz.* » Il avait raison. Plutôt perdrix que moustique, elle gloussait et battait des ailes en sautillant sur les souches pour rassembler ses petits (même si elle n'en avait qu'un, Frankie, à moins que l'on ne compte dans sa nichée la grande maison et les bungalows composant les Pins). Comme si toute cette activité, toute cette énergie constituait une espèce de rempart contre la vie extérieure qui les traquait. En réalité, ce sont toujours ceux qui courent partout qui se font dévorer – les moustiques, les perdrix, et les soldats également. Ceux qui les traquent, ceux qui vont à leur rythme au milieu des broussailles, ce sont eux les tueurs.

Il était dix heures passées et Frankie n'arriverait pas aux Pins avant treize heures au mieux. Il y avait encore tant de choses à faire. Félix ferma les yeux.

Au cours de la semaine, Emma s'était montrée plus bizarre que d'habitude, aussi nerveuse que lui à la perspective du retour de Frankie. Et depuis l'évasion du prisonnier allemand, elle avait à peine pris le temps de s'asseoir. Elle était persuadée qu'il allait tout gâcher, mais Félix ne voyait pas pourquoi. Un homme seul, un Blanc dans les bois ne présentait pas de danger. Pourtant, elle était restée pratiquement la matinée entière devant la fenêtre, ne la quittant que pour aller jeter un coup d'œil sur les filles dans la cuisine avant de regagner son poste, puis de surveiller le jardin comme si elle s'attendait à un changement quelconque. Félix, debout à l'aube, avait biné le potager afin que les filles puissent cueillir les légumes, puis il avait réparé le portail pour qu'il ne grince plus, et une fois le soleil levé et les insectes partis se réfugier au cœur de la forêt, il avait pris sa faux pour couper l'herbe et les verges d'or autour du domaine. Après avoir fait le tour de tous les bungalows pour vérifier que les écrans-moustiquaires n'étaient pas troués, il s'était assuré qu'il y avait un seau d'eau devant chaque porte, un tas de petit bois à côté des poêles et un broc plein sur le lavabo. Comme il n'y avait pas assez de petit bois pour alimenter les poêles qui fonctionneraient probablement sans arrêt pendant les deux prochaines semaines, il était allé fendre d'autres bûches près de la piste menant au chemin forestier. Quelques années plus tôt, il avait signalé à Emma que partout ailleurs on utilisait des bouteilles de propane, mais elle estimait que le gaz était dangereux.

Vers sept heures et demie, alors que le soleil était déjà haut dans le ciel, il avait ratissé la pelouse de devant pour la débarrasser des brindilles et des pommes de pin afin qu'on puisse y marcher pieds nus. Il accomplissait cette tâche à ce moment-là, car sinon, Emma et Jonathan n'auraient rien remarqué. Il connaissait assez les Blancs pour ne pas ignorer qu'ils avaient besoin de voir les choses pour admettre qu'elles étaient faites. D'autre part, la venue de Frankie rendait Emma si nerveuse qu'il voulait la rassurer : tout était en ordre et le séjour se déroulerait au mieux. De fait, personne n'irait pieds nus. Il en était sûr. Frankie était maintenant trop vieux.

Autrefois, c'était différent. Dès qu'il arrivait en mai, le garçon se débarrassait de ses chaussures pour ne les remettre qu'à la fin août. Félix sourit à ce souvenir. Frankie et Billy couraient tout le temps pieds nus, même après que

Frankie avait marché sur un vieux bout de métal tandis qu'ils jouaient à cache-cache et qu'Emma avait paniqué des jours durant à l'idée qu'il puisse attraper le tétanos. Ses angoisses n'étaient pas justifiées. Comme toujours. À la fin de l'été, les pieds de Frankie étaient aussi pleins de corne et brunis que ceux de Billy.

Chaque année, à l'occasion du jour des soldats tombés au champ d'honneur, le dernier lundi de mai, Emma et Frankie venaient ouvrir les Pins. Avant cela, Félix avait trimé pendant des semaines. Il repeignait les volets, installait les cordes à linge, empilait du bois, réparait le ponton, s'assurait que le Chris-Craft marchait. Tous les trois ans, il le ponçait, revernissait la coque et le pont. Il fallait aussi déloger les chauves-souris de la cheminée. Une fois, un raton laveur avait élu domicile dans le poêle de l'un des bungalows, et il avait dû le tuer ainsi que ses petits. Et chaque printemps, quel qu'ait été le travail accompli, Emma descendait du Chris-Craft en compagnie de Frankie, promenait sur les Pins un regard sombre et prononçait des paroles du genre : « Il y a tellement de choses à faire. Tout tombe en ruine ! » Félix gardait le silence. De même quand Frankie le rejoignait pour couper du bois ou se rendre au village avec le pick-up faire des provisions pour l'été – pétrole, farine, sucre, lard, semences. Tous les ans, les moustiques étaient déjà là. Emma portait alors de longues robes amples et des corsages aux manches bouffantes pour se protéger les bras. Frankie les chassait d'une claque et se grattait les chevilles, si bien qu'Emma en faisait tout un cirque et l'enduisait de lotion à la calamine pratiquement de la tête aux pieds. Son fils la laissait faire. Félix ne disait rien. Frankie avait beau être occupé avec lui, elle l'appelait, et là, en plein soleil, elle le frottait ainsi, tandis que Félix feignait de ne rien remarquer. Ce devait être humiliant pour le garçon.

De son côté, Félix l'aidait à sa façon. Au volant du Chevy Confederate, Frankie assis près de lui, il attendait qu'un premier moustique atterrisse sur son bras, puis il l'attrapait, le posait sur sa langue et l'avalait. Ça n'avait quasiment aucun goût – un petit morceau d'écorce, une cendre, rien de plus. Ses parents faisaient la même chose. Son père s'exclamait : « Regarde, le premier moustique ! » Il le saisissait entre le pouce et l'index, puis il le mettait dans sa bouche et le gobait. « Voilà, ajoutait-il. Maintenant, ils ne t'embêteront plus. » On croyait en effet que si un parent mangeait le premier moustique de la saison, les autres s'attaqueraient à lui et non à l'enfant. Ce n'était pas le cas, bien entendu, mais son père le faisait malgré tout. Ainsi que Félix pour Frankie. Seulement, il ne disait rien. Il aurait été incapable de l'expliquer au garçon. Ou à Emma. Alors il se taisait.

Adossé à la cloison en pin brut du hangar à bateaux, il but une autre gorgée de thé.

Félix était né dans un wigwam, de simples perches soutenant un revêtement d'écorce, de tôle, de toile ou de tout ce qu'ils trouvaient. Il y avait un sol en terre battue avec un trou au milieu pour faire du feu, jusqu'à ce que son père récupère un petit poêle dans un camp de bûcherons abandonné. Ils accrochaient leurs affaires à des espèces de cordes, des *wiigoob*, pour éviter de les piétiner ou de les laisser moisir. Une vieille couverture de laine servait de rabat maintenu en hiver par des rames ou des bûches. Après la guerre, quand il rendait visite à ses parents, Félix était chaque fois surpris de constater à quel point tout – les habits, les couvertures, les ustensiles de cuisine, les chapeaux et jusqu'aux casseroles – sentait la fumée. Sa mère avait beau balayer et nettoyer sans cesse – c'était une femme menue, méticuleuse, tatillonne –, tout luisait, comme si l'endroit entier était recouvert d'une pellicule de graisse. Devenu adulte, il ne se rappelait pas avoir souffert de grandir dans de telles conditions. Il se souvenait juste de ses frères, de ses parents et lui, du faible éclairage de la lampe à pétrole, du murmure des voix de ses frères qui racontaient des blagues avant de s'endormir et de ses parents qui, le matin et le soir, se déplaçaient en silence dans le wigwam.

Ses frères et lui circulaient beaucoup à cette époque-là. Adolescents, ils allaient s'embaucher dans des camps de bûcherons situés aussi loin que Big Falls ou Orr. L'été, ils servaient de guides aux touristes venus pêcher le brochet. En 1915, alors qu'il avait seize ans, sa famille et lui se trouvaient dans un campement au bord du Bowstring où nombre d'Indiens descendus du Nord récoltaient du riz parce que le leur avait été détruit par les pluies. Il remarqua une fille venue de l'autre côté de la frontière en compagnie de ses parents. Petite, potelée, elle travaillait autour du campement. Elle criait après ses jeunes frères et sœurs d'un ton enjoué et chantant, et elle réussissait à s'en faire aider pour battre le riz, couper du bois ou porter des seaux d'eau puisée dans le lac pour faire la vaisselle et la lessive. Félix lui parlait à peine. Elle était vive, habile. Ses cheveux, tressés en nattes serrées, brillaient. Il s'efforçait de ne pas trop la regarder, mais quand il entendait des éclats de rire en provenance de chez eux, il ne pouvait s'empêcher de jeter un coup d'œil par-dessus les sacs qu'il préparait, et il la voyait qui, dans le trou creusé pour le riz, jouait les danseuses au son d'un violon imaginaire, la robe relevée montrant ses mocassins lacés qui lui arrivaient presque jusqu'aux genoux. Il distinguait ses cuisses, épaisses, fortes et lisses. Le numéro terminé, elle lâchait sa robe et se remettait au travail.

Cette nuit-là, il demeura longtemps éveillé. Le vent soufflait fort sur le lac, et il pensa aux grains de riz arrachés aux tiges, et aussi aux jambes de la fille – à la vitesse à laquelle elles apparaissaient puis disparaissaient. Que n'aurait-il donné pour en apercevoir davantage !

Le lendemain matin, pendant que ses parents moissonnaient le riz, il se dirigea vers le campement de la fille muni d'une marmite de sa mère contenant trois mètres de flanelle rouge. « Je crois que ça pourrait vous être utile », dit-il, et ne voyant rien à ajouter, il fit demi-tour et rejoignit le campement de ses parents. À leur retour, lorsque son père et sa mère constatèrent que Félix avait fait présent de leur meilleure marmite et de toute leur étoffe, ils ne lui dirent rien, du moins pas directement. Mais à l'heure du coucher, ils eurent ce dialogue :

« J'aimerais avoir un peu de soupe, dit son père.

– Oui, répondit sa mère. Ce serait bien. De la soupe avec du riz et de la viande de canard.

– C'est ce qu'il faut manger quand on récolte le riz. Tu pourrais peut-être m'en préparer un bol.

– Ce serait avec plaisir, mais j'ai égaré la marmite.

– Dommage, c'est tellement délicieux. »

Et c'est ainsi qu'ils firent comprendre à leur fils

qu'ils savaient qu'il avait donné leur meilleure marmite. La récolte terminée, et après que Félix et ses frères eurent vendu la part qui leur revenait, il acheta deux bouilloires en métal, la première pour ses parents, la seconde pour la fille. Il en laissa une dans le wigwam familial et porta l'autre jusqu'à Vermillion où elle se trouvait. Ils se marièrent, puis regagnèrent ensemble le village de Félix.

Il construisit une cabane à l'aide de dalles récupérées à la scierie et de papier goudronné glané dans un campement que les bûcherons avaient abandonné après avoir abattu les arbres les plus faciles à abattre. Aussitôt, il la jugea trop petite. Ovide, son frère aîné, disait en plaisantant que c'étaient les hommes qui construisaient des huttes de castor. Et c'était l'impression qu'il avait – un terrier où sa femme et lui faisaient leur toilette pour émerger dans le monde avant de se réfugier de nouveau à l'intérieur, à l'étroit entre les quatre murs de leur habitation, entourés de leurs affaires logées dans des paniers ou suspendues en ballots aux quelques poutres avec des bouts de ficelle et de *wiigoob*, tandis que les provisions étaient stockées dehors, l'été dans un trou bordé de pieux, et l'hiver dans une cachette dans les arbres à près de trois mètres de hauteur. Sa femme savait préparer les aliments. Elle fumait les poissons qu'il prenait dans ses filets, et une fois qu'ils étaient secs et durcis, elle les frottait entre ses mains pour les réduire en une fine poudre qu'elle rangeait dans des sachets. Elle faisait la même chose avec la viande de cerf. Elle battait le riz et cueillait des baies. Et aujourd'hui encore, quand il fermait les yeux, il la revoyait, tenant à la main les bâtons à battre le riz, les pieds fermement plantés dans la fosse, les mocassins lui montant jusqu'aux genoux, qui lui lançait un regard par-dessus son épaule.

Il n'était pas marié depuis longtemps que sa femme – rondelette, souriante, dure à la tâche, drôle – tombait enceinte. La cabane parut alors terriblement exiguë, même si personne de sa connaissance ne vivait dans plus d'une pièce. Il avait néanmoins besoin de davantage d'espace. Et d'argent, aussi. Regardant autour de lui, il ne vit qu'un désert – tous les grands arbres avaient été abattus et les bûcherons étaient partis plus au nord. Il n'y avait pas d'autre travail possible, pas pour un Indien. À l'automne, sa femme et lui prirent le canoë et traversèrent le lac pour participer à la danse du Tambour. Le second du meneur de cérémonie se leva pour danser au rythme de son chant, après quoi il évoqua la guerre de l'autre côté de l'océan. Arpentant le sol, il parla d'une voix forte, disant qu'il s'apprêtait à s'engager sur le sentier de la guerre à l'exemple de leurs grands-pères. Assis dans l'ombre au bord du cercle avec sa femme, Félix écoutait et regardait. Il n'occupait aucune position autour du tambour. Toutes les portes lui étaient fermées. La danse finie, il s'approcha du chanteur et déclara qu'il allait l'accompagner. Ovide, ivre de bourbon, annonça qu'il venait également. Ils continuèrent à boire et à se vanter. Ils débusqueraient l'ennemi et lui ôteraient la vie. C'était le discours que tenaient les jeunes, et Félix supposait que les jeunes étaient partout les mêmes. Encore soûls, l'esprit embrouillé, ils firent leurs sacs, rembourrèrent leurs casquettes, burent longuement de l'eau du lac, puis ils se dirigèrent vers le nord et la rive canadienne pour aller s'enrôler.

Félix revint en 1919 et trouva la cabane vide. Sa femme et son enfant étaient morts de la grippe en 1918. La cabane était telle qu'il l'avait laissée, sinon que le berceau était logé là-haut entre les poutres et que l'ancien lit avait été remplacé par un plus grand – pour permettre à la mère et l'enfant d'y dormir ensemble. Elle avait déchiré ses vieux pantalons et s'était servie des lambeaux pour isoler les murs. Rien d'autre n'avait changé, sauf qu'elle n'était plus là. Il n'y avait plus personne. Le vieux menuisier avait sans doute eu raison : il avait fabriqué le berceau trop tôt, beaucoup trop tôt. Il avait ainsi invité le malheur à entrer dans la maison et à s'y établir. La petite cabane semblait soudain grande, trop grande. En tout cas, trop grande pour lui et son chagrin qui, lourd, compact, farouche, pesait sur sa poitrine. Il partageait la souffrance que devait éprouver un animal.

Il prit leur belle lampe à pétrole, la renversa sur le plancher puis gratta une allumette. Il sortit et regarda la cabane flamber. Et quand il ne resta plus que quelques morceaux de bois calcinés qui sifflaient dans la neige, il empoigna son sac et partit chercher du travail dans les camps de bûcherons.

Le thé était maintenant tiède – à peu près de la température de l'air. Félix se leva de son fauteuil et jeta un coup d'œil par le coin du hangar à bateaux. Emma n'était plus à la fenêtre, le regard fixé sur le camp de prisonniers. Elle avait dû retourner dans la cuisine. Il envisagea de nettoyer le ponton, mais pour ce faire, il lui faudrait aller prendre le râteau dans le potager. Emma risquerait de le voir, et elle lui demanderait encore ceci ou cela. Il se tourna vers le ponton. Il avait vraiment besoin d'être entretenu. Il était presque onze heures, et le train était censé arriver à midi. Félix voulait tout autant qu'Emma que le retour de Frankie soit une fête. Or, avec l'Allemand en fuite et le Chris-Craft parti, Frankie ne pourrait pas traverser le fleuve. Il y avait donc d'autres priorités que le ponton.

Sans le Chris-Craft qui dansait contre lui, il paraissait désert, comme s'il attendait quelque chose. À côté, le bateau à rames et deux canoës étaient renversés dans l'herbe. Les garçons seraient obligés d'en prendre un. Il n'y avait pas d'autre solution. Félix abandonna sa tasse sur le fauteuil. Il s'empara au passage d'une pagaie adossée au mur du hangar puis se dirigea à pas vifs vers la pelouse devant la maison. Si Emma était dans la cuisine ou même si elle était sortie par la porte de derrière pour le chercher dans le potager, elle ne le verrait pas.

Billy aurait pu s'occuper du ponton et l'aider à répondre aux exigences d'Emma, mais il n'était pas venu ce matin. Félix avait laissé entendre qu'il aurait besoin de lui, mais le garçon était resté au village. Il voulait probablement se préparer à sa manière à accueillir Frankie. En l'observant la semaine dernière, Félix s'était rendu compte que Billy était tout excité. Il se lançait dans le travail avec frénésie, projetait des mottes autour de lui comme un blaireau qui gratte la terre alors qu'il creusait un nouveau trou pour les cabinets extérieurs, et il sciait le bois torse nu, ne s'arrêtant que pour chasser les taons qui l'attaquaient. Emma leur avait demandé de mettre tous les meubles sur la pelouse pour qu'ils puissent encaustiquer les parquets du bâtiment principal, et dans le hall, Félix avait plusieurs fois surpris Billy à s'examiner dans la glace. En ce moment, il devait sans doute prendre un bain avant d'essayer sa nouvelle veste et sa nouvelle casquette achetées chez Niesen.

Après avoir traversé la pelouse, Félix descendit vers la berge. Il retourna les deux canoës et les mit à l'eau. Il passa l'amarre du second autour du siège en osier du premier puis sauta dedans. Incapable de ramer assis, il s'agenouilla au fond du bateau et pagaya vers le milieu du fleuve qu'il commença à remonter, bientôt entouré de joncs qui le dissimuleraient à la vue d'Emma, à moins qu'elle n'aille se poster au bout du ponton, ce qu'elle ne faisait jamais.

Il se détendit un peu. Il pagaya sans hâte. Ce seraient les seuls instants de solitude dont il bénéficierait au cours des journées de la prochaine quinzaine. Frankie voudrait certainement se joindre à l'une des patrouilles de recherche. Il y a bien longtemps, Félix avait réagi de la même façon après cette danse du Tambour, impatient de partir, tenant de grands discours sur la guerre et les honneurs qui retomberaient sur sa famille et lui. En ce temps-là, tout lui paraissait aller lentement, trop lentement. La longue marche jusqu'au Canada, le bureau de recrutement de Fort Frances, le voyage en train pour Winnipeg où était stationné le 52e bataillon d'infanterie, puis la traversée des Grands Lacs en direction de Toronto, et de là, Terre-Neuve pour l'instruction, et ensuite la Nouvelle-Écosse et l'Irlande pour de nouvelles semaines d'instruction. Il avait quitté sa femme en novembre et neuf mois s'étaient écoulés avant qu'il monte au combat. Tout était allé si lentement.

Frankie serait tout aussi impatient, naturellement. Et Emma, tout aussi à cran. Chaque année, le jour des soldats tombés au champ d'honneur, le petit Frankie débarquait, excité et excitable. Les premiers jours, il descendait dès l'aube au hangar à bateaux. Il n'entrait pas ni ne frappait, mais les cloisons étaient si minces que Félix l'entendait arpenter le ponton ou lancer des pierres dans le lac en l'attendant. Félix buvait son thé, se lavait la figure, mangeait un morceau de pain, et à peine émergeait-il du hangar que Frankie s'interrompait au milieu de ce qu'il faisait pour s'avancer à sa rencontre et demander en quoi il pouvait l'aider. Il fallait au garçon une semaine ou deux pour s'habituer à dormir tard, à prendre les choses comme elles venaient et à se débarrasser du châle lesté d'inquiétude et d'angoisse dont Emma semblait avoir drapé ses épaules.

Quand Billy était arrivé aux Pins pour donner un coup de main, Frankie s'était laissé porter vers lui, doucement d'abord, puis plus vite, totalement. Il ne guettait plus Félix devant le hangar à bateaux. Les enfants sont ainsi. C'était normal. Félix se dirigea vers la rive opposée. À cette époque de l'année, les herbes tapissaient le lit du fleuve, mais çà et là, on apercevait le fond sablonneux deux mètres plus bas, couvert de tant de coquilles vides qu'il avait l'air gravillonné. Félix accosta devant le camp de prisonniers, puis il tourna l'avant du canoë vers la berge cependant que l'arrière dérivait dans le courant, après quoi il détacha l'amarre de l'autre bateau pour le faire venir bord à bord avec le sien. Sans même descendre, il amena le canoë sur la berge et le retourna. De l'eau coula. Il devait y avoir une fuite, une déchirure dans la toile. Il tiendrait encore une saison, ensuite, il faudrait refaire la coque. De toute façon, la fuite était sans doute mineure, située assez haut sur le flanc. Il fit demi-tour pour regagner le ponton, et c'est seulement là qu'il se rappela qu'il avait oublié de prendre les rames. Il échoua le canoë et s'apprêtait à aller les chercher quand il vit Emma déboucher de la maison.

3

En casquette et veste neuves, Billy attendait sur le quai en ciment. Le train prévu à midi avait du retard. Il régnait une chaleur étouffante, et le soleil, pratiquement au zénith, au lieu de faire évaporer l'humidité de la nuit, embrasait l'atmosphère. Le temps était lourd et il y avait à peine un souffle de vent. La veste était une mauvaise idée. En serge marron. Même si aucune autre n'aurait tenu plusieurs semaines, et encore. Il fallait qu'elle lui dure jusqu'à l'hiver. De toute façon, c'était la seule qu'ils avaient chez Niesen. Elle lui avait coûté cinq dollars, et la casquette, deux. Sept dollars pour se mettre sur son trente et un. Tout le printemps et jusqu'à la débâcle des glaces, il avait travaillé au camp de Dick Bolton au bord du lac Six Mile à écorcer des arbres au salaire de cinq *cents* la branche. Dick en obtenait dix de son patron et payait les jeunes (y compris son propre fils, Dickie Jr) la moitié, si bien que le prix de sa veste et de sa casquette représentait cent quarante branches, cent quarante branches rectilignes de sapins baumiers et de peupliers, longues de deux mètres quarante, écorcées au moyen d'un ressort à lames aiguisé, puis soigneusement liées et empilées, prêtes à être emportées. Avant qu'ils regagnent le village, Bolton leur retenait dix *cents* pour le pétrole et le chiffon destiné à se débarrasser de la poix. Billy avait cependant réussi à économiser, et l'été venu, il possédait une belle somme. Il l'arrondit en vidant et découpant les poissons en filets à Lyon's Landing au tarif de un *nickel* par poisson. Le week-end, il se rendait aux Pins pour aider Félix à préparer le domaine. Cet été-là, à cause de la guerre, il y aurait moins de monde que d'habitude. En juin et juillet, seuls Félix et Emma étaient présents. Et cette année, les parents d'Ernie ne viendraient pas. Le garçon, en revanche, était censé arriver avec Frankie.

Billy faisait ce que Félix et Emma lui demandaient : sortir les draps et les couvertures pour les bungalows, battre au moyen d'une pagaie les nattes ovales étalées devant les cheminées en pierre, chauler les murs, déloger avec un balai les nids d'hirondelles des avant-toits de la grande maison. Emma passait ses journées à glisser de pièce en pièce, disposant des babioles par-ci, par-là, changeant les fauteuils de place, établissant des listes. Parfois, elle restait l'après-midi entier dans sa chambre sous prétexte qu'elle était épuisée. Elle souleva un tapis et se plaignit que le parquet était abîmé par le sable de la plage et le frottement des pieds. Elle demanda à Billy et à Félix de vider les pièces du rez-de-chaussée de tous leurs meubles, dont le piano droit Chickering. Ils poncèrent les lattes de pin puis les passèrent à l'huile de tung avant de les encaustiquer à la cire Liberon qu'elle avait fait venir spécialement de New York. Après quoi, ils remirent les meubles en place, et Emma commença à réaménager. Elle voulut payer Billy comme lorsque à l'époque où, gamin, il travaillait en tant que préposé au ponton, mais il refusa. Frankie était son ami, et il se contentait de donner un coup de main à la mère de son ami. Le vrai salaire, la vraie récompense serait Frankie lui-même et sa réaction quand il arriverait et humerait l'odeur des Pins, mélange de laine, de fumée, d'encaustique et de cèdre.

L'argent qu'il avait économisé *nickel* après *nickel* ne venait donc pas des Washburn, et c'était important à ses yeux. Tout semblait lui rapporter un *nickel*. Une livre de myrtilles, un tronc d'épinette écorcé, un doré jaune – vidé, découpé en filets – tout ça : un *nickel*. Le train entrait en gare.

« Belle veste, Billy ! Quelle élégance ! »

Billy leva les yeux. Frankie était là, penché à la portière, canotier à la main, un large sourire aux lèvres. Billy ne put s'empêcher de sourire à son tour parce que la veste en question représentait plus de cent troncs écorcés et empilés et qu'il était ravi que Frankie l'ait remarquée. Adossé à un pilier, il ne bougea pas, en partie parce que la veste était si chaude qu'il craignait de tremper sa chemise de sueur. Il se contraignit à rester où il était, la casquette vissée sur la tête, comme un acteur dans l'un de ces films qui passaient le vendredi soir à la mairie.

Le train s'arrêta dans un grincement de freins. Frankie dit quelque chose à une personne qui se trouvait derrière lui, puis il sauta sur le quai et se tourna pour saluer ladite personne avant de se précipiter, main tendue, laquelle parut à Billy petite, toute petite dans la sienne, mais la paume était à la fois fraîche et un peu humide comme il aimait. Billy se décolla alors du poteau et se déploya de toute sa taille. Il avait beaucoup grandi au cours de ces derniers mois, et grâce à son travail dans les camps de bûcherons, ses épaules et son torse s'étaient étoffés. Il constata avec plaisir qu'il était aussi grand que Frankie, et plus musclé que lui.

« Comment vas-tu ? » demanda Frankie. Il portait une espèce de costume – en lin, peut-être – avec un pantalon à pinces. Les yeux plantés dans ceux de Billy, sans lui lâcher la main, il souriait, souriait, souriait, comme s'il ne parvenait pas à croire ce qu'il voyait. Il avait les cheveux courts sur les côtés et laissés longs sur le dessus. Il était aussi mince qu'avant, mais il avait le teint hâlé et les cils toujours aussi soyeux. Dans le soleil, ses oreilles semblaient légèrement rougeoyer. Il avait l'air heureux.

« Tu me parais en pleine forme, petit, dit-il.

– Et regarde », dit Billy, écartant les pans de sa veste comme un exhibitionniste, un geste qu'il avait répété. Frankie écarquilla les yeux sous le coup d'une feinte surprise au spectacle des flasques qui dépassaient des poches intérieures de la veste.

« J'adore ton style, petit. Je l'adore et je l'apprécie. »

Billy, son cadet de un an, était maintenant aussi grand que lui. Et indéniablement plus costaud. Le truc du « petit », il avait dû le prendre dans un film. Dans ses lettres, il parlait de ceux qu'il avait vus au Princeton Garden. Et aussi des garden-parties à l'université – il était passé en rase-mottes au-dessus de l'une d'entre elles aux commandes d'un Piper Cub, avait-il raconté avec jubilation. Il évoquait ses séjours à New York. Des univers que Billy ne parvenait pas tout à fait à imaginer sans le secours de Frankie. Celui-ci lui avait également envoyé des livres,

L'Iliade, *L'Envers du paradis*, *Tropique du Cancer*, *Adieu à Berlin*. Ces livres, il les avait lus et relus, et il les rangeait dans une caisse en bois sous son lit. Il n'était pas certain de tout saisir, mais il faisait son possible, ne serait-ce que pour essayer de comprendre Frankie qui avait vécu parmi des gens semblables à leurs personnages, qui était entré dans des maisons comme les leurs et avait parcouru les rues des villes mentionnées dans ces divers ouvrages. Quant aux films, ceux que Billy avait vus dataient de plusieurs années, limités à ceux que le monsieur du cinéma trimballait dans des boîtes cylindriques à l'arrière de sa Model A. Il allait ainsi de ville en ville tout au long de l'été – un vieil homme de petite taille dans une Model A, vêtu d'un costume d'une autre époque – et projetait les films sur un mur, à l'arrière de la mairie. Un jour, le projecteur était tombé en panne, et comme il n'arrivait pas à le réparer, le vieux monsieur avait fait taire d'un geste les spectateurs, puis il leur avait raconté la suite du film. Il s'en était tiré à merveille, restituant les voix, l'action, le suspense et tout le reste, mais ce n'était quand même pas la même chose. Il n'y avait pas non plus de bibliothèque au village, hormis les livres alignés sur une étagère de l'école. À dix ans, Billy les avait tous lus au moins une fois. La bibliothèque du lycée, situé à une trentaine de kilomètres, n'était guère plus riche. Ces livres-là aussi, il les avait lus.

« Hé ! s'exclama Frankie par-dessus son épaule. Regarde qui est là ! »

Ernie dégringola d'un wagon. Il portait lui aussi un costume en lin, mais le sien était froissé, et il avait les cheveux collés sur le crâne par la transpiration. Il avait sans doute perdu son chapeau quelque part entre Chicago et

Saint Paul. Il arborait une fine moustache noire, et ses mains étaient poilues. Il avait toujours le même visage large et carré, le même torse puissant, le même air cruel, porcin et rusé. Un autre garçon apparut derrière lui. Il était plus mince, plus réservé. David Gardner. Ses parents étaient propriétaires de la scierie et il venait lui aussi de finir ses études.

« Salut, Billy, dit-il.

– Salut, Dave. »

Ernie regarda Billy, mais avec plus de détachement que Frankie. Il se frotta les yeux et s'étira comme s'il descendait du lit et que le train, la gare et la perspective de passer quelques jours aux Pins constituaient une corvée, un devoir dont il lui fallait s'acquitter. Il s'approcha de Billy et de Frankie qui continuaient à se dévisager en se serrant la main avec chaleur. Il demeura un instant campé devant eux, les mains sur les hanches, puis il se massa les reins. Il semblait distrait, un peu éméché, mais Billy savait qu'il considérait tout à la manière des gens petits et mesquins. Il l'examinait comme s'il s'agissait d'un objet à vendre.

« Regarde ce que Billy nous a apporté », dit Frankie.

Billy ouvrit de nouveau sa veste, mais le geste parut cette fois maladroit, comme s'il jouait devant une salle vide. Le vêtement lui donnait à présent l'impression d'être miteux, une veste payée cinq dollars chez Niesen et non pas chez Langrock à Princeton.

Les yeux plissés, un poing sur la hanche, Ernie se pencha vers Billy, et là sur le quai, devant tout le monde – les bûcherons, l'employé des chemins de fer et les estivants –, il pêcha l'une des flasques dans une poche intérieure, puis il la leva dans la lumière du soleil avant de la loger au creux de sa paume.

« Y a pas d'étiquette, pas de marque.

– Ça se boira quand même, non ? demanda Frankie.

– De toute façon, c'est pas pour nous, mentit Billy. C'est pour les filles. » Il avait eu les bouteilles par Bolton qui les lui avait vendues un dollar chaque. Quarante troncs de sapin baumier. Quarante troncs écorcés et empilés pour ces deux bouteilles.

« Des Indiennes, sans doute. Ou autres, dit Ernie, décochant à Billy ce regard qui n'appartenait qu'à lui. Bon, allons voir ce qu'on peut trouver. » Il montra le chemin, et tous quatre laissèrent l'employé des chemins de fer se débrouiller avec les bagages tandis qu'ils traversaient la rue en direction du Wigwam Bar. Ernie ouvrit la porte, Frankie et David sur ses talons.

« Je reste dehors, dit Billy. Pour faire le guet, ajouta-t-il.

– Bien sûr, bien sûr », dit Ernie.

Billy avait le sentiment que tout partait à la dérive, que l'irréparable avait été commis, alors que c'était la dernière fois qu'il verrait Frankie avant Dieu sait combien de temps.

Ernie, Frankie et David ressortirent cinq minutes plus tard. Ernie avait à la main un sac en papier dans lequel s'entrechoquaient deux bouteilles.

« Qu'est-ce que vous nous avez déniché ? s'enquit Billy.

– Du Eight Roses, répondit Ernie avec un petit sourire. Tiens. » Il tendit le sac à Billy puis alluma une cigarette. Après quoi, il ne fit pas mine de vouloir récupérer le sac.

« C'est Harris qui nous a annoncé la nouvelle, reprit-il à travers un nuage de fumée. Il semblerait qu'un Allemand se soit échappé du camp. Je suppose qu'il a l'intention de descendre le Mississippi pour s'embarquer dans un sous-marin.

– Il s'est évadé hier», dit Billy, pas mécontent d'en savoir davantage qu'Ernie.

Frankie était tout excité. «Je vais peut-être me payer un Allemand avant même de quitter les États-Unis. Je pourrai peindre un swastika sur mon avion avant même mon premier décollage.

– Le swastika, c'est pour les avions que tu as abattus, pas pour les prisonniers évadés rattrapés, dit Ernie.

– N'empêche. Ils organisent des patrouilles de recherche et on devrait peut-être y prendre part. Qu'est-ce que t'en penses, Billy ?

– Oui, ce serait bien.» Il mentait. Il avait espéré avoir droit au rituel de l'arrivée aux Pins : le repas de fête sur la véranda, le ski nautique derrière le Chris-Craft et peut-être une partie de pêche en compagnie de Frankie. Avec un peu de chance, Ernie serait bientôt complètement soûl. Ils se dirigèrent vers le Chevy Confederate tout en buvant tour à tour au goulot de l'une des bouteilles pendant que l'employé des chemins de fer chargeait les bagages. Ensuite, ils s'entassèrent dans la cabine du pick-up, Ernie au volant et David à côté de lui. Puis venaient Frankie et Billy, coincé contre la portière. Frankie passa le bras derrière le dossier de la banquette, comme s'ils étaient tous les quatre membres d'un club.

«On va faire une sacrée bringue, les gars, dit Frankie. On va pas s'ennuyer !»

Ernie alluma une deuxième cigarette et donna des détails sur le matériel de pêche qu'il avait apporté. Frankie parla de l'US Air Force et des B-17, anticipant sur le récit de ses futurs exploits. Il passait d'un sujet à l'autre sans achever ses pensées. Il avait repoussé son chapeau sur son crâne, et il bredouillait un peu sous l'effet de l'alcool ou de l'excitation, ou peut-être des deux. Son bras pesait, à la fois lourd et léger, sur les épaules de Billy qui avait l'impression d'avoir le cœur également lourd et léger. La main de Frankie reposait sur son épaule. Pendant qu'Ernie les conduisait vers l'embarcadère d'où ils traverseraient le fleuve pour rejoindre les Pins, Billy regardait défiler les champs, les coupes claires et les broussailles. La moitié de la journée s'était déjà écoulée.

Ils n'arrivèrent aux Pins que vers trois heures. Le trajet dura plus longtemps que prévu, car Ernie s'arrêta à deux reprises pour pisser contre un arbre, se secouant de la tête aux pieds, puis quand ils se garèrent sur la berge près du camp de prisonniers, Frankie tint à ce qu'ils aillent trouver les gardiens et, les joues brûlantes, l'air important, les bras croisés sur la poitrine, il les interrogea à propos du prisonnier. Quel âge avait-il ? À quoi ressemblait-il ? Avait-il des traits caractéristiques ? Était-il armé ? Les gardiens acceptèrent les cigarettes qu'il leur offrit, mais à chacune de ses questions, ils se consultèrent du regard en haussant les épaules. Le gars avait l'air d'un Allemand et s'exprimait comme un Allemand. « Vous n'avez qu'à regarder autour de vous », ajoutèrent-ils. Billy transpirait sous sa veste. Il l'ôta et attendit patiemment que Frankie en ait terminé avec les gardiens, et lorsque Ernie lui-même, commençant à s'énerver, entreprit de décharger leurs bagages sur le quai, Billy lui prêta main-forte.

« Vous vous rendez compte ! s'exclama soudain Ernie. Pas un seul foutu bateau en vue ! »

C'était vrai. Le Chris-Craft n'était pas là. Les canots non plus. Ernie enleva sa veste de lin, la drapa sur les branches d'un saule, puis il revint à pas lourds chercher Frankie et Dave. Promenant son regard autour de lui, Billy repéra dans un taillis un canoë Old Town en bois et toile. Il alla le retourner et sursauta quand une nuée de moucherons s'en échappa. Il les chassa d'un geste, tira le bateau sur la rive et le poussa dans l'eau. Il paraissait en bon état. Il attacha l'amarre à une bitte de l'embarcadère et attendit. Frankie et Ernie ne tardèrent pas à dévaler la berge sans se soucier de leurs pantalons qui se prenaient dans les herbes à feu. Ils considérèrent la frêle embarcation d'un air sceptique.

« Tu sais pagayer, chef ? demanda Ernie, s'éventant de son chapeau. Je plaisante », ajouta-t-il, mais une seconde trop tard.

Les garçons chargèrent les bagages dans le canoë. Entassés au milieu, ils rendaient le bateau très instable. Ernie remonta chercher des pagaies au camp. Billy et Frankie échangèrent un coup d'œil. Ils sourirent sans rien dire pendant qu'Ernie dégringolait de nouveau la pente. Billy prit aussitôt les choses en main.

« Ernie, tu te mets devant. Frankie et David, vous vous casez derrière les bagages. »

Ils s'exécutèrent, et dès qu'ils furent installés, Billy lâcha le plat-bord, grimpa à l'arrière, puis s'agenouilla sur la membrure de cèdre pour pagayer. Ils avaient à peine parcouru une dizaine de mètres qu'il constata que de l'eau clapotait au fond.

« On sombre ! s'écria-t-il.

– Ramez, les gars, sinon, on va couler ! » hurla Ernie.

Frankie éclata de rire. Il n'y avait pas grand-chose à faire. Pagayant comme des fous tandis que le fond du canoë continuait à se remplir et que le bateau penchait dangereusement d'un côté puis de l'autre, ils filèrent sur le fleuve.

« Jetez du lest ! cria Ernie.

– Non ! Y a mon uniforme là-dedans. Je n'aurai jamais le temps d'en faire venir un autre ! »

Ils réussirent à traverser sans se noyer et sans perdre les bagages. Ernie sauta de l'embarcation alors qu'ils n'avaient pas encore atteint la rive, trempant son pantalon jusqu'aux genoux. Frankie et David l'imitèrent. Une fois l'avant du canoë échoué à côté du hangar à bateaux, Billy, utilisant sa pagaie comme une canne, s'avança vers l'étrave puis descendit tranquillement au sec.

« Eh bien ! Voyez-moi ça ! » s'exclama Frankie sans cacher son admiration.

Félix vint à leur rencontre sur le ponton. Il appela : « Mr Frankie ! », ce qui avait un côté à la fois drôle et solennel. Il serra tour à tour la main à Ernie, David et Billy. Peu après, Emma s'engagea sur la pelouse en virevoltant cependant que Jonathan, pipe à la main, sortait de la maison d'un pas nonchalant. La discussion dériva bientôt sur l'Allemand en fuite.

4

Jonathan n'en pouvait plus de cette matinée. Installé dans son fauteuil devant la cheminée, essayant de lire les journaux, il entendait littéralement Emma s'inquiéter, même si, plantée devant la fenêtre, le regard rivé sur la berge opposée du fleuve, elle restait dans l'ensemble silencieuse. Quand, pressée de fourrer son nez partout, elle passait près de lui en l'effleurant – manifestant ainsi son impatience –, il percevait cette anxiété dans son sillage, accompagné du froufrou agaçant de ces ridicules tresses de paille cousues à sa robe de bohémienne qui produisait un léger souffle d'air. Ce bruit n'avait rien de sensuel, au contraire de celui des talons hauts sur le lino recouvrant le sol de son cabinet ou du tintement de boucles d'oreilles sur le plateau métallique posé sur son bureau, ou encore du petit claquement des jarretelles sur une peau nue.

Le bruit de la robe d'Emma quand elle s'engageait d'un pas vif dans le couloir menant à la cuisine lui évoquait celui d'un balai, un balai qui ne ramassait pas grand-chose mais qui soulevait ce nuage de poussière émotionnelle qu'elle traînait tout le temps derrière elle et qui venait l'envelopper. Un nuage gonflé des soucis qu'elle se faisait pour Frankie. C'était, en plus des Pins, sa principale entreprise, sa principale source d'inquiétude.

Il entendit la porte de la cuisine s'ouvrir puis se refermer. Félix, en dépit de son zèle, n'avait pas encore graissé les gonds de cette fichue porte. Le bruit se répercutait à travers toute la maison, et par une journée chargée, elle grinçait sans cesse. On aurait cru le braiment d'une mule maltraitée. Il tenta en vain de reprendre sa lecture. Emma avait en quelque sorte aspiré ses pensées, et elle les retenait prisonnières, même si elle n'était pas parvenue à le convaincre de se joindre aux autres, les culs-terreux et les Indiens, à la poursuite de l'Allemand évadé. Il l'entendait poser des questions de sa voix aiguë et plaintive, auxquelles les Indiennes assises autour de la table fournissaient des réponses brèves d'un ton effacé, modeste : *Oui, m'dame* et *Non, m'dame* ou *Presque fini, m'dame.*

C'était triste, affligeant qu'elles s'abaissent ainsi quand Emma se trouvait dans la pièce. En général, dès que sa femme s'éloignait, Jonathan les entendait se lancer dans des discours animés qui se poursuivaient jusqu'à ce qu'Emma revienne dans la cuisine. Il ne pouvait pas comprendre ce qu'elles disaient, car elles parlaient dans leur langue, un enchaînement de syllabes glissées auxquelles, pour autant qu'il puisse en juger, se mêlaient quelques rares et précieuses consonnes. En tout cas, c'était un plaisir de les écouter. Elles lui rappelaient la petite famille de loutres qui, des années auparavant, avait élu domicile un été près du ponton, sans doute attirée par le casier à appâts. Jonathan aimait les loutres, et cette année-là, pendant les deux semaines de son séjour, il s'était installé sur le ponton dans un fauteuil pliant pour lire. Personne ne venait lui parler. Ni les loutres. Ni Félix. Il avait passé ainsi des journées fort agréables. Ces filles feraient une plaisante compagnie au lit, du moins lui semblait-il. Certes, elles se fanaient dès qu'Emma entrait dans la cuisine pour les réprimander et étaler toute sa bonne éducation, mais elles n'étaient pas naïves. Au lit… ce serait différent. Jonathan se figurait que leur véritable nature se dévoilerait alors ; elles se montreraient sexuellement aussi appétissantes que leur peau paraissait l'être, tandis qu'elles s'ébattraient autour de lui comme des loutres, luisantes et souples.

Non qu'il ait tenté de les séduire ou de faire la moindre avance à l'une d'entre elles, même après qu'Emma en avait surpris une – était-ce Betty, la plus âgée, ou bien Stella, la plus jeune ? – avec Ernie et Frankie dans l'un des bungalows réservés aux invités. Ernie était un étudiant buveur et flambeur. C'était le genre de fils que Jonathan avait toujours rêvé d'avoir, le pantalon maculé de traces d'herbe, les coudes écorchés et le cœur espiègle. Emma avait été choquée, mais il ne voyait pas ce qu'il y avait là de grave. C'était cela être jeune, et les filles ne s'en plaignaient pas. Un peu de bourbon, une pièce bien chauffée et des attentions, voilà ce qu'elles désiraient en réalité. Et pourquoi pas ? Où était le mal ? En quoi trouver du plaisir entre les cuisses lisses et fortes d'une Indienne serait-il répréhensible ?

Ou dans la masturbation, d'ailleurs. Il était un homme de science. Et au cours de toutes ses années de pratique, il n'avait jamais vu un homme devenir aveugle ni présenter des poils ou des verrues dans la paume. Lui-même, quand il ne couchait pas avec l'une des infirmières ou quelque autre fille travaillant dans son cabinet, il se masturbait tous les jours sans en subir de conséquences. Il n'était pas fatigué, privé de volonté ou dégénéré. Il subvenait aux besoins de sa famille, donnait de l'argent aux œuvres de bienfaisance. Il n'était pas Rockefeller, mais il tenait sa place au sein de la société. Dans l'une de ses tentatives pour endurcir Frankie, il l'avait inscrit chez les scouts. C'était censé faire de lui un homme, l'habituer à la vie au grand air et à la saine camaraderie entre jeunes aventuriers. Baden-Powell avait mis le doigt sur quelque chose. Un jour, cependant, ne trouvant rien à lire, Jonathan avait pris *Le Guide du scout*. Il avait passé la soirée dans son bureau à se tordre de rire. Le chapitre sur la puberté était particulièrement hilarant. *Tu te réveilleras peut-être avec un pénis en érection*, lisait-on. *Parfois, tu feras des rêves étranges, tu sentiras comme un chatouillement et ton caleçon sera humide parce que tu auras émis un fluide nocturne.* Le guide conférait à tout cela un côté tellement mystérieux, tellement compliqué. Et le terme de « fluide nocturne » avait quelque chose d'ésotérique. Qu'est-ce qu'ils s'imaginaient ? Quel était leur but en écrivant des inepties pareilles ? Les scouts étaient supposés faire de garçons des hommes, et non les amener à avoir peur de leur propre queue.

En tout cas, Frankie, lui, semblait bien avoir peur de la sienne. Durant toutes les années que son fils avait passées à la maison, Jonathan ne l'avait jamais pris sur le fait, n'avait jamais découvert le gant de toilette révélateur (non qu'il s'occupât de la lessive, mais on finit toujours par trouver ces choses-là, même dans une demeure aussi vaste que la leur), et ne l'avait jamais vu reluquer les femmes que lui, Jonathan, reluquait sur Michigan Avenue. Il n'avait jamais surpris son fils à bavarder avec les filles de la cuisine ni, bien sûr, à faire l'amour avec elles. Et, en vérité, cela ne l'aurait pas le moins du monde dérangé que Frankie couche avec une, deux voire trois de ces filles. Le garçon en aurait tiré beaucoup de plaisir et une mine d'enseignements utiles. Et quand Frankie serait devenu père de famille et Jonathan un vieux et gentil grand-père, ils en auraient plaisanté ensemble. Seulement, Frankie ne plaisantait jamais. Il était gai mais sérieux, d'un abord facile, et c'était agréable de discuter avec lui, mais sous ces apparences, même Jonathan sentait une réserve, une personnalité craintive, comme sur ses gardes.

Il entendit Emma sortir de la cuisine. Les filles continuèrent leur travail, mais elles ne commencèrent pas tout de suite à discuter entre elles. Emma devait être encore dans les parages, peut-être à contempler son maudit potager. Elle l'adorait et n'arrêtait pas de vanter le soin que Félix mettait à l'entretenir, arrachant les mauvaises herbes sans même avoir à se baisser grâce à l'usage répété de la houe. Ainsi, pendant l'ouverture des Pins de mai à la mi-septembre, ils n'avaient que très peu de choses à acheter – tout juste le lait, les œufs et le bacon. Les rangs de petits pois, de haricots, de carottes, de navets, de radis, de même que les pommes de terre et les courges (pour leurs fleurs uniquement, car les courges elles-mêmes ne poussaient en général que plus tard dans la saison), tout cela était un régal pour les yeux. Il y avait aussi le maïs, si majestueux, si vert. Les petits pois et les haricots étaient délicieux, comme presque tous les légumes du jardin. La laitue, au contraire, était amère. Les tomates mûrissaient de manière anarchique, et le maïs venait trop tard. Les ratons laveurs arrachaient tout le temps les pommes de terre et mordaient dans les melons. Les légumes semblaient dotés d'une personnalité propre. On ne savait jamais ce qu'ils allaient donner. On était dans les années 1940, après tout, et avec l'aide de la science, ils devraient être plus fiables, plus réguliers, mûrir en même temps, être plus ou moins calibrés.

Jonathan soupira. Il s'apprêtait à replier les journaux pour les empiler dans la corbeille en cuivre près de la cheminée quand il perçut des cris et le choc d'un canoë contre le ponton. Il se dirigea tranquillement vers la salle de séjour pour aller regarder par la fenêtre donnant sur le fleuve. C'était sans doute la patrouille de recherche qui rentrait. Ils avaient peut-être retrouvé l'Allemand et le ramenaient en triomphe, eux qui venaient de sauver la forêt d'un sous-marinier solitaire privé de son sous-marin. Non, il s'agissait d'autre chose.

Frankie était arrivé.

Comme les hommes du shérif se servaient encore du Chris-Craft, Frankie, Ernest, Billy et l'autre garçon avaient à l'évidence emprunté un canoë, l'une de ces grandes embarcations de toile à la membrure de cèdre, et avec Ernie devant, Frankie et cet autre garçon au milieu, tandis que Billy pagayait à l'arrière, ils avaient traversé le fleuve.

Emma aussi avait dû les entendre. Elle se tenait au pied du ponton. Sa robe ridicule se gonflait dans le vent chaud, et sous le coup de l'heureuse surprise, elle avait plaqué la main sur sa bouche.

Sa surprise, néanmoins, avait l'air feinte, théâtrale. Elle devait être dans le potager au moment de leur arrivée, si bien qu'il lui avait fallu retenir son cri de joie, le garder en elle pendant qu'elle s'avançait sur la pelouse et le nourrir, en attendant pour serrer son fils sur son cœur que les garçons aient cessé de s'esclaffer et de boire comme les étudiants de grande université qu'ils étaient, puis qu'ils soient descendus du canoë. C'était cette attitude et cette tendresse affectées (comme si, ouvrant un placard pour prendre du sel, on y découvrait à la place un bébé) qui, plus que tout le reste, exaspéraient Jonathan. Plus que son inquiétude perpétuelle, plus que sa façon de s'habiller (il ne lui serait jamais venu à l'esprit de mettre un tailleur chic comme toutes les secrétaires en portaient aujourd'hui), et plus encore que ses monologues dégoulinants de sentimentalité sur leur merveilleux fils, et plus aussi que les fois où, tous les deux ou trois jours (même si, au fil des ans, cela se produisait de moins en moins souvent), incapable de se lever, elle pleurait sans arrêt, et quand on lui en demandait la raison, elle se bornait à répondre : « Joséphine, ma pauvre petite Joséphine. »

Jonathan plissa le front. Il ne voyait pas très bien d'où il se tenait, mais quand Frankie, sortant du bateau, posa le pied sur le ponton, il songea qu'Emma avait peut-être raison : leur fils était devenu un homme. Il distingua l'éclair de ses dents blanches tandis qu'un grand sourire illuminait son visage hâlé (un teint probablement acquis au cours d'un séjour à Key West après l'obtention de son diplôme), et ses épaules paraissaient presque aussi larges que celles de Billy. Puis sa mère le prit dans ses bras, le dissimulant aux yeux de Jonathan.

Il laissa retomber le rideau. Il savait qu'il devait aller accueillir son fils, mais cette idée le contrariait. Il s'arrêta devant la cheminée pour récupérer sa pipe posée près du fauteuil, puis il entreprit de la bourrer pendant qu'il passait la porte et descendait les marches en direction du ponton. Quand il s'engagea d'un pas tranquille sur la pelouse (Félix l'entretenait à la perfection, il lui fallait le reconnaître), finissant de bourrer sa pipe, Frankie avait réussi à se dégager de l'étreinte de sa mère, et il baissa la tête alors qu'elle tentait de rectifier une de ses mèches pour la lui glisser derrière l'oreille.

« On va te les couper bientôt, non ? À l'armée. On va te raser le crâne.

– Maman, pour l'amour du ciel, dit-il avec un sourire penaud en jetant en regard par-dessus son épaule à Billy, Ernest et David (ah oui, il s'appelait David, Dave Gardner), puis à Jonathan, qui était maintenant à quelques pas de lui.

– Je voulais juste dire que tu as de beaux cheveux, se défendit timidement Emma.

– Je m'en fiche », dit Frankie, mais son geste le trahit qui, achevant celui entamé par sa mère, remit la mèche en place.

Ernie dit à Billy et à David quelque chose qui les fit rire.

« Père. » Frankie se redressa, tendit la main avec raideur, et Jonathan, se sentant un peu idiot, l'imita. Ils échangèrent une poignée de main.

« L'armée de l'air, ça doit être passionnant, non ?

– Il paraît que nous avons d'abord une bataille à mener sur le front intérieur.

– Où sont les autres ? Vous n'étiez pas censés être plus nombreux ? » Mal à l'aise, Jonathan ne trouva rien de mieux à dire.

« Ils n'ont pas pu venir. Des élèves officiers de la marine. Ils ont été obligés de partir tout de suite après la remise des diplômes.

– Ah bon ?

– Il semblerait donc qu'on ait un sous-marinier allemand à retrouver, dit Frankie avec un sourire.

– Un prisonnier évadé. Un homme seul dans les bois. Difficile de parler de bataille. » Jonathan se tourna pour se protéger d'une rafale de vent imaginaire et allumer sa pipe.

« Félix, je vous ai cherché toute la matinée, dit Emma, s'adressant à l'Indien qui se tenait devant le hangar à bateaux.

– Oui, m'dame.

– J'espère que vous comptez vous lancer avec les garçons à la poursuite de cet Allemand. Jonathan irait bien aussi, mais il a ses revues, des cas à étudier. Quoi qu'il en soit, vous accompagnerez les garçons. On ne peut pas laisser cet homme commettre toutes sortes de méfaits dans la région. Et ensuite, avant qu'il fasse nuit, il faudra nettoyer la plage. Il doit y avoir des poissons morts sous le ponton, car l'odeur est pestilentielle. Si on veut se baigner demain – et les garçons le voudront certainement –, eh bien, il faut absolument faire quelque chose.

– Oui, m'dame. »

Tirant sur sa pipe, Jonathan pivota pour faire face au

groupe. Frankie avait en effet changé. Il était bronzé et il avait forci.

Frankie inclina la tête à l'intention de son père, puis il se tourna vers Félix.

« Mon vieux Félix, c'est un plaisir de te revoir. Un grand plaisir.

– Mr Frankie », dit Félix. C'était ce qui, chez lui, se rapprochait le plus d'une marque d'affection.

« Tu n'as pas l'air d'avoir vieilli. »

Félix sourit.

« Bon, on ferait bien de se mettre à la recherche de cet Allemand, reprit Frankie. Plus on attend, plus il risque de créer des ennuis. Félix, le Winchester est toujours en haut du placard ? »

L'Indien fit signe que oui.

« Hé, p'pa, on a besoin de ce fusil. Rien ne vaut le Winchester 101 pour convaincre un Allemand de nous suivre gentiment.

– On n'a que du plomb pour lapin et coq de bruyère, dit Jonathan.

– Y a de la chevrotine double zéro », intervint Félix.

Jonathan fronça les sourcils. Il n'aimait pas être contredit, en particulier par un Indien.

« Oui.

– Dans ce cas, on prendra les cartouches pour la chasse à l'ours, n'est-ce pas, Félix ?

– Pour la chasse à l'homme », corrigea Ernie en souriant.

Jonathan ne pouvait plus supporter ces bavardages, ces traits d'esprit. Il leur souhaita bonne chasse. Il les reverrait au dîner, ajouta-t-il. Ils poursuivirent sur le même ton tandis qu'il regagnait la maison. Quand il alla boire un verre dans la cuisine, les filles qui regardaient et écoutaient à la fenêtre détalèrent comme des souris pour reprendre leur place autour de la table et continuer à écosser les petits pois et à éplucher les pommes de terre.

5

Ils empruntèrent le chemin qui partait de derrière pour rejoindre la piste puis le sentier forestier parallèle au lac. C'était sur cette même piste et dans cette même forêt que Billy et Frankie avaient joué et où, plus tard, devenus adolescents, ils se réfugiaient pour échapper à l'univers des adultes. Aujourd'hui, Billy leur trouvait quelque chose de différent. La chaleur au milieu des tilleuls et des érables était écrasante. Bizarrement, il n'y avait que très peu de pins autour des Pins, hormis ceux qu'on avait plantés et qui servaient de brise-vent entre la propriété et les bois, lesquels se composaient surtout de peupliers et autres feuillus. Les taons bourdonnaient et la chemise de Billy lui collait aux aisselles sous sa veste de laine. Il n'avait pas pensé à la laisser, car Frankie s'était montré trop impatient de se lancer à la recherche de l'Allemand. L'air semblait lourd de la menace de pluie, mais le ciel était clair et le chef de gare leur avait assuré que le temps resterait au beau. L'atmosphère donnait cependant l'impression d'être si épaisse qu'on aurait pu y nager.

Félix marchait devant, suivi de Frankie – qui avait tenu à porter le Winchester – puis de Billy, Ernie et David, dans cet ordre. Frankie abreuvait Félix de questions auxquelles celui-ci se bornait à répondre par des marmonnements. Billy suggéra qu'Ernie continue vers le nord pendant que Félix et David couperaient par le marécage.

« Ouais, bonne idée, dit Frankie. On va prendre le chemin forestier et on se retrouve de l'autre côté du marais. J'aurai un meilleur angle de vue pour tirer.

– Angle de vue ? fit Ernie.

– Oui, ou appelle ça comme tu voudras. » Frankie haussa les épaules.

« OK », dit Félix.

Ernie s'avança vers Billy et le dévisagea avec des yeux injectés de sang, comme s'il avait dit quelque chose ou qu'il l'avait de quelque manière provoqué.

« Une pour la route. » Il pêcha l'une des bouteilles dans la poche de Billy puis, sans ajouter un mot, il s'enfonça dans les taillis, tandis que les branches se refermaient derrière lui.

Félix fit signe à David, et tous deux partirent dans l'autre direction.

Frankie haussa les sourcils comme pour dire : « Alors ? » Billy sourit.

Ils ralentirent le pas. Ils étaient entourés de nuées de mouches à chevreuil, et Billy se demandait si le bourdonnement était le produit des insectes ou celui du sang dans ses oreilles. Il entendait battre son cœur. Ils longèrent un moment le sentier en silence. Le Winchester braqué, Frankie scrutait la forêt. Il finit par se tourner vers Billy. « Portez armes ! » dit-il. Et Billy sourit de nouveau.

Quelques minutes plus tard, Billy quitta le sentier et s'engagea dans le sous-bois jusqu'à une petite clairière.

« Tu sais, Frankie, je crois pas qu'il soit dans les parages.

– Il pourrait être n'importe où.

– Mais pas ici. Détends-toi, bon Dieu ! Tu es tellement nerveux !

– J'ai fait de l'exercice, dit Frankie, rougissant.

– Ah bon ?

– Oui, afin d'être prêt pour l'armée.

– Oh ?

– Des pompes, des flexions, des étirements. Des trucs comme ça.

– Tu dois être devenu plus costaud. » Billy avait le cœur qui cognait dans sa poitrine.

« Ouais, je suppose. Je faisais de la course, aussi. Pendant notre séjour à Key West après la remise des diplômes, je courais tous les jours sur la plage.

– Fais voir. »

Frankie se tourna vers Billy qui lui tâta le bras.

« Waouh !

– Arrête.

– Non, non. C'est impressionnant. »

Frankie le regarda droit dans les yeux.

« Tu m'as manqué, Billy. Terriblement manqué. »

Tout en parlant, il enleva une brindille prise dans les cheveux de Billy et se pencha, paupières closes. Billy l'imita pendant que Frankie l'embrassait. Combien de temps s'était-il écoulé ? Un an ? Tout un cycle de saisons, les corvées, l'école, les arbres à écorcer, et puis les livres, les lettres et les pauvres réponses qu'il écrivait en retour, pleines de taches d'encre et sans doute de fautes d'orthographe. Billy lui rendit son baiser, savourant le léger picotement de sa barbe de quelques jours. Le sang lui battait aux tempes.

Malgré le grondement, il entendit un bruit venant de derrière lui. Il se retourna. Félix et David débouchaient des broussailles. Puis Ernie arriva de l'autre côté.

Il dit quelque chose, mais Billy avait les oreilles qui tintaient et il ne comprit pas. Peut-être qu'ils n'avaient rien vu. Ou peut-être qu'ils avaient vu sans se rendre compte de ce qu'ils voyaient. Frankie bafouilla quelques mots. Il s'était écarté de Billy et commençait à s'éloigner.

« Viens, Billy. Allez, viens. »

Billy le suivit en trébuchant.

« Foutus Indiens ! reprit Frankie. Alors, tu viens ? »

Le visage fouetté par les branches, il se fraya un passage au milieu des taillis, Billy sur ses talons. Ils continuèrent ainsi pendant une minute ou deux.

« Calme-toi, Frankie, je pense qu'ils n'ont rien vu.

– Vu quoi ?

– Tu veux bien t'arrêter une seconde ? »

Frankie s'exécuta, mais il se refusa à regarder Billy.

« Personne ne dira quoi que ce soit.

– Laisse tomber. »

Billy aurait voulu poser de nouveau la main sur le bras de Frankie, le serrer contre lui jusqu'à ce qu'il se calme, mais il n'osait pas. Il avait envie de lui dire qu'il aimait ses bras minces, ses bras musclés sans chairs inutiles. Et aussi qu'il aimait ses poignets, ses cils soyeux. Mais là non plus, il n'osait pas. Il aurait voulu lui dire : « Tu te rappelles ? Tu te rappelles quand on se cachait dans les bungalows ? Quand je te prenais dans mes bras et que j'enroulais mon corps autour du tien, plus petit que le mien à l'époque. Tu te rappelles ? Il te fallait beaucoup de courage pour permettre cela. » Et surtout, il aurait désiré revenir en arrière, ne plus penser au prisonnier évadé, remonter dans le canoë, retourner à la gare et attendre, mais attendre que seulement Frankie et rien que Frankie descende du train. Et il aurait désiré que ce soit un autre train, une autre gare, une autre ville qu'ils ne connaissaient pas et où on ne les connaissait pas. Un endroit anonyme que personne ne songerait à visiter. Et Frankie se serait exclamé : « Belle veste, Billy ! Quelle élégance ! » Et puis : « J'adore ton style, petit. »

Billy se contenta d'ajouter : « Tout le monde finira par oublier.

– Dans deux semaines, je pars. Dans deux semaines, je serai à Montgomery.

– Je sais.

– Qu'est-ce que tu vas faire à dix-huit ans ? Qu'est-ce que tu envisages ?

– J'y réfléchis. Viens, on rentre. On peut contourner le marais et retrouver les autres à la maison. Il y aura des tas de gens.

– Chut.

– Frankie, s'il te plaît…

– Chut, tais-toi. »

Frankie se tourna vers un épais fourré. Quelque chose bougeait sous un amas de branches tombées.

« Tu entends ? »

On ne voyait rien, mais on percevait le bruissement des feuilles.

6

Jonathan était allongé sur son lit. Les Pins avaient enfin retrouvé leur calme, et à présent on entendait vraiment ces maudits pins. L'après-midi s'achevait (pouvait-il être déjà cinq heures ?) mais la chaleur n'était pas retombée. L'herbe ainsi que la moindre feuille semblaient suer, dégouliner de chaleur, et avec le silence revenu qui lui permettait de respirer, il se félicitait doublement de ne pas s'être joint aux autres à la poursuite de l'Allemand. Il avait pourtant failli céder une première fois à la demande d'Emma, puis une seconde fois quand Frankie était arrivé avec Ernest, Billy et cet autre garçon dont il oubliait sans cesse le nom. Il avait été à deux doigts de le faire pour ne plus avoir à supporter les papillonnements fébriles de son épouse. De plus, l'excitation de Frankie était contagieuse. Mais il avait rencontré suffisamment d'Allemands pendant la Grande Guerre pour savoir que c'étaient des gens corrects, et il avait regretté qu'on ait dû en tuer autant. Il en avait même sauvé quelques-uns qui avaient été repoussés dans leurs tranchées, et il était content de l'avoir fait. Il avait eu le sentiment d'accomplir un acte noble. Les Japonais, c'était différent. Et là, couché sur son lit, tournant la tête d'un côté puis de l'autre en quête d'un souffle d'air, il se demanda si dans la même situation, il en aurait sauvé. Probablement pas. Après ce qu'ils avaient fait, il était difficile d'imaginer qu'on puisse les aider ou seulement lever le petit doigt pour secourir un blessé. Qu'il se vide de son sang ! Il avait vu souvent des hommes étendus à terre qui, phénomène étrange, ignoraient la plupart du temps qu'ils étaient condamnés. Ils regardaient autour d'eux comme s'ils cherchaient quelque chose, quelque chose qu'ils ne trouvaient pas. Ils gémissaient, suppliaient, mais comme eux, il ne savait pas ce qu'ils espéraient ou demandaient. Ensuite, ils mouraient.

Jonathan regrettait que les Pins ne soient pas raccordés au réseau électrique, sinon, il aurait pu installer l'un de ces ventilateurs qu'ils avaient à Chicago et qui lui aurait apporté un peu de fraîcheur. Il faisait si lourd qu'on se serait cru sous les tropiques plutôt que dans le Nord. Il tourna de nouveau la tête, mais sans bouger les bras ni le reste du corps. Il s'était tiré de la guerre indemne à l'exception de quelques égratignures et d'un léger cas de « pied des tranchées » survenu vers la fin et qu'il avait réussi à guérir en glissant des bandages dans ses godillots et en les faisant sécher au-dessus d'un bec Bunsen à l'infirmerie. On devait éprouver une curieuse sensation quand on recevait une balle. Il secoua rapidement la tête de droite à gauche, murmurant : « Ooh, ooh mon Dieu, ooh », à l'exemple des soldats qu'il soignait alors. Il alla jusqu'à imiter l'espèce de gargouillement qu'émettaient souvent les blessés, comme s'ils avaient soif ou qu'aspirer de l'air aurait pu de quelque manière soulager leurs souffrances.

« Ooh, ooh mon Dieu, ooh. »

Un frémissement naquit en lui. Un instant plus tard, il glissa la main sous la ceinture de son pantalon. Et pourquoi pas ? Il s'en débarrassa puis se rallongea, en caleçon et tricot de corps. Il dégagea son sexe qui, reposant long et souple sur le coton blanc, dépassait par la braguette comme enveloppé et prêt à être activé. C'était ce qu'il préférait. Il n'aimait pas voir le nuage furieux de sa toison pubienne et son sexe en émerger comme le tronc d'un arbre au-dessus de la canopée de la jungle. Voilà pourquoi il gardait son caleçon. Ainsi, son sexe lui paraissait moins être un prolongement de lui-même avec sa racine ancrée près de l'anus (ainsi qu'il l'avait appris pendant ses études de médecine). En caleçon, c'était comme si son pénis n'avait pas d'origine, pas de terre ancestrale. Il se dégageait du coton blanc, pur, sans histoire, sans passé.

Il faudrait que cela suffise jusqu'à son retour à Chicago.

« Ooh, ooh mon Dieu, ooh. »

Il allait devoir patienter des semaines – des semaines ! – pour entendre ces gémissements jaillir d'une autre bouche que la sienne quand, après une longue journée de consultations, il pourrait enfin fermer la porte de son cabinet et prendre du bon temps avec l'une des infirmières. L'une de celles qui ne demandaient que cela. En attendant… eh bien, il était excellent chirurgien. Il opérerait sur lui-même.

Emma ne lui serait d'aucun secours. C'était une brave femme, bonne mère et bonne épouse, mais la passion était assurément une chose qu'elle n'avait jamais éprouvée et elle ne changerait pas. L'inquiétude était chez elle le sentiment le plus proche de la passion, et elle s'inquiétait du matin au soir. Que ce soit pour savoir quelles fleurs des champs placer dans quels vases et à quelles tables ou bien s'il fallait ou non ajouter du persil aux petites pommes de terre nouvelles. Elle avait l'habitude agaçante de parler toute seule pendant qu'elle arrangeait les fleurs. Elle se reculait d'un pas, les sortait, les remettait, tournait un peu le vase puis recommençait. Tout comme elle se tenait devant la bibliothèque à côté de la cheminée et se tapotait le menton en se demandant quels livres leurs hôtes apprécieraient de trouver comme par hasard dans leur bungalow. En général, elle finissait par régler elle-même ce genre de problèmes, mais lorsque Jonathan était à portée de voix, elle ne pouvait s'empêcher de l'interroger tout en sachant combien cela l'énervait.

« Tu crois que Mrs Norton aimerait *Les Ambassadeurs* ? Quand on le lit sous l'angle qui convient, c'est un livre drôle.

– Donne-lui D.H. Lawrence, ma chère.

– Voyons, Jonathan, sois sérieux.

– Demande à Félix, alors. Je suis persuadé qu'il aura une idée.

– Ooh, Jonathan. »

Oui, ooh.

Ooh, ooh mon Dieu, ooh.

Jonathan opéra plus prestement de la main droite, tandis qu'il glissait la gauche sous l'élastique de son caleçon pour se caresser.

La phrase « Demande à Félix » était devenue une espèce de plaisanterie entre eux. Au début, la façon qu'elle avait de raconter tout le temps ce que Félix avait fait, ce qu'il avait réparé et avec quelle dextérité l'exaspérait. Chaque fois qu'on parlait des Pins, Félix revenait sur le tapis.

Même durant l'hiver qu'il passait dans le hangar à bateaux à trafiquer Dieu sait quoi – en plus de boire, bien entendu –, il envoyait régulièrement des lettres, puis des télégrammes par l'intermédiaire de Harris du Wigwam Bar. C'était sans doute celui-ci qui les rédigeait à partir des informations brutes livrées laconiquement par Félix : *Tout va bien aux Pins* ou *Quelques arbres abattus par la tempête mais le reste n'a rien.* Harris fournissait des tas de choses (c'était lui qui avait procuré à Jonathan son scotch et son gin, y compris pendant les années de prohibition où il ne trouvait pas ce qu'il lui fallait à Chicago).

Jonathan entoura de sa main gauche la base de son sexe pour contenir le sang à l'instar d'un barrage qui contiendrait les eaux du lac. Il s'efforça de penser aux filles de la cuisine, mais c'était du réchauffé. Il projeta son esprit vers Chicago, vers son cabinet et l'infirmière qu'il fréquentait ces derniers temps (sauf, naturellement, ces jours-ci qu'il gaspillait aux Pins).

Ooh, ooh mon Dieu, ooh.

Il y avait beaucoup de nouvelles infirmières. Certaines étaient rattachées à l'armée et seraient envoyées en Europe, mais on en avait aussi besoin sur le front intérieur. Il recevait de nombreuses candidates et en embauchait plus que nécessaire, ou plus qu'il ne pouvait se le permettre. Ils n'étaient pas riches, mais comme ils ne possédaient pas grand-chose au moment du krach, ils n'avaient presque rien perdu. Il avait travaillé dur, et ce depuis des années, alors ils étaient à l'aise. La dernière infirmière qu'il avait engagée était de ces filles entreprenantes. Comme il était devenu impossible de trouver des bas, elle avait tracé une ligne droite parfaite allant de ses talons à ses fesses au moyen d'un crayon à sourcils.

Jonathan avait certes noté le trait noir et l'absence de bas dès qu'elle s'était assise, mais c'était surtout la fille, Madeline, qui avait attiré son attention au cours de l'entretien.

« Je crois à la notion d'entraide, docteur Washburn. Et l'une des façons d'aider les autres, c'est de se passer de certaines choses tout en faisant preuve de créativité. »

Il lui avait demandé ce qu'elle entendait par là.

« Eh bien, avait-elle répondu, croisant sagement les mains sur ses genoux, par exemple, puisqu'il est impossible d'acheter des bas et que la société exige que nous conservions un minimum de classe même en temps de guerre, il faut simuler.

– Vous faites preuve de créativité et d'altruisme en ne portant pas de bas ?

– Pas seulement ça, bien sûr. Je veille à donner l'impression d'en porter.

– Vous simulez.

– Exactement.

– Et selon vous, jusqu'où la simulation doit-elle aller ?

– Aussi loin que nécessaire, docteur. » Elle s'était levée et tournée pour lui montrer jusqu'où le trait allait.

Comme cela avait été facile ! Une fois la chose faite, dans un accès puéril de galanterie, il l'avait allongée sur son bureau et de sa main de chirurgien avait redessiné le trait aux endroits où il avait été effacé.

Ooh, ooh mon Dieu, ooh.

Le silence régnait dans la maison. Leurs tâches à la cuisine terminées, les filles s'occupaient de la lessive et du repassage dans la buanderie. Les garçons et Félix continuaient à courir après l'Allemand. Où était donc Emma ? Les cris de joie des retrouvailles, le tapage, le malaise qui se dissimulait derrière, tout cela résonnait encore à ses oreilles. C'était comparable à ce qui se passait pendant la guerre quand ils montaient en première ligne. Les mêmes plaisanteries forcées, les mêmes chansons, « Tipperary », et des chants scouts qui les faisaient hurler de rire. Et la plupart étaient morts. Les seules fois au cours de la guerre où Jonathan avait eu l'impression d'être lui-même, ç'avait été celles où il trouvait le temps et l'argent pour rendre visite à l'une des prostituées derrière la cantine où elles s'étaient installées. Avec les putains françaises, on pouvait tout dire, tout faire. Et il ne s'en était pas privé. Il pouvait jouir de leur corps à loisir et elles coopéraient, alors que sur le front, ceux des morts et des agonisants étaient tordus, raides, puants, brisés. Avec les putains, il disait ce qu'il voulait. *Par la bouche. Par-derrière.* Il ferma les yeux et se représenta la fille sous lui, mince, les cheveux bruns, des poils bruns entre les jambes et sous les bras, de petits seins aux minuscules mamelons roses soulignés par deux ou trois longs poils noirs sur chacun d'eux. Et les yeux fermés, se représentant cela, il s'empêcha d'imaginer et de voir la blessure qu'était le sexe de cette fille, martelé, pilonné par tant d'hommes.

Ooh, ooh mon Dieu, ooh.

Enfin soulagé, il demeura étendu, immobile sur le lit en fer dans sa chambre, tandis que l'après-midi se traînait vers le soir et que le calme gagnait le lac, la maison, les pins eux-mêmes et aussi, Dieu merci, son sexe qui, épuisé, irrité, rapetissait et, pareil à une anguille, se retirait dans son trou après s'être nourri de sa main, de sa salive et de ses fantasmes. Jonathan le remit en place et resta un long moment allongé sur le lit. Il se souvint alors à quel point il détestait les Pins, à quel point Emma l'horripilait et à quel point son fils ne lui paraissait nullement être son fils. Plongé dans ses pensées, il sursauta en entendant soudain les éclats de voix et les cris de la patrouille de recherche qui revenait.

Serait-ce possible ? Auraient-ils réussi à rattraper l'Allemand ? Il se leva pour aller regarder par la fenêtre donnant sur la forêt. Ernie et le nommé David en débouchaient, chancelants. Ils l'appelaient : « Docteur Washburn ! Docteur Washburn ! » Alors qu'ils émergeaient de la pénombre, il lut l'inquiétude sur les visages. Ils avaient l'expression de garçons ayant été témoin de quelque chose de grave, d'horrible. Il connaissait cette expression et il ne l'avait jamais oubliée.

« Docteur Washburn ! Docteur Washburn ! »

Jonathan ouvrit la fenêtre pour répondre et, comme ils approchaient, il vit du sang sur la chemise d'Ernie. Où étaient Félix et Billy ? Où était Frankie ?

« Monsieur Washburn ! Ooh mon Dieu ! Monsieur Washburn ! »

Ooh, ooh mon Dieu, ooh.

Il dévala les escaliers, traversa la cuisine en courant. Il était déjà dans le potager quand il se rendit compte qu'il était en sous-vêtements. Il sentit la tache de sperme qui séchait sur son caleçon.

Ooh, ooh mon Dieu, ooh !

À cet instant, Félix déboucha à son tour de la forêt avec Billy dans son sillage. Jonathan devina la présence d'Emma qui contournait la maison. Elle portait une brassée de dahlias et de roses trémières.

Félix serrait contre lui un corps dont les bras et les jambes pendaient, tandis que le visage était caché, niché contre l'épaule de l'Indien.

Ooh, ooh mon Dieu, ooh !

Jonathan se précipita. Il eut l'impression d'être lent, si lent, si terriblement lent. Arrivé tout près, il constata qu'il ne s'agissait pas du corps de Frankie, ni de celui de l'Allemand. C'était une fille, une fille qui gémissait puis qui se mit à geindre. Une Indienne. Une adolescente, semblait-il, une adolescente qu'il ne connaissait pas. Elle portait un corsage blanc sale maculé de sang, ainsi qu'une robe chasuble grise et des chaussures noires – comme si elle était habillée pour l'école ou l'église.

Désorienté, Jonathan leva les yeux sur Félix et Billy.

« Qu'est-ce que... ? Où est... ? »

Frankie émergea enfin de la forêt. Lui aussi était couvert de sang. Il ne regarda pas la fille, ni Jonathan. Il avait les mains fourrées dans les poches.

Jonathan se tourna vers Félix.

« Prenez-la », dit celui-ci.

Jonathan tendit les bras.

« Elle n'a rien », ajouta Félix.

La fille était mince, incroyablement légère. Elle avait les cheveux emmêlés, parsemés de bardanes et de morceaux d'écorce. Elle avait la figure sale, les jambes lisses et le torse solide – sur lequel ses mains étaient croisées. Elle ne pesait rien entre les bras de Jonathan. Rien du tout.

Félix posa la main sur la tête de la fille et lui dit à mi-voix quelques mots brefs en indien. Après quoi, il pivota sur ses talons et passa devant Frankie pour se diriger de nouveau vers la forêt. Les yeux baissés, la gorge nouée, Billy s'apprêta à le suivre.

« Où allez-vous ? leur lança Jonathan. Qu'est-ce que vous faites ? » Il y avait dans sa question un accent de désespoir et d'impuissance qui l'étonna lui-même.

« Chercher l'autre fille, répondit Félix en s'arrêtant.

– L'autre fille ? Elle… elle est indemne ?

– Non. »

Jonathan interrogea Frankie du regard, mais celui-ci détourna les yeux.

« Frank ? Frank ! Bon Dieu, qu'est-ce qui s'est passé ? Qu'est-il arrivé à l'autre fille ? Réponds-moi ! »

Félix adressa un regard glacial à Jonathan.

Billy, les yeux toujours baissés, s'avança d'un pas.

« Je l'ai tuée », dit-il.

Jonathan dévisagea Billy, puis son fils. « Frankie ?

– J'ai dit que je l'avais tuée, docteur Washburn », répéta Billy.

Frankie regarda son père, puis la fille que celui-ci tenait dans ses bras.

« C'est affreux, bredouilla-t-il. Je n'arrive pas à le croire. C'est affreux. »

Sans rien dire, Félix considéra tour à tour la fille, Frankie et Billy, puis il s'enfonça dans la forêt pour aller chercher le corps.

C'est seulement une fois l'adolescente lavée et endormie – grâce à la piqûre faite par Jonathan – dans la chambre des domestiques à côté de la cuisine que Félix et Billy revinrent avec l'autre fille. Frankie attendait, faisant les cent pas entre le seuil de la chambre et la cuisine. Il avait frappé à la porte, mais Emma ne l'avait pas laissé entrer pendant qu'elle s'occupait de l'adolescente.

L'autre fille, personne ne distingua son visage, car Félix avait enroulé sa chemise à manches longues autour de sa tête, soit pour empêcher les gens de la voir, soit pour empêcher la morte de voir les gens. Il la porta directement dans la chambre froide et la recouvrit d'un drap. Elle y resta jusqu'à ce que le shérif ait le temps de venir jeter un coup d'œil. À ce moment-là, on avait retrouvé l'Allemand, et on ne parlait plus que de cela. Le shérif posa quelques questions puis repartit. Un accident. Ensuite, Félix l'enterra derrière les Pins.

DEUXIÈME PARTIE

La Guerre – 1943-1945

7

San Angelo, Texas – avril 1943

Frankie et un autre élève officier étaient tassés sur leurs sièges derrière la soute à bombes d'un Beechcraft AT-11 Kansan. Un troisième élève, celui qui affinait ses talents de bombardier, était fourré dans le nez de l'avion sous les pieds du pilote et de l'instructeur. Frankie était chargé de l'appareil photo : il devait prendre des clichés de leurs cibles, des huttes de forme pyramidale disséminées à travers le désert plat et monotone de l'État de Chihuahua. On était en avril 1943 et les bombes, les vraies bombes, pleuvaient sur le monde – la Tunisie, la Sicile, la Ruhr. L'US Air Force avait entamé sa campagne de Tunisie et de Sicile. La Royal Air Force avait mis au point une nouvelle bombe que les journaux surnommaient « blockbuster », mais que la RAF et l'USAAF appelaient « cookie ». Une bombe de deux tonnes capable de raser un pâté de maisons tout entier.

Frankie rêvait de partir pour l'Afrique du Nord. Dans l'Air Force depuis sept mois, il était toujours élève officier. Ses compagnons et lui entamaient la seconde phase de leur formation censée durer douze semaines, ce qui, comme tout le reste au sein de l'armée de l'air, pouvait être modifié n'importe quand. On disait en plaisantant que l'armée de l'air savait mieux changer de cap et de cible que faire voler les avions. Au lieu de larguer de vraies bombes, ils larguaient des caisses remplies de sable et de poudre noire ne pesant jamais plus de deux cent cinquante kilos afin de simuler des frappes aériennes. Que ressentirait-on à larguer une bombe de deux tonnes ? À voir l'avion prendre de l'altitude après que la charge avait quitté la soute et imaginer, quelques secondes plus tard, le bruit de l'explosion dix mille pieds plus bas ? Ce serait la chose réelle, tandis que tout cela, ce n'était que de l'entraînement, une simple couche de routine sur le bois brut de l'expérience, une peinture émaillée passée chaque année sur une porte déjà recouverte de plusieurs couches.

Néanmoins, Frankie était heureux. Alors qu'il regardait défiler sous lui le désert, il lui semblait le voir avec des yeux différents de ceux qui, quand il était parti des Pins en août 1942, avaient évité ceux de Billy, de Félix ou de Jonathan. Aujourd'hui, ils avaient de vraies bombes à bord. L'avantage de s'entraîner avec, c'était qu'elles pesaient presque le même poids que celles qu'ils utiliseraient au combat. De fait, ils n'avaient jamais approché d'un B-24, d'un B-17 ou de tout autre bombardier lourd employé pendant la guerre. En attendant, ils s'exerçaient au mitraillage à bord du Texan et au bombardement avec le Beechcraft. Et puis, c'était un bonheur de voler.

L'appareil photo était braqué par un trou de douze

centimètres pratiqué dans le fuselage du Beechcraft, car dans le cadre de leur formation, ils devaient photographier leurs frappes. Frankie aurait préféré être dans le nez de l'appareil, auquel on accédait par une trappe située juste en contrebas du cockpit, et c'était si étroit que, une fois que le bombardier s'y était glissé, le pilote devait la refermer en pesant dessus. La plupart des autres élèves officiers détestaient ce poste, mais Frankie aimait cet espace exigu, le groupe d'instruments et les mystères du viseur Norden. Il aimait voir l'asphalte de la piste défiler sous les roues de l'avion, sentir le coussin d'air sur lequel l'appareil s'élevait jusqu'à ce que la géométrie sévère du désert emplisse son champ de vision. Il y avait la cible, le viseur et tous les calculs qu'il lui fallait effectuer pour s'assurer que les bombes tombent à l'endroit prévu. Il devait connaître le fonctionnement de chaque instrument, se rappeler ses leçons de maths et de physique (angle, altitude, vitesse relative et vitesse au sol, direction et vitesse du vent, poids de l'avion et poids de la charge). Quand le bombardement commençait et que le bombardier prenait le contrôle, il se sentait maître à bord. Son cœur se gonflait. Il oubliait ses ennuis, tout ce qui lui était arrivé avant.

Lors du prochain bombardement, ce serait lui qui ôterait les clavettes, qui veillerait à ce que les bombes soient correctement rangées dans les compartiments et qui les larguerait sur l'ordre du bombardier. Ensuite, il regagnerait le nez de l'avion. Et un jour, Dieu sait quand (c'était l'armée de l'air, après tout), il serait affecté à un équipage. Il se pencha sur l'appareil photo et attendit patiemment que le bombardement débute.

Comme les autres, il s'était imaginé devenir pilote et non pas bombardier. Il avait fini sa formation à Princeton et obtenu son brevet de pilote. Son deuxième jour à Maxwell, on avait réuni son groupe sur le champ de manœuvre pour leur annoncer qu'ils seraient bombardiers, un poste que peu d'hommes étaient capables de tenir. Frankie ne pensait pas alors que larguer des bombes requérait des qualités spéciales. C'était un pis-aller. Un boulot de mécanicien. Le soir au mess, il aborda son instructeur, un lieutenant doté d'une moustache luxuriante, pour lui dire qu'il avait pris des leçons de pilotage et qu'il serait plus utile en tant que pilote. Caressant sa moustache, le lieutenant l'écouta avec attention.

« Je vois. Vous avez donc pris des leçons de pilotage ?

– Oui, mon lieutenant.

– Dans le New Jersey, pendant vos études ?

– Oui, mon lieutenant. Affirmatif, mon lieutenant.

– Et je crois comprendre que vous avez votre brevet de pilote ?

– Oui, mon lieutenant, répondit Frankie, tâchant de réprimer un sourire.

– Bien, bien. Il y a donc eu une erreur quelque part. C'est ça ?

– Oui, je crois, mon lieutenant.

– Vous devez avoir raison. Vous êtes dans l'armée de l'air et l'armée de l'air a pour mission de faire voler des avions. Et vous, vous avez votre brevet de pilote.

– Monoplan et biplan, mon lieutenant.

– Ah ? Voilà qui change tout. Ou le devrait, n'est-ce pas ? Vous êtes donc qualifié pour piloter des mono ou des biplans.

– En effet, mon lieutenant. »

Les autres élèves s'étaient rassemblés autour d'eux.

« Sauf que, lieutenant Washburn, l'armée de l'air ne commet pas d'erreur.

– Elle aurait pu.

– Vous affirmez donc que l'US Air Force, placée sous les ordres de son commandant en chef Franklin Delano Roosevelt, ne sait pas ce qu'elle fait ? Vous affirmez que le président des États-Unis s'est trompé ?

– Non, mon…

– Vous devriez peut-être prendre sa place.

– Pardonnez-moi, mon lieutenant, mais… » Frankie avait les paumes moites et le col de sa chemise le gênait de plus en plus.

« Il semblerait par conséquent que le président se soit trompé en vous faisant suivre une formation de bombardier. Ce que vous n'êtes pas encore. Vous êtes un élève, et les élèves ne pilotent pas d'avions. Les élèves ne larguent pas de bombes. Les élèves n'abattent pas d'avions ennemis. Ils ne font rien de tout ça. Vous êtes d'accord ?

– Je ne sais pas, mon lieutenant. Non, je ne crois pas.

– Vous pourriez peut-être me dire ce qu'ils font ?

– Qui, mon lieutenant ?

– Les élèves officiers. Quel est le rôle d'un élève officier ? » L'instructeur promena son regard autour de lui. « Écoutez tous ! L'élève officier Washburn va nous expliquer ce qu'est le rôle d'un élève officier de l'aviation.

– Je ne suis pas sûr de pouvoir, mon lieutenant. Je ne sais pas si j'en suis capable, mon lieutenant.

– Vous savez piloter, donc vous devriez piloter. Il est évident que le président des États-Unis désire que vous pilotiez. Pourtant, vous dites que vous n'êtes pas capable de répondre à une simple question que je vous pose. Vous voulez piloter un avion au-dessus d'un territoire ennemi, tuer des soldats ennemis, mais vous êtes incapable de répondre à une question posée par un homme à un autre homme ? »

Frankie n'ignorait pas qu'on lui faisait subir une humiliation. Le lieutenant le plaçait dans une situation sans issue. Il n'y avait pas de bonne réponse, et même pas de réponse du tout. Le but n'était pas d'en obtenir une, mais de lui infliger une humiliation publique. Non qu'elle serve à quelque chose. C'était l'humiliation pour l'humiliation, pour le plaisir. Le plaisir que l'officier y trouvait. Frankie ne l'ignorait pas, ce qui ne contribuait qu'à rendre l'humiliation pire encore. Comme Frankie demeurait silencieux, le lieutenant se tourna vers le reste de la salle et, haussant la voix pour se faire entendre au milieu du brouhaha, il déclara :

« Vous êtes tous ici pour devenir bombardiers. Pourquoi ? Parce que l'armée de l'air a besoin de bombardiers. Et pourquoi l'armée de l'air a-t-elle besoin de bombardiers ? Parce que larguer nos bombes sur nos objectifs, affaiblir l'ennemi est la plus importante de nos missions. Il en va de notre devoir sacré d'enterrer l'ennemi sous nos bombes. Et c'est l'une de nos plus dangereuses missions. Des bombardiers meurent. Vous êtes ici parce que trop de bombardiers sont morts au combat, et nous avons besoin que nombre d'entre vous prennent la relève. Il n'y a pas eu d'erreur. Il n'y a pas d'autres raisons. Vous êtes ici parce que nous avons besoin de vous ici. Et le rôle d'un élève officier est de faire ce qu'on lui demande de faire et de le faire au mieux de ses possibilités. Avec un peu de chance, vous n'échouerez pas, vous deviendrez bombardiers et vous pourrez larguer nos bombes sur l'ennemi. Est-ce clair ?

– Oui, mon lieutenant ! » répondirent en chœur les élèves officiers, Frankie compris.

Le lieutenant n'était que le premier d'une série de psychopathes patentés qui composaient le corps des officiers de Maxwell. Il semblait exister une espèce de fraternité secrète de cinglés parmi les instructeurs et les anciens qui, chacun à sa manière, alimentaient la grande machine de la stupidité. Ces gens-là se relayaient pour les briser. Les élèves officiers dormaient à six dans une chambrée meublée d'un seul bureau et d'une seule chaise. Quand un ancien entrait, les élèves devaient sauter sur leurs pieds et s'écrier : « Garde à vous ! » Certains se plaisaient à entrer, sortir puis revenir aussitôt sous prétexte d'avoir oublié quelque chose. Après quoi, ils ressortaient avant de revenir chercher autre chose, jusqu'à ce que les nouveaux élèves soient épuisés, la voix rauque à force d'avoir crié. Au mess, ils étaient six par table, laquelle était présidée par un ancien chargé de veiller à ce qu'ils mangent correctement, à savoir assis droit sur le premier tiers de la chaise et portant dans un même mouvement la nourriture à leur bouche à l'aide d'une fourchette maintenue parfaitement parallèle au sol. Il y avait un tas de règles tracassières de ce genre, mais Frankie se rendit vite compte qu'il s'en moquait. La routine ne le dérangeait pas. Ni les humiliations. Ni l'absurdité de tout cela. Les autres élèves officiers maugréaient quand ils étaient sûrs que personne ne les entendrait – quand, par groupes de six, ils s'entassaient dans la douche (six hommes, une douche, cinq minutes), avant l'inspection ou quand ils rompaient les rangs après s'être entraînés à marcher au pas. L'armée de l'air adorait les défilés. C'était inepte, idiot et inutile. Les élèves n'ignoraient pas qu'on les obligeait ainsi à marcher au pas, à défiler, à nettoyer et à se précipiter d'une activité à l'autre parce qu'on n'avait aucune idée de ce qu'on allait faire d'eux, si bien qu'on les formait à tout hasard. À sa grande surprise, Frankie se rendit compte que ces aberrations ne le gênaient pas.

Il en avait connu tout autant, sinon plus, à Princeton. Alors qu'ici, cela lui était égal, il n'en avait pas été de même à l'université où pratiquement dès son arrivée, il ressentit une douleur sourde derrière les yeux qui ne le quitta pas quatre longues années durant, jusqu'à l'obtention de son diplôme. Mon Dieu, comme il détesta Princeton. Et comme il fut heureux d'en être libéré. Libéré de l'ineptie de cet endroit, libéré de l'hilarité forcée frisant l'hystérie, libéré des clubs d'étudiants. On l'encouragea à postuler à l'Ivy Club, le plus prestigieux de Princeton (dont Jonathan avait été membre), et il le fit afin de ne pas décevoir son père. Pour entrer dans l'US Air Force, il n'avait pas eu à passer d'entretiens. Pour l'Ivy Club, en revanche, il dut en subir toute une série, des entretiens cérémonieux autour de la grande table de leur salle à manger, suivis de deux séances de délibérations qui s'étaient prolongées toute la nuit, puis de trois semaines de soirées obligatoires. Il se plia à tout en souriant. Il but quand on lui disait de boire, il répondit aux questions (Que fait ton père ? À quoi consacres-tu tes étés ? Qu'est-ce que tu penses pouvoir apporter à l'université ?). Et chaque soir, on ne manquait pas de lui rappeler l'opinion de F. Scott Fitzgerald sur le club : « Distant et terriblement aristocratique. » Il n'en était pas si sûr. Plutôt : « Affligeant et terriblement autochtone. » Le club se préoccupait surtout de tenir son rang. Il y entra néanmoins.

Quand Emma le pressa d'essayer le Triangle Club, il s'exécuta aussi. Jonathan désirait faire de lui un « gentleman » et Emma un « artiste », et rien pour cela ne convenait davantage que le plus ancien groupe de comédie musicale de Princeton. Il auditionna en s'accompagnant lui-même au piano dans une version au rythme enlevé de « Moonburn » de Hoagy Carmichael qui fit l'affaire. Emma était aux anges, mais Frankie se sentait un peu déprimé. L'Ivy pour Jonathan, le Triangle pour Emma. Et pour lui ? Il posa avec succès sa candidature à la chorale des Nassoons. Participer à tous ces clubs fut pour lui une source inépuisable de souffrance. L'énergie avec laquelle ses « copains » de l'Ivy feignaient une absence d'intérêt – dans les études, dans leurs rapports entre eux et avec les autres – n'avait d'égal que le degré avec lequel ils affectaient d'être « enjoués » et de « chic types ». C'était également vrai du Triangle, qui exigeait des manifestations constantes de loufoquerie d'une certaine catégorie, ce qui culminait chaque printemps par une revue de travestis. Y compris quand ils mangeaient à l'Ivy Club, les membres du Triangle étaient censés se mettre à chanter avec spontanéité – une spontanéité longuement répétée la veille. Il était interdit d'être d'humeur sérieuse ou même trop fatigué pour rassembler l'enthousiasme requis. L'enthousiasme – et c'était le cas pour tout Princeton – était une discipline que chacun pratiquait, ou était contraint de pratiquer tous les jours devant la glace. Frankie se considérait comme un type platement banal, mais Princeton n'admettait pas ce genre d'étudiants.

Au cours de sa deuxième année, un autre membre du Triangle le prit à part après la répétition et l'invita à l'accompagner à New York avec « quelques-uns des garçons ». Ils empruntèrent la navette Dinky jusqu'à la gare de Princeton Junction, et de là le métro pour Pennsylvania Station où ils changèrent pour la 96e Rue et Central Park Ouest. À mesure qu'ils approchaient de la ville, ses compagnons étaient devenus de plus en plus exubérants, de plus en plus excités, de plus en plus « théâtraux ». Dès que la porte de l'appartement s'ouvrit, leur exubérance redoubla et ils se livrèrent à des démonstrations d'amitié envers leur hôte – un ancien de Princeton – qu'ils embrassèrent sur les deux joues en applaudissant. Frankie, quant à lui, ne savait pas trop comment se comporter. Il y avait beaucoup de bruit. Il ne voyait pas une seule fille. Il parcourut la pièce du regard. Un verre à la main, des garçons s'embrassaient, dansaient de manière outrageuse (bizarre comme les mots de sa mère lui venaient ainsi à l'esprit pour décrire quelque chose qu'elle n'aurait jamais été capable d'imaginer). Il tâcha, mais en vain, de faire semblant de participer. Un de ses camarades le rejoignit dans le coin du salon où il buvait un jus de pamplemousse.

« Tu t'amuses ? »

Frankie haussa les épaules.

« Tu es comme nous, je ne me trompe pas ? »

Il supposait que non, mais il n'avait envie d'embrasser personne dans cette pièce – ce ne serait qu'un geste parmi toute une série d'autres qui s'apparentaient à Princeton plutôt qu'à une quelconque réalité. Assis seul à l'écart, il pensa à Billy. Il désirait embrasser Billy parce que… eh bien, parce que c'était comme ça. Parce qu'il éprouvait ces sentiments-là à l'égard de Billy. Parce que Billy était Billy, et non pour ce que l'embrasser signifierait, pour lui ou pour qui que ce soit. Être près de lui était une joie, un bonheur inouï. Il désirait être avec Billy justement parce que, alors, il n'avait pas besoin de jouer – jouer à être heureux, à être triste, à être choqué. Il n'avait en rien besoin de jouer. Il n'était pas obligé de feindre, et c'était aussi ce qui lui plaisait. Au contraire de ce qui se passait ici. Le sentiment de liberté que lui procurait Billy s'étendait au-delà de lui et incluait Félix ainsi que le domaine des Pins – les journées organisées selon les conditions météorologiques et non les conditions sociales ou familiales. La forêt elle-même qui se déployait derrière les Pins offrait des tas de possibilités.

Frankie dit à son ami du Triangle de ne pas s'inquiéter pour lui, puis il se leva et retourna à pied à Pennsylvania Station. À l'aube, dans un état d'épuisement et de stupeur, il se retrouva sur le campus, rêvant que les brumes soient celles du lac, que les dalles se dissolvent pour devenir les bourbiers et les marécages au milieu des bois au nord des Pins, et que Billy apparaisse de derrière une arcade comme il apparaissait de derrière le hangar à bateaux. Mais Billy n'apparut jamais à Princeton.

Il était apparu par surprise un matin alors que Frankie avait dix ans. Comme d'habitude, il s'était réveillé de bonne heure. Jonathan était encore à Chicago. Il resta dans son lit, l'oreille tendue. Il n'entendait pas Emma. La lumière, déjà vive, filtrait par les volets métalliques tirés devant la fenêtre ouverte. Aucun son ne provenait du potager. Il perçut le bruit de la grille du fourneau que les filles de cuisine secouaient pour vider les cendres. Il ne distinguait aucune voix. Si sa mère avait été là, elle n'aurait pas manqué de se livrer à des remarques, et les filles de répondre poliment, patiemment.

Frankie se leva et se débarrassa de son pyjama pour enfiler un T-shirt et une salopette. Il ne se donna pas la peine de mettre des chaussettes. En été, au moins, Emma ne l'embêtait pas à ce sujet. Au lieu de se brosser les dents avec l'eau du broc posé à côté du lavabo, il se borna à les frotter de sa manche. Quand il s'agissait de partir pour l'école, sa mère le soumettait à une inspection minutieuse : cheveux, ongles, dents, visage, vêtements, peigne, mouchoir, argent de poche, cartable, et ensuite il lui fallait s'asseoir, le dos bien droit, les avant-bras posés sur la table, le regard fixé sur la tranche de foie dans son assiette qui ressemblait davantage à une semelle de cuir couverte de sable qu'à de la viande ou tout autre aliment. Pendant ce temps-là, Emma (*Tu sais, je n'ai pas vraiment faim, un verre de jus de tomate me suffira, je te remercie*) et Jonathan (*Des œufs au plat, trois, rien d'autre*) pinçaient les lèvres devant ce que son père appelait « l'entêtement » de son fils, tandis qu'Emma insistait en roucoulant sur le fait qu'il devait « prendre des forces » en perspective de la longue journée de classe. Frankie n'avait pas le sentiment d'être têtu ou faible. Simplement, il détestait le foie. Et surtout, à dix ans, il détestait ce genre de situations qui constituaient la seule façon pour ses parents d'exprimer leurs craintes. Craintes que leur fils – et par conséquent leur vie – ne devienne pas ce qu'ils espéraient. Leur incapacité à parler de leurs peurs, de leurs échecs, de leurs déceptions réduisait le présent et l'avenir non pas en cendres mais en une espèce de brouillard. Un lourd brouillard de tristesse qui montait lentement et planait au-dessus de son enfance.

À l'époque, il savait déjà, et sans l'ombre d'un doute, que ce que sa mère considérait comme de l'amour (ses inquiétudes constantes, ses inspections constantes, ses rectifications constantes, ses réprimandes constantes), elle le dispensait autant par souci de ce que les gens penseraient de son fils que par désir de veiller à son bien-être. Aux Pins, avec la seule présence de Félix, des filles de cuisine et de quelques visiteurs occasionnels venus de Chicago, elle ne le soumettait à rien de tout cela. Quant à Jonathan, heureusement, il n'était pas là. Félix ne le bousculait jamais, ne le faisait jamais se sentir maladroit. Il le laissait s'essayer aux tâches qu'Emma lui confiait, et il ne paraissait pas s'inquiéter de savoir s'il réussirait ou non à les accomplir. Résultat, Frankie savait lever les filets d'un poisson, appâter un hameçon, arracher les mauvaises herbes, manier un marteau et un rabot, nouer une amarre, fendre des bûches, toutes choses que ses parents auraient été incapables de faire.

Frankie s'arrêta sur le palier pour écouter. Sa mère n'était pas dans le séjour, le « hall » comme elle se plaisait à l'appeler, ni dans la « chambre des bonnes » à côté de la cuisine qu'elle utilisait comme bureau. Elle devait être quelque part dehors. Il allait donc pouvoir sauter le petit-déjeuner et descendre au hangar à bateaux où Félix travaillait probablement, et il resterait avec lui au moins jusqu'à midi.

Il dévala les marches deux par deux. Ses pieds bronzés ne dérapaient pas sur le chemin d'escalier. Il traversa la salle de séjour en petites foulées, ouvrit à la volée la porte-moustiquaire et déboucha dans le soleil. Il courut sur la pelouse humide de rosée, et quand il arriva au hangar à bateaux, il avait les pieds couverts de brins d'herbe coupée, et le bas de sa salopette mouillé. Il s'apprêtait à regarder dans le hangar pour voir si Félix était là quand il aperçut un garçon debout sur le ponton. Avec sa peau mate, sa salopette beige, sa chemise de coutil qui avait dû un jour être blanche, il se fondait presque dans le paysage. En outre, il se tenait si immobile que Frankie avait failli ne pas le remarquer. Il stoppa net. Il ne savait pas où était Félix, il ne savait pas qui était le garçon, sinon qu'il était indien. Celui-ci leva légèrement la main, et comme Frankie ne répondait pas, il la laissa retomber. Il était mince, presque aussi mince que Frankie lui-même. On voyait saillir les os de ses poignets et de ses chevilles, d'autant que les manches de sa chemise (râpée, constata Frankie) étaient trop courtes et que sa salopette était d'une taille trop petite. En revanche, il avait des mains longues et larges, et ses pieds nus étaient fermement plantés sur le ponton.

« Salut », dit Frankie. Il fallait bien que l'un des deux se décide à dire quelque chose. « Salut, je m'appelle Frankie. »

Le garçon le considéra un instant, puis il se tourna vers l'amont du fleuve et plaça sa main en visière, bien que le soleil se trouvât derrière lui. « Y a des canards dans les joncs, dit-il. Juste là.

– Ah, ouais ? » Frankie s'approcha.

« Ouais. Ils ont pas encore leurs plumes. Celles pour voler. »

Une seconde plus tard, épaule contre épaule, ils fouillaient les abords du regard. Frankie mit quelques instants à les repérer. On aurait cru des colverts, sauf qu'ils étaient plus petits et de couleur sombre. Ils nageaient lentement parmi les joncs, plongeant par intermittence le bec à côté du tapis d'algues et d'herbes tout en cancanant doucement.

« Ils devraient être déjà bons à manger, dit le garçon.

– Tu crois ?

– Et comment. Ils ont pas encore volé. C'est des jeunes. »

Frankie aimait beaucoup la façon dont le garçon parlait.

« On pourrait demander à Félix de prendre le fusil. Peut-être qu'y les tuerait. »

Le garçon réfléchit. La main dans sa poche, il semblait jouer avec de petits objets qui s'entrechoquaient. Il dégageait une chaude odeur. Frankie l'examina. Il avait des cheveux noirs qui lui tombaient sur les oreilles et un duvet foncé qu'on distinguait à peine sur sa peau brune. Il devait être de l'âge de Frankie, ou un peu plus jeune.

« On a pas besoin de fusil. On a ça », dit le garçon, se redressant.

Il sortit la main de sa poche pour montrer à Frankie cinq pierres lisses de forme ovale, chacune de la taille de la moitié d'un œuf.

« Tu crois que tu peux en dégommer un avec ça ? demanda Frankie.

– Attends, tu vas voir. »

Frankie ne savait pas ce qui le surprenait le plus : qu'il soit si sûr de lui ou qu'il ait le cran d'essayer.

Le garçon prit une pierre, visa puis, comme un lanceur au base-ball, il leva la jambe droite et se détendit. Frankie, qui ne l'avait pas quitté des yeux, tâcha de voir où la pierre avait atterri, mais il avait été trop lent. Nasillant, les canetons se dispersèrent parmi les joncs, et les rides à la surface de l'eau s'effacèrent.

« Dommage, fit Frankie gentiment.

– Regarde bien, dit le garçon. Regarde bien », répéta-t-il, se frottant les mains pour les débarrasser de la fine poussière.

Ignorant si l'autre ne voulait pas se moquer de lui, Frankie se pencha pour scruter les joncs, imité par le garçon. Il distingua alors une tache de blanc et quelque chose ressemblant à deux brindilles orange qui pointaient.

« C'en est un ? demanda-t-il avec étonnement.

– À l'envers, ils ont pas l'air pareils. Faut toujours chercher le blanc.

– Waouh ! s'exclama Frankie. Ça alors ! »

La porte du hangar à bateaux claqua, mais Frankie ne l'entendit pas. Il sursauta au son de la voix de Félix : « Mr Frankie. »

Il se retourna. « On en a eu un, Félix. On en a eu un.

– Vraiment ?

– Ouais, confirma le garçon. On en a eu un. »

Félix s'avança au bord du ponton, remit un canoë à

l'endroit et le poussa dans l'eau. « On va aller le ramasser en passant. »

Il tint le canoë pour permettre aux enfants de monter. Frankie s'installa au milieu, et l'autre garçon à l'avant. Félix dirigea l'embarcation vers les joncs. Le garçon attrapa le caneton par les pattes puis le brandit, s'écriant : « Il est beau, hein ? »

Il n'avait toujours pas dit son nom à Frankie.

Félix continua en amont et les deux gamins consacrèrent la matinée à relever les nasses à petits poissons qu'ils jetaient dans un seau en fer-blanc. Ils revinrent en longeant la berge du fleuve pour appâter les casiers avec le fretin. À midi, quand il s'attabla pour le déjeuner dans la grande maison, Frankie était affamé. Il raconta à Emma avec excitation comment le garçon avait tué le canard au moyen d'une pierre, ajoutant qu'ils étaient très bons à manger à cette période de l'année.

« Billy va aider Félix à s'occuper du domaine, déclara Emma. Il est du village.

– Oh ?

– Tu sais, il y a des choses que Félix ne peut pas faire seul, reprit Emma. Pour certains travaux, il faut être deux.

– Oh ? » fit-il de nouveau entre deux bouchées. Et ensuite : « Quel joli coup.

– Oui, dit Emma. Mais ce n'est pas très sport, tu comprends. Ils ne savent même pas encore voler. Je suis persuadée que ton père serait d'accord avec moi. »

Frankie garda le silence. Le soir, avant de s'endormir, il revit les canetons s'éparpillant parmi les joncs et le bras mince de Billy se détendant dans le soleil qui faisait luire sa peau brune. Il revit les nasses qu'on remontait, dans lesquelles frétillaient les corps dorés des petites truites arc-en-ciel, des vairons et des chevesnes au dos brun et à la tête verruqueuse, et il entendit de nouveau Billy dire d'une voix chantante : « Il est beau, hein ? » pendant que les puissants coups de pagaie de Félix produisaient un son apaisant. Frankie comprit alors qu'il était heureux.

Maintenant, tout cela était derrière lui – sept mois, certes, mais il y avait davantage que ce temps écoulé. Il avait changé. De fait, il était devenu un homme. Le boulot d'un bombardier était de larguer des bombes sur des villes, des dépôts de chemin de fer, des ponts, des bateaux, des usines, des troupes ennemies, et on l'avait formé pour le faire efficacement. Son boulot était de larguer des bombes et de tuer des gens. Qu'était un baiser dans un bungalow ou dans la forêt comparé à cela ? Et ces étés passés aux Pins, et ce terrible jour où ils étaient partis à la recherche du prisonnier allemand, comparés au but clairement fixé qui était désormais le sien ? Au bout du compte, les attraits de Billy ne pesaient pas plus que la déception de Jonathan ou l'inquiétude d'Emma. Ce n'était que le vent chaud et stupide de l'enfance qui soufflait au milieu des bungalows et qui était retombé. Frankie n'était même pas sûr que tout cela soit arrivé.

Son instruction en Alabama, son premier aperçu de la vie au sein de l'armée de l'air avaient été encourageants. Ce qui importait, c'était non pas ce qu'on paraissait être mais de travailler dur, de se consacrer à la grande cause, même si on la jugeait stupide. Cela dit, les deux premières semaines à Maxwell furent déroutantes : il n'y avait pas de cantonnements prévus pour les nouveaux élèves officiers, de sorte qu'ils durent dormir sous des tentes, et au lieu d'un entraînement de base ou plus poussé, ils eurent droit à un entraînement « sur le tas » ainsi que les officiers baptisaient les tâches subalternes. Ils faisaient la cuisine, le ménage, la peinture, et trimaient douze heures par jour, six jours par semaine. Au début, Frankie se demandait en quoi tout cela les aiderait à vaincre les Allemands, mais il devint vite évident que la question était absurde, le produit d'un esprit au romantisme désespérant – comme si un, deux, vingt ou deux cents hommes auraient pu influer directement sur l'issue du conflit. En tout cas, il fit ce qu'on lui commandait de faire. Et il y trouva du plaisir.

Il aimait porter l'uniforme car, par définition, les uniformes étaient tous semblables. À Princeton, et même avant à Fenwick, Frankie s'était senti sous pression, contraint de se soucier de son apparence. Trois boutons ou quatre ? Chemises rentrées dans le pantalon, bien entendu, mais les plus élégants d'entre eux savaient leur donner du bouffant afin de ne pas paraître trop guindés. Avec quelles affres il pratiquait de petites éraflures sur ses richelieus – trop neufs, on avait l'air au supplice, trop éculés, on risquait de passer pour un pauvre. Le pantalon devait-il casser de deux ou trois centimètres ? Quel nœud de cravate était de rigueur cette année-là, ce mois-là, cette semaine-là ? Le nœud simple était-il trop habillé ? Le demi-Windsor trop décontracté ? C'était à vous rendre fou. À l'armée, au moins, il portait ce qu'on lui donnait et de la manière dont on le lui disait. Il n'avait pas à s'en préoccuper, et c'était pour lui la liberté.

Quand on leur attribua un logement et que certains des plus jeunes élèves officiers, dont lui, bénéficièrent enfin d'un peu d'espace, ils continuèrent à ne rien apprendre d'un tant soit peu utile. Ils passèrent six semaines à marcher au pas, à courir quatre kilomètres tous les matins dès l'aube, à lancer et rattraper des bûches, à faire des pompes et à franchir au galop les obstacles d'un parcours. Cela aussi lui convenait. Tout le monde savait qu'on n'avait pas besoin d'être le plus rapide (du moment qu'on n'était pas le plus lent), ni le plus fort (du moment qu'on n'était pas le plus faible). Ce qui comptait, c'était de faire ce qu'on vous demandait, et de le faire en tant que groupe.

Après six semaines d'entraînement de base, ses camarades et lui eurent enfin droit à des cours. Il avait étudié les maths et la physique à Princeton, et il les travailla de nouveau, de même que la dynamique des fluides, la mécanique du vol, les circuits électriques, la balistique et la géométrie. Il sortit parmi les premiers, mais au lieu d'être envoyé à l'école de pilotage, on lui fit suivre une formation de bombardier avec le rang de sous-lieutenant. Après sa déception initiale, il en prit son parti.

Tout comme, plus jeune, il avait pris son parti d'être mince ou « anémique ». Son corps lui avait toujours plus ou moins obéi. De nature, il n'était pas enclin à se soucier de l'image que lui renvoyaient les gens ou un miroir. C'était Jonathan le médecin qui s'en souciait. Il abreuvait Frankie d'histoires de marches qu'il avait faites pendant la Grande Guerre et de matchs qu'il avait gagnés quand il boxait pour Princeton, sans oublier sa participation aux Jeux olympiques de 1928 à Amsterdam dans l'équipe américaine de pentathlon moderne. Il rapporta aux Pins le Winchester qu'il avait acheté à Chicago, et à la fin de l'été il se postait sur le ponton au crépuscule pour tirer sur les canards qui sillonnaient le fleuve. Pour autant que Frankie s'en souvienne, il n'en avait jamais tué un seul. Félix le regardait faire sans rien dire, et une fois que Jonathan avait terminé, il prenait une épuisette pour ramasser les douilles en carton paraffiné tombées à l'eau.

C'était en raison de sa gentillesse – le désir de ne pas causer de peine à ses parents – que l'enfance de Frankie avait été un calvaire. Pour eux, il avait feint de vouloir être « un athlète », tout comme, plus tard, il avait feint de vouloir être « un artiste ». Mon Dieu, quel soulagement il avait éprouvé en sachant qu'il allait être bombardier – un boulot qui n'exigeait ni force ni créativité, et pour lequel sa frêle ossature constituait un atout. L'armée de l'air représentait en définitive la liberté. Il se sentait libéré de l'absurdité, libéré de la nécessité de simuler, libéré d'une certaine forme d'humour, libéré des rapports sociaux, libéré des sentiments.

Pour s'occuper, Frankie régla la focale de l'appareil photo. Naturellement, le désert s'étendait, monotone, toujours pareil. Çà et là, un affleurement, une petite bosse rocheuse, même pas assez haute pour projeter une ombre, venait briser le paysage de sable et de créosotiers. Tout ce qu'on avait besoin de voir, on le voyait. L'avion vira vers le nord, monta de quelques milliers de pieds, puis redescendit comme s'il traversait la couverture nuageuse. On annonçait les changements d'altitude et de cap, et chaque fois le bombardier devait effectuer de nouveaux réglages. Dans l'US Air Force, il fallait tout voir et tout savoir, et si jamais ce n'était pas le cas, il y avait encore et encore des tests, encore et encore des exercices.

Si seulement la vie aux Pins avait été aussi bien définie. Si seulement il avait su sept mois auparavant ce qu'il savait maintenant. Le jour où il était descendu du train, alors que Billy l'attendait dans sa veste neuve, qu'Ernie et David avaient sauté sur le quai derrière lui et qu'ils s'étaient tenus là, dans la chaleur et l'humidité, souriant comme des idiots dans cette lumière idiote, il avait tant voulu leur montrer à tous – à ce crétin d'Ernie avec toute sa superbe, et plus tard à Jonathan qui s'avançait sur la pelouse en direction du ponton, le visage revêche, à Emma aux traits à ce point contorsionnés par la joie que lui procurait son retour qu'elle avait l'air d'une folle – qu'il n'était plus le garçon qui gigotait à table et faisait la grimace devant la tranche de foie dans son assiette, qui suivait partout Félix ou se glissait dans un bungalow avec Billy quand tout le monde dormait. Il avait tellement désiré être un homme pour Billy, surtout pour lui, mais non comme Jonathan le souhaitait. Ce n'était pas la marque d'un homme, cependant, mais celle d'un adolescent pétri d'angoisse. Attrapons un Boche. Faisons-nous un Boche. Mon Dieu, que c'était bête, finalement.

Si seulement il avait trouvé le moyen de leur faire comprendre à tous – à Emma, à Jonathan, à Félix, à Billy – qu'il n'était plus le garçon d'autrefois. Or, comment aurait-il pu y arriver quand celui qu'il avait été, réellement été, se retrouvait noyé sous les différentes versions de lui-même qu'ils chérissaient, tandis que la vraie version, le vrai garçon ne s'était jamais dévoilé, aussi incapable de le faire que l'homme qu'il était devenu ?

Ces temps-ci, Emma semblait s'imaginer que son rôle en tant que « mère de guerre » était de le tenir informé de ce qui se passait sur le « front intérieur ». Un parfum de ses ridicules inquiétudes flottait jusque dans ses lettres. Elle lui écrivait que grâce au rationnement de l'essence, Chicago était redevenu vivable. Il n'y avait pratiquement plus de voitures sur Lakeshore Drive et Michigan Avenue, et on pouvait circuler à bicyclette dans le Loop en respirant du bon air (non qu'elle le fasse, ni ne le ferait jamais). On entendait les mouettes et le bruit des vagues dans le port, et aller de Oak Park au Loop ne prenait qu'un quart d'heure par les rues désertes. Chicago était calme, mais de l'autre côté de la baie, Calumet et Gary grondaient et rougeoyaient comme des « démons de l'enfer » parce que les usines tournaient vingt-quatre heures sur vingt-quatre, sept jours sur sept. Nombre de Noirs y travaillaient, et même des femmes (pas elle, elle n'aurait pas pu). Au lieu d'automobiles, on fabriquait des tanks ! Emma lui annonça qu'elle avait fait don de son vieux vélo au gouvernement. On avait besoin de tout le métal disponible – vieilles balustrades, wagons, et même des jouets et des machines à écrire (qu'il ne s'inquiète pas, elle avait gardé l'Underwood dont il s'était servi à Princeton). On ne trouvait plus de fruits secs, de confiture, de beurre ou d'œufs ni surtout de sucre dans les magasins à moins de connaître quelqu'un, et encore, on ne pouvait pas en obtenir autant qu'on aurait voulu. Jonathan avait commencé à accepter de ses patients des paiements en nature : soieries, café, sucre, encre.

Quant aux Pins, ils n'avaient pas beaucoup changé, même avec la guerre. Le camp en face du domaine s'était agrandi. On avait construit d'autres bâtiments pour recevoir l'afflux de prisonniers, et comme il n'y avait plus d'essence, le Chris-Craft était en cale sèche, recouvert de bâches, et Félix devait pagayer jusqu'au village, mais après tout c'était un Indien et il avait l'habitude de ce genre de choses. Sans personne pour qui faire la cuisine parce que, en raison du rationnement d'essence, il n'y avait plus de tourisme automobile, on avait congédié les filles. Selon Harris, elles avaient toutes trouvé à s'embaucher dans les fermes – mettre le foin en balles, traire, repeindre – car avec tant d'hommes partis à l'armée, on manquait de main-d'œuvre. Mary l'infirme travaillait pour Harris, le grippe-sou.

Et à propos des filles : Stella, la plus jolie (se souvenait-il d'elle ?), avait épousé Billy en novembre. Il devait être étonné, non ? Mais avec la guerre, les jeunes grandissaient vite, et comme couple marié, ils avaient droit à des rations supplémentaires. De plus, maintenant que Billy avait été appelé dans l'infanterie, il touchait sa solde, ce qui leur serait bien utile pour l'enfant qui, à en croire la rumeur, était en route. Ce serait drôle, non, si Billy et lui faisaient leur temps de service ensemble ?

De son côté, dans ses lettres à Emma et à Prudence, Frankie tâchait d'adopter un ton enjoué, optimiste. Encore de la comédie.

Chère Prudence,

Tu sais, on veille à ce que nous soyons en permanence occupés. Des cours et des entraînements. Des entraînements et des cours. On défile, on fait des exercices (et même des exercices de cuisine !). On se lève, on fait notre lit, on marche au pas, on va en cours, on marche au pas, on mange, on étudie, on marche au pas, on étudie, on se couche, on se lève, on fait notre lit, etc. Malgré tout, on a vraiment commencé à voler, et c'est un soulagement de quitter le sol, de sentir l'air en dessous de nous, de savoir que seuls l'air et le mouvement nous maintiennent en vol.

À mon retour, je t'emmènerai en avion. Tout paraît différent vu de là-haut. J'imagine que de là, les Pins sont encore plus beaux au milieu des arbres et de l'eau. Je t'emmènerai, je te le promets. Écoute bien Félix, c'est un brave homme. Je me doute que tu te sens un peu seule maintenant que tout le monde est parti, mais la guerre finie, les choses redeviendront comme avant.

J'espère que tu es heureuse, et que tu fais tout ce que tu es censée faire. Le printemps arrive enfin. Je pense tout le temps à toi, tu le sais.

Frankie

Même une lettre comme celle-là lui demandait un effort. Après ce qu'elle avait vécu, il pouvait bien lui consacrer un peu de papier et quelques minutes de son temps. De retour à Chicago, Emma l'avait pressé de lui écrire, aux bons soins de Harris au Wigwam Bar, ne serait-ce qu'une lettre ou deux.

Félix veillait sur elle, naturellement, mais il n'y avait personne d'autre. Sa sœur était son unique famille, et elle n'avait nulle part où aller. Emma l'avait inscrite à l'école, et elle se débrouillait assez bien. Il fallait vraiment qu'il lui écrive. Une fille de son âge devait s'ennuyer en compagnie du seul Félix, et Emma était coincée à Chicago avec des millions de choses à faire.

Frankie s'était exécuté. C'était le moins qu'il puisse faire. Il n'avait rien d'important à dire, mais il prenait plaisir à lui parler de ses journées, des espoirs qu'il avait pour elle et des Pins tels qu'ils étaient avant que tout parte à la dérive.

Quel gâchis. Quel gâchis inutile, finalement. Il recevait les nouvelles qu'Emma lui envoyait chaque semaine – le rationnement, le mariage de Billy, Chicago en temps de guerre – dans une sorte d'état de stupeur dû à la fois aux nouvelles elles-mêmes et à la pensée qu'ailleurs, la vie continuait. Il avait l'impression qu'elles faisaient partie d'une autre histoire, une histoire inventée par le créateur de la vie qui, de fait, n'avait rien à voir avec la vie elle-même. Si seulement il lui avait été possible de donner à Emma et à Prudence de ses nouvelles, de ses vraies nouvelles. Si seulement elles voyaient ce qu'il avait vu. Il n'était pas autorisé à raconter quoi que ce soit, bien entendu. Leurs lettres étaient censurées, et elles le seraient jusqu'à ce qu'ils soient officiellement nommés officiers, moment à partir duquel on compterait sur eux pour censurer leur propre courrier. Mais même sans censure, qu'aurait-il pu dire pour qu'elles comprennent ? Elles ne comprendraient jamais des choses comme le manuel du bombardier, le viseur Norden ou l'importance de tout cela.

Il lui arrivait, malgré lui, de repenser à cette journée dans la forêt quand ils s'étaient lancés à la recherche du Boche – la chaleur lourde, étouffante, le sourire timide de Billy quand il lui avait ôté la brindille qu'il avait dans les cheveux, puis le coup de feu, les jambes de la fille qui se tordaient dans les convulsions pendant qu'elle agonisait au milieu des feuilles et le terrible silence qui avait suivi. En regard de ce qu'il faisait à présent, les années passées aux Pins et ce jour fatal dans toute son horreur disparaissaient en dessous de lui, perdus dans le désert.

Le jour où on distribua les manuels de pilotage du B-17, le lieutenant chargé de leur formation déclara : « Lisez ça. Apprenez-le par cœur. C'est votre bible. »

Frankie s'était exécuté.

L'objectif de tout l'équipage de l'avion est un bombardement précis et efficace. Toutes les fonctions ont pour but d'atteindre et de détruire la cible. Rien de ce qu'il avait étudié à Princeton n'était exposé avec une telle clarté. Le manuel poursuivait : *Le succès ou l'échec de la mission dépendent de ce que le bombardier accomplit durant le bref intervalle de temps du bombardement.* Cela aussi, il ne manqua pas de l'apprécier. À mesure qu'il lisait, il sentait une boule lui monter dans la gorge. *Quand le bombardier dirige l'avion pendant le vol vers l'objectif, il prend véritablement les commandes. Il dit ce qu'il veut qu'on fasse, et jusqu'à ce qu'il donne l'ordre de larguer les bombes, sa parole fait loi. Beaucoup de choses dépendent par conséquent de l'entente entre le bombardier et le pilote. On attend du bombardier qu'il connaisse ses responsabilités quand il prend les commandes. De son côté, il s'attend à ce qu'on comprenne les problèmes que ses responsabilités impliquent et qu'on lui apporte une entière coopération. Le travail d'équipe entre pilote et bombardier est essentiel.*

En lisant ces phrases, si concises (indépendamment du sujet), Frankie avait le sentiment de vivre une grande expérience. Pour lui, aucun mot n'avait sonné plus juste et plus indispensable, pas même les nombreux extraits de *L'Iliade* qu'il connaissait par cœur. Ni *Chante, Déesse, du Pèlèiade Achille la colère désastreuse.* Ni *Il parla ainsi, et la noire nuée de la douleur enveloppa Achille, et il saisit de ses deux mains la poussière du foyer et la répandit sur sa tête, et il en souilla sa belle face ; et la noire poussière souilla sa tunique nektaréenne et, lui-même, étendu tout entier dans la poussière, gisait, et des deux mains arrachait sa chevelure*[1]. Ces extraits qui, entre autres, l'avaient tellement ému quand il les avait lus pour la première fois à l'école de Fenwick – et de nouveau à Princeton parce qu'il s'était imaginé dans le rôle d'Achille, tandis que Billy jouait celui de Patrocle, allant jusqu'à souligner au crayon les passages où Achille pleure la mort de son ami – lui paraissaient aujourd'hui anodins comparés à ces instructions essentielles, nettes et précises.

Il aimait ce point sur lequel le manuel mettait l'accent : *Il y a de nombreuses choses avec lesquelles le bombardier doit être familiarisé afin de larguer ses bombes au moment voulu pour atteindre la cible prédéterminée.* Suivait dans

1. *L'Iliade*, chants I et XVIII, traduction de Leconte de Lisle – nous avons simplement remplacé « Akhilleus » par « Achille ». (*Toutes les notes sont du traducteur.*)

une mise en page aérée une énumération des choses en question :

- Il doit connaître et comprendre son viseur, ce qu'il fait et comment il le fait.
- Il doit comprendre le fonctionnement de ses instruments et de son équipement et les entretenir avec soin.
- Il doit être sûr que ses casiers, ses commandes et tous ses instruments sont en parfait état de marche.
- Il doit comprendre le rôle du pilote automatique par rapport au bombardement.
- Il doit savoir comment l'enclencher et effectuer les réglages et les réparations mineures en vol.
- Il doit savoir manier toutes les mitrailleuses de l'avion.
- Il doit savoir charger et réparer en vol les simples enrayages des mitrailleuses.
- Il doit être capable de charger et d'amorcer ses bombes.
- Il doit connaître la puissance de destruction des bombes et les points faibles des divers types de cibles.
- Il doit connaître les problèmes de bombardements, les risques des bombardements, les erreurs de bombardements, etc.
- Il doit être totalement formé à l'identification des cibles et l'identification des avions.

Frankie prenait toutes ces directives très au sérieux. Il étudia l'ensemble des plans du B-17, alors qu'il n'en avait encore jamais vu en vrai. Il consacra du temps supplémentaire à s'entraîner au maniement des mitrailleuses, apprenant à charger les calibres 50 presque aussi vite qu'un mitrailleur de nez, arrière ou central. Même s'il aimait aider Félix à réparer le gros moteur du Chris-Craft, il n'avait jamais été particulièrement attiré par la mécanique, mais il se trouva qu'il s'y entendait à merveille pour charger et amorcer les bombes dans la soute des avions-écoles. Quand, au cours de missions d'entraînement, les racks se coinçaient, le mécanicien et lui se tenaient au bord de la soute ouverte à vingt-quatre mille pieds d'altitude et, à l'aide de tournevis, ils libéraient la charge.

À la fin de leur formation, on réunit les bombardiers sur le parking des avions de la base de Maxwell devant leurs officiers instructeurs debout sur une estrade. Et tous les élèves officiers répétèrent après eux :

> Conscient de la confiance que s'apprête à placer en moi
> mon commandant en chef le président des États-Unis
> sous l'ordre de qui j'ai été choisi
> pour une formation de bombardier…
> et conscient du fait que je vais devenir
> le gardien de l'un des plus précieux
> biens militaires de mon pays,
> le viseur de bombardement américain…
> je jure, devant le Tout-Puissant,
> et sur le code d'honneur du bombardier, de garder
> le secret sur toute information confidentielle
> qui me serait révélée et de veiller
> sur l'honneur et l'intégrité de l'armée
> de l'air au prix de ma vie si nécessaire.

Il y avait sur l'estrade une forme de la taille d'une huche à pain dissimulée sous un drap blanc. Après qu'ils eurent prononcé le serment, l'instructeur en chef retira le drap pour dévoiler le fameux viseur Norden qu'ils avaient étudié sans l'avoir jamais vu. On aurait dit une pièce détachée de voiture, sinon qu'il relevait du secret-défense et qu'on le transportait dans un sac en toile sous escorte armée.

Le pilote déclara par l'intercom que le bombardement allait débuter. Frankie se pencha au-dessus de l'appareil photo, prêt à prendre un cliché toutes les cinq secondes pendant les cinq minutes précédant le « Larguez ! » du bombardier. L'autre élève officier libéra les racks. Les portes de la soute s'ouvrirent. L'air lourd et confiné de la carlingue non pressurisée de l'AT-11 Kansan fut aspiré à l'extérieur, si bien que la sueur sécha sur la peau de Frankie avec une sensation de froid. Le pilote dit quelques mots et l'élève tenant le rôle de bombardier prit les commandes. C'était maintenant lui qui pilotait l'avion. Ils volèrent à la même altitude. Frankie prenait photo sur photo. Le désert. Encore le désert. Il s'efforçait de ne penser qu'à la tâche qui lui était dévolue. Tout le reste – la fille morte et la vivante, Billy (Où était-il en ce moment ? Était-il réellement marié ? Oh, ses mains, son sourire…) – semblait avoir été aspiré hors de l'avion en même temps que la chaleur. « Larguez ! » cria le bombardier, et le troisième élève tira sur le levier libérant les bombes, et toutes les dix tombèrent. L'avion, soudain allégé, grimpa de quarante pieds. Frankie eut un hoquet de surprise en se sentant soulevé dans la lourde carlingue de métal, l'impression d'être soudain libéré, comme en apesanteur. Un avant-goût, un échantillon de la liberté qui l'attendait quand il aurait fini sa formation et qu'il partirait pour l'Europe se joindre à un vrai équipage dans un vrai B-17.

Le pilote annonça un nouveau cap et le Kansan vira pour retourner à San Angelo. Frankie se redressa et s'étira, puis il s'adossa au fuselage. Les photos raconteraient l'histoire officielle, mais il savait que le raid avait été un succès. Il ferma les yeux et inspira profondément.

8

Wigwam Bar – veille de Noël 1944

Mary, l'infirme, se trouva littéralement bousculée. À peine avait-elle refermé la porte du bar derrière un nouveau groupe venu fêter Noël que, du comptoir, Harris lui criait d'aller chercher du bois parce que le poêle menaçait de s'éteindre. Elle claudiqua donc vers la porte de derrière, respirant par le nez car, à en croire le thermomètre à alcool, avec une température frisant les – 35 °C, l'air froid et sec risquait bien de lui brûler les poumons. Et puis, la clochette de la porte tinta de nouveau – non que ce fût nécessaire puisque Harris hurlait : « Va ouvrir, Mary, va ouvrir ! » La bouffée d'air glacé annonçait l'arrivée d'un autre groupe d'Indiens et de bûcherons accompagnés de leurs familles. Mary s'avança pour les accueillir. Personne ne voulait accrocher son manteau – la place ne manquait cependant pas, mais il fallait un moment pour se réchauffer. Sur les dossiers des chaises et sur les tabourets du bar s'empilaient des montagnes de lainages et de fourrures, tandis que le givre fondait, formant des flaques sur le sol. Mary passait le balai pour pousser l'eau et les petits tas de neige vers la porte d'entrée au milieu des jambes des clients. Alors qu'elle venait de finir, Harris lui demanda de se débrouiller pour dénicher une caisse d'œufs parce que les siens avaient gelé, et que si on n'en avait pas de bons, on n'aurait pas tout à l'heure de quoi confectionner les Tom et Jerry, et c'était une tradition, nom de Dieu ! Harris se tourna et essuya un verre avec le torchon jeté sur son épaule puis, après s'être séché les mains, il posa un nouveau disque sur le plateau de l'électrophone derrière le bar. Les premières mesures de la chanson s'élevèrent au-dessus des verres alignés sur le comptoir, à peine audibles dans le brouhaha.

Down went the gunner, a bullet was his fate
Down went the gunner, and then the gunner's mate[1].

Clopinant sur les lattes du plancher en pin de la piste de danse, Mary était presque arrivée à la cuisine quand une nouvelle bouffée de froid pénétra dans la salle. La clochette tinta et Harris hurla : « Mary ! » Elle fit demi-tour pour se précipiter vers l'entrée.

C'était la fin d'une longue année, et personne ne savait quoi en penser. Le temps, la guerre, tout avait été chamboulé. Le pays entier avait souffert de températures descendues au-dessous de zéro pendant tout le mois de

1. « Le mitrailleur est touché, tué par une balle/Le mitrailleur est touché, puis c'est le tour de son camarade. » Extrait de la chanson de guerre « Praise the Lord and Pass the Ammunition » (« Glorifie le Seigneur et passe les munitions »), composée en 1942 par Frank Loesser.

février, et en avril et mai, le Mississippi en crue avait atteint des niveaux records, puis il y avait eu la sécheresse en été, une succession d'ouragans en automne tout le long de la côte Est, et ensuite de lourdes chutes de neige en novembre et au début de décembre qui avaient rendu pratiquement impossible le travail en forêt, et voilà que pour Noël, on avait droit à un froid si soudain, si vif que les harnais de cuir se craquelaient, que le gazole gelait et que les pneus se fendaient (ce qui était d'autant plus terrible qu'à cause du rationnement, il était impossible de s'en procurer de nouveaux). On considérait en général que la guerre était gagnée. C'était « dans la poche », affirmait-on dans les discussions de comptoir ainsi que dans les journaux. On avait remporté la victoire en Afrique. Le sud de l'Italie avait été libéré, le débarquement en Méditerranée était le plus haut fait militaire depuis qu'Hannibal avait franchi les Alpes, et les Alliés avaient gagné le sud de la France pratiquement sans rencontrer d'opposition. Tout le monde croyait que les soldats seraient « rentrés pour Noël ». On y était déjà, personne n'était rentré, et les Allemands résistaient en Belgique alors qu'on espérait voir annoncer que la bannière étoilée flottait sur le Reichstag.

Les yeux baissés, Mary arrivait à la porte quand celle-ci claqua, puis s'entrouvrit avant de claquer de nouveau, mais sans que la clenche fonctionne en raison du givre, de la gadoue et de la neige accumulés sur le seuil. Prudence se tenait dans le vestibule, enveloppée dans son manteau. Elle était chaussée de talons aiguilles Mary Jane en daim noir, et ses longues jambes brunes étaient nues, tout comme ses mains et sa tête. Il était impossible qu'ainsi habillée elle ait marché depuis les Pins – un trajet de près de huit kilomètres dans l'obscurité.

Mary passa devant elle. Prudence, scrutant la foule à la recherche de quelque chose ou de quelqu'un, lui accorda à peine un regard. L'arête de son nez était rouge, luisante. Mary souleva la porte et la poussa de l'épaule pour mettre la clenche en place. « *Gisinaamagad ina ?* demanda-t-elle, les yeux toujours baissés avant de retourner vers le bar.

– Bon Dieu, pire que jamais ! répondit Prudence.

– Voyons, voyons », la reprit le père Paul qui était au comptoir, un brandy à la main. Il avait troqué sa soutane habituelle contre un chandail boutonné jusqu'au menton et au col châle si raide et volumineux qu'on aurait dit le joug d'un bœuf. Il avait le teint rubicond et les cheveux brillantinés, lissés sur le côté.

Prudence ôta son manteau qu'elle plia sur son bras. Elle portait une robe de laine noire munie d'un large col et de boutons d'ivoire sur le devant. Les points de certaines coutures étaient exécutés avec du fil blanc. Cette robe lui faisait un très long cou, et elle avait les cheveux ramenés en arrière sous un bandeau.

La porte s'entrouvrit de nouveau. Dick Bolton et quelques-uns des hommes du camp de bûcherons – tous en bonnets à oreillettes et vestes à carreaux rouges et noirs – essayèrent d'entrer, mais Prudence leur bloquait le passage.

« On entre, ou on sort, nom de Dieu ! s'écria Dick par l'entrebâillement.

– Voyons, voyons », répéta le père Paul sur le même ton, comme si sa mission consistait à contrôler les jurons à la veille de la célébration de la naissance du Christ plutôt qu'à accepter verre après verre de la part de ses ouailles déjà toutes sérieusement éméchées.

« Alors, et les Tom et Jerry ? » demanda Dick par-dessus l'épaule de Prudence.

Elle s'avança d'un pas pour le laisser passer.

« C'est pour plus tard. En attendant, y a la gnôle habituelle, répondit Harris, se tournant pour mettre un autre disque.

– Dans ce cas, ce sera du bourbon, et chaud. » Dick se débarrassa de sa veste qu'il laissa tomber par terre à côté du vestibule. Les paroles de « Long Ago and Far Away » chantées par Helen Forrest s'élevèrent :

I dreamed a dream one day
And now that dream is here beside me[1].

« C'est pas vrai, ça, Prudence ? lança Dick.

– Continue à rêver », répliqua-t-elle comme émergeant d'une transe. Elle tapa du pied pour débarrasser ses chaussures d'un restant de gadoue, traversa la salle, posa son manteau sur le juke-box qui ne marchait plus depuis 1941 et qui, avec la guerre, risquait de ne pas être réparé avant un moment. En tout cas, Harris en avait extrait tous les 78 tours qu'il avait empilés derrière le bar.

Bras croisés, Prudence se planta à côté du juke-box éteint. La foule – quasiment toute la population actuelle du village hormis quelques femmes enceintes et d'autres, toutes jeunes mères – avait quelque chose d'étrange. Peut-

1. « Un jour j'ai fait un rêve/Et maintenant ce rêve est là à côté de moi. »

être parce que c'était Noël, le moment où l'on se retourne volontiers sur les années passées. À moins que ce ne soit la présence d'Indiens autorisés depuis peu à entrer au Wigwam Bar, et l'absence de beaucoup d'hommes. La guerre avait changé bien des choses. Il n'y avait aucun homme de moins de vingt-sept ans, excepté Dave Gardner qui n'avait pas été mobilisé à cause de ses yeux et de son cœur et une poignée de jeunes venus des fermes aux alentours qui avaient été pour un temps exemptés du service militaire.

Ces derniers, réfugiés dans un coin sous une tête de cerf empaillée, sirotaient lentement leur bière pour la faire durer. Nombre de femmes étaient également parties – à Austin travailler dans les conserveries ou à Minneapolis dans les moulins de General Mills. Il y avait aussi des femmes dans les camps de bûcherons. Des femmes qui maniaient l'écorçoir et la serpe. Auparavant, à l'automne, elles avaient récolté les pommes de terre, les betteraves et le maïs. On avait l'impression que chacun faisait un travail autre que celui qu'il faisait d'habitude ou qu'il devrait faire. Même Mary dont Prudence se souvenait vaguement de l'époque de ses premiers jours aux Pins – serait-elle devenue barmaid ? C'était pitié de la voir courir ainsi, harcelée par Harris. Il souriait sous son chapeau melon noir, soulevait parfois son bandeau pour se tamponner l'œil qu'il prétendait avoir perdu à la Grande Guerre, alors qu'on savait pertinemment que c'était à la suite d'un zona. Il y avait quelques rares femmes attablées avec leur mari, qui buvaient du bourbon à petites gorgées – la bière passait mal par un froid pareil – en attendant les Tom et Jerry, après quoi elles pourraient rentrer chez elles et se préparer pour le réveillon. Le pays manquait de bras et de biens matériels. Pratiquement tous les jeunes étaient partis, de même que tout ou presque faisait défaut : chevaux, cuir, essence, caoutchouc, plastique, cuivre, plomb, machines à écrire, grille-pain, sucre, maïs, betteraves et bois. Entre-temps, le camp en face des Pins prospérait, plein à craquer de prisonniers allemands. On subissait des variations de pression telles qu'on en ressent avant un orage. Il fallait que cela éclate quelque part. Encore un effort, une grande poussée collective, et c'en serait terminé.

On avait accroché une guirlande de petites ampoules colorées autour du plafond en tôle, et quelqu'un avait glissé un mirliton dans la gueule du cerf sous le groupe de garçons de ferme. Une cannette de Schlitz vide était coincée entre les mâchoires ouvertes du brochet au-dessus du bar. La lumière était douce et il faisait bon dans la salle, ce qui ne dissipait pas pour autant le sentiment que tout le monde attendait que change l'atmosphère – l'atmosphère glaciale, pernicieuse de la guerre. On savait que cela viendrait. Il ne pouvait en être autrement. Chaque semaine, Harris affichait sur la porte du bar les rapports qu'il recevait des autorités militaires. Chaque semaine la liste des blessés, des disparus et des morts était plus courte. La guerre broyait moins de gens. Personne ne l'ignorait, mais cela rendait peut-être les choses pires encore – qui serait le dernier ? se demandait-on. Qui serait le dernier à mourir avant la fin de la guerre ?

Prudence examinait la liste le plus souvent possible, à savoir chaque fois qu'elle parvenait à s'échapper des Pins pour se rendre à pied au village. S'il arrivait quelque chose à Frankie, son nom ne figurerait pas sur cette liste. Il n'était pas inscrit sur les registres d'ici, et si jamais on avait des nouvelles de lui, ce serait à Chicago. Elle regardait pourtant. Elle suppliait Félix de s'installer au village, mais il refusait d'en entendre parler. Elle le suppliait aussi d'acheter un poste de radio, ce qu'il pouvait sans nul doute se permettre. Il se bornait à répondre par un grognement. Elle se sentait terriblement seule aux Pins. La grande maison était fermée, de même que les petits bungalows derrière. La neige s'accumulait contre les portes. Emma était venue en été, mais juste pour quelques semaines. Elle avait apporté des vêtements pour Prudence, disant qu'ils devraient lui faire toute l'année. Frankie continuait à écrire, ou du moins des lettres de lui continuaient à arriver quoique, à en juger par les dates, dans le désordre le plus total. Cela signifiait qu'il était toujours quelque part là-bas et qu'un jour, un jour prochain, il reviendrait. Prudence l'attendait.

Elle lissa sa robe. Elle l'avait achetée en octobre à Grand Rapids, le plus loin des Pins où elle était allée depuis ce jour d'août où ils l'avaient trouvée au milieu des feuilles et emportée, hurlant et se débattant. La robe lui allait parfaitement. Emma lui envoyait chaque mois dix dollars, et le reste elle le gagnait en ramassant des pommes de pin et en battant le riz avec Félix en automne. C'était une robe bon marché de chez Sears, mais de toute façon, personne n'aurait jamais l'occasion de voir l'étiquette.

Ces dix dollars par mois plus les lettres de Frankie avaient nécessairement un sens. Elle se redressa et promena de nouveau son regard autour d'elle. Oui, c'était clair, chacun le percevait, c'était la fin de quelque chose, de quelque chose d'à la fois terrifiant et grandiose, et très bientôt elle serait libre, tout le monde serait libre.

You'd be so nice to come home to,
You'd be so nice by the fire[1].

« Bon Dieu ! s'exclama Dick en s'approchant du comptoir. Tu tiens à me faire chialer ou quoi ? Si tu nous mettais un autre disque ?

– Soit tu payes à boire, soit tu danses, dit Harris, lui tournant le dos.

– Voyons, voyons », redit le père Paul, se balançant sur les talons tout en affichant un large sourire. Il devait déjà être là depuis un bon moment !

Les garçons de ferme installés sous la tête de cerf pouffèrent de rire, désireux de partager la plaisanterie, jusqu'à ce que Dick leur décoche un regard meurtrier, celui qu'il réservait aux gardes forestiers et autres, et ils s'empressèrent de baisser les yeux sur leurs verres. Deux des hommes de Dick qui n'étaient pas vraiment du village se plièrent à la demande de Harris et se mirent à se démener sur la piste avec leurs bottes, projetant de petits éclats de glace à chaque pas. Mary se faufila entre eux, le visage dénué d'expression. Elle portait deux plateaux d'œufs qu'elle leva au-dessus de sa tête pour les protéger des bûcherons qui se remuaient sur la piste.

« Bravo, Mary, dit Harris. Voilà ce que j'appelle danser. »

---

1. « Ce serait si bien de te retrouver à la maison/Tu serais si bien près du feu. » Chanson de Frank Sinatra.

L'infirme s'avança en clopinant, puis elle entreprit de vider le cendrier du poêle.

« Une tournée, alors, dit Dick. En attendant que Harris se décide à nous faire ses Tom et Jerry.

– De la bière, Mary ! Et encore du bois ! » cria Harris.

Mary dressa la tête, puis elle s'écarta pour éviter les deux danseurs qui renversèrent au passage le seau à cendres.

« Dis donc, tes gars ont déjà tâté de la bouteille, non ? demanda Harris à Dick.

– Y z'ont p't-êt' bu une goutte ou deux en route. Fait un froid à geler les couilles d'un singe en bronze. »

Dick regarda autour de lui.

« Hé, Prudence, qu'est-ce que tu bois ?

– Pour l'instant, rien.

– Tu veux commencer par quoi ?

– Un brandy sour, répondit-elle.

– OK. » Dick adressa un signe de tête à Harris qui, de derrière son bar, étudia attentivement la jeune fille.

« Félix t'a autorisée à quitter ta cage ? demanda ce dernier.

– Il a pas trop son mot à dire là-dessus, répliqua-t-elle.

– Laisse-la tranquille, intervint Dick. C'est Noël, après tout. »

Harris haussa les sourcils.

« T'as marché jusqu'ici dans ces chaussures-là ? reprit Dick, indiquant les Mary Jane de Prudence.

– J'ai marché plus longtemps dans pire. » Elle lui jeta un regard noir.

« Du calme, Prudence, dit Harris. Dick voulait juste te faire un compliment.

– Amen. C'est vrai qu'elle est mignonne. Tu la trouves pas mignonne, Gardner ? » demanda Dick à Dave

Gardner assis au bout du bar. Il était assez beau malgré ses épaisses lunettes qui lui donnaient un air studieux.

« Et comment ! Joyeux Noël, Prudence. » Dave leva son verre, puis il tourna la tête, se lécha les lèvres et reporta son attention sur la jeune fille.

Celle-ci prit son verre, en examina le fond.

« Joyeux Noël, Dave », dit-elle.

Un groupe de filles entra en riant. L'une d'elles referma la porte d'un coup de pied. Tous les regards convergèrent sur elles.

« Doucement avec ma porte ! cria Harris. Sinon, c'est vous qui la réparerez. »

Elles étaient trois. Prudence les avait croisées dans le village, mais elle ne les connaissait pas. Elles avaient les cheveux de jais et le teint olivâtre des métisses. L'une d'elles s'esclaffa et ses dents étincelèrent dans la faible lumière. Elles embrassèrent la salle du regard. Celle qui avait maltraité la porte se tourna vers les jeunes fermiers. « Et alors ? » dit-elle. Les garçons se précipitèrent pour leur prendre leurs manteaux puis, ne sachant qu'en faire, ils les gardèrent sur le bras. L'un d'eux se dirigea vers le comptoir et commanda trois bières qu'il apporta en affectant de s'incliner. Les filles les acceptèrent et burent une gorgée. La meneuse de la bande fit la grimace.

« Éventée, dit-elle.

– Et si quelqu'un me payait un autre brandy sour ? lança Prudence.

– Oui, pourquoi pas ? dit Dave Gardner, toujours installé à l'autre bout. Ça te coûtera une danse ou deux.

– D'accord. J'ai besoin de me réchauffer. »

Elle vida son deuxième verre aussi vite que le premier.

Prudence avait marché longtemps, beaucoup plus longtemps qu'aucun d'entre eux n'aurait pu l'imaginer. Seule en compagnie de Grace, qu'il lui fallait protéger. Après la mort de leur mère, elle s'était occupée de sa sœur, et quand c'était devenu trop dur, elle avait décidé de ficher le camp, et elle avait trouvé un toit pour elles deux dans cette école de Flandreau. Et quand on avait voulu contre son gré l'envoyer dans le Wisconsin, elle était partie avec Grace, et elles avaient marché. De Flandreau à Crookston en traversant tout le nord du Dakota. Elles avaient bien failli réussir, mais en ce jour maudit, elles s'étaient trop approchées des Pins où l'on traquait ce prisonnier allemand évadé. Et maintenant, Grace était morte. Mais au moins, il lui restait Frankie.

« Le brandy te monte à la tête, Prudence ? demanda Dave Gardner.

– C'est là qu'est sa place, mon petit Dave. » Prudence sentit la tension de son corps retomber.

Si Frankie était capable de supporter la guerre, elle se devait d'être capable de supporter l'absence de Frankie. Combien de temps cela allait-il durer ? Encore deux mois ? Un an ? Combien de missions aurait-il à accomplir avant d'en avoir terminé ? Vingt-cinq ? Trente-quatre ? En tout cas, il était sûrement près du nombre requis.

« Bon, autant payer ma dette, dit-elle, chassant la pensée de Frankie. Si tu nous mettais quelque chose pour danser, Harris ?

– Tu vas pas faire de scandale, Prudence ? s'inquiéta celui-ci. Sinon, après, c'est moi qu'aurais affaire à Félix. » Il arrêta le disque en plein milieu d'une chanson. Tout le monde se tut et leva les yeux pour voir ce qui se passait. Harris prit un autre disque et posa brutalement l'aiguille dessus.

Drinkin' beer in a cabaret and I was havin' fun !
Until one night she caught me right, and now I'm on the run[1].

« Allez, viens, Dave », dit Prudence, effleurant Dick au passage.

Dave vida son verre et contourna le père Paul qui, paupières closes, les doigts croisés sur son ventre, semblait répéter son sermon du lendemain. Il chancelait.

« Je suis pas très bon danseur, Prudence.

– T'inquiète pas. »

Il prit la jeune fille par la main. Il avait les mains fines et douces, les paumes moites.

« T'es nerveux, Dave ?

– J'ai toujours eu les mains qui transpirent. Excuse-moi.

– C'est pas grave », dit-elle, tandis qu'ils se lançaient dans un pas de deux maladroit. Ils firent deux fois le tour de la piste, suivis des yeux par tous.

« T'as des nouvelles de Frankie ? demanda Prudence alors qu'ils arrivaient sous le brochet.

– Qui, moi ? Nan. J'ai plus eu de nouvelles de lui depuis ce jour-là. Tu sais, le jour où ta sœur…

---

1. « Je buvais de la bière dans un cabaret et je m'amusais/Jusqu'à ce qu'un soir, elle me prenne sur le fait, et maintenant je suis en cavale. » Extrait de la chanson de country « Pistol Packin' Mama ».

– T'inquiète pas, Dave. »

Quand ils revinrent vers le comptoir, Prudence vit que les garçons de ferme ne cessaient de lorgner ses hanches et ses jambes. Elle soutint leur regard pendant que tous deux repartaient sur la piste, puis elle posa sa main plus bas dans le creux des reins de Dave, juste au-dessus de sa ceinture. Les garçons n'en perdaient pas une miette. Espérant que Dave se déciderait enfin à conduire, Prudence ferma les yeux. Frankie était certainement bon danseur. À l'université, il devait souvent être allé à des bals, de grands bals avec de vrais orchestres. Lui, il saurait.

C'était un gentleman. Ces types n'étaient pas si mal, mais comparés à lui, ils ne valaient pas grand-chose. Après le drame, on l'avait installée dans la chambre des bonnes à côté de la cuisine. Jonathan l'avait soigneusement examinée, Emma avait fait toute une histoire au sujet d'une infusion de camomille, puis elle l'avait mise au lit et lui avait lavé la figure et les mains avec un gant tiède. Après quoi, elle n'avait pas arrêté d'entrer et de sortir, apportant divers objets (un pot de chambre, un verre d'eau, un chandail) et en emportant d'autres (un catalogue Sears, la carabine 22 rangée derrière la porte). Un long moment s'était écoulé avant que le calme revienne dans la maison, puis Frankie était apparu sur le seuil. Prudence sourit à ce souvenir. Ne sachant quoi dire, incapable de la regarder franchement, il avait toussoté, hésité. Il avait fini par déclarer qu'il était désolé pour sa sœur et qu'il reviendrait. Oui, il reviendrait. Il n'avait rien tenté. Il n'avait même pas promené longuement les yeux sur elle. Il était léger, discret, dans sa voix comme dans sa façon de se tenir, de ne pas la dévorer du regard, de ne pas faire irruption dans la chambre, de ne pas bousculer les meubles ni marcher à pas lourds. C'était un gentleman jusqu'au bout des ongles. À moins d'y être encouragé, il n'essayerait jamais de faire ce que ces garçons rêvaient de faire dans une voiture, un placard ou ailleurs si elle leur en fournissait l'occasion. Elle posa la joue sur l'épaule de Dave. Le brandy sour lui montait pour de bon à la tête.

Trois des hommes de Dick Bolton invitèrent les filles du village à danser. Les garçons de ferme avaient toujours leurs manteaux sur les bras. Les bûcherons se lancèrent sur la piste en poussant des cris, jusqu'à ce que Harris se mette à hurler de derrière son comptoir :

« Vous allez bousiller mon plancher avec vos écrase-merdes ! »

Dick se tourna vers les membres de son équipe. « Eh ! Les gars ! » cria-t-il.

Les hommes échangèrent un regard, puis ils retirèrent leurs bottes qu'ils laissèrent dans un coin et, en chaussettes, firent tournoyer les filles. À la fin du morceau, Harris mit un nouveau disque.

You're completely unaware, dear, that my heart is in your hand
So for love's sake won't you listen and try to understand[1] *?*

1. « Tu ne te rends pas compte, ma chérie, que tu tiens mon cœur entre tes mains/Alors au nom de l'amour, ne veux-tu pas écouter et essayer de comprendre ? » Extrait de « I Dream of You » chantée par Frank Sinatra.

Elles avaient passé trois années heureuses à l'école indienne de Flandreau. De bonnes années. Avant, à la suite de la mort de leur mère, elles avaient vécu comme des écureuils dans une cabane près de l'agence indienne, se nourrissant de ce qu'elles grappillaient, empruntant des couvertures à droite, à gauche, subissant… mieux valait ne pas penser à tout ce qui était arrivé. Elles avaient réussi à survivre ainsi un hiver, puis Prudence les avait fait admettre à Flandreau où elles s'étaient rendues en train. Quel changement, alors ! Un changement fabuleux. On leur avait donné des vêtements, les dortoirs étaient plutôt confortables. Et elles étaient en sûreté. Grace était en sûreté. Chaque matin, elles se réveillaient au son d'un triangle de métal. On se mettait en rang par groupes : A pour les plus âgés jusqu'à E pour les plus jeunes – mais il y avait aussi un P pour les enfants paresseux, ceux qui méritaient d'être punis. Le triangle tintait et elles couraient se mettre en rang, puis elles marchaient au pas, prenaient leur poudre dentifrice, se lavaient les mains et la figure, et enfin se peignaient. Le triangle tintait de nouveau et elles allaient dans la cour où, par tous les temps, elles faisaient leurs exercices. Au signal du triangle, elles se dirigeaient vers leur salle de classe où elles passaient la matinée à étudier. Nouveau tintement, et c'était la pause d'une demi-heure pour le déjeuner. L'après-midi était consacré à « l'apprentissage », à savoir la couture, la cuisine, le ménage, la traite des vaches, l'étrillage des chevaux. Ensuite, à la tombée du jour, nouveau coup de triangle, et elles partaient en rang pour la chapelle où, alors que le soleil se couchait, elles pratiquaient leurs dévotions en silence, les mains jointes.

Prudence avait fait tout son possible pour ne pas finir dans le groupe des P, et elle n'avait jamais reçu la moindre réprimande. Elle ne voyait pas beaucoup Grace au cours de la journée, sauf le dimanche, où elles mangeaient ensemble. Sinon, sa sœur se résumait à une tête aux cheveux noirs nattés parmi toutes celles de son groupe. Cela lui suffisait, pourtant. Grace était là, et elle était en sécurité. Sa période préférée était l'été – on les envoyait travailler dans les fermes du Dakota du Sud. Pendant deux mois, au cours de trois étés bénis, on les avait envoyées dans la même ferme près de Vermillion. Le travail n'était guère différent de celui qu'elles faisaient à Flandreau. Elles trayaient les vaches, ramassaient les œufs, tuaient des poules, nettoyaient les stalles et barattaient la crème. Le propriétaire et sa femme n'avaient pas d'enfants, et ils étaient relativement gentils.

I want you so, more than you'll ever know
More than you dream I do, I dream of you[1].

Elles avaient donc passé trois années heureuses à Flandreau. Seulement, il avait fallu partir. Le directeur l'avait convoquée dans son bureau et félicitée pour avoir obtenu son diplôme de fin d'études. On lui avait trouvé une place à New Glarus, dans le Wisconsin. Elle était contente, n'est-ce pas ? Oh oui, monsieur. Il y avait la guerre. Oui, monsieur, bien sûr. Tu travailleras à l'usine de dentelle Swiss Miss Textile. On y fabrique des chevrons et des insignes, tu le savais ? Non, monsieur, je ne le savais

1. « Je te désire tant, plus que tu le sauras jamais/Plus que tu le rêves, je rêve de toi. » Suite de la chanson de Frank Sinatra.

pas. Des milliers de nos soldats les porteront, tu vois ? Non, monsieur. Tu feras ta part, Prudence. Tu n'es pas contente ? Mais que va devenir Grace, monsieur ? n'avait-elle pu s'empêcher de demander. Grace n'était pas encore prête, naturellement. Dans trois ans, elle aura son diplôme, elle aussi. Je comprends, monsieur.

Trois ans, c'était trop long. Trop long pour Grace, trop long pour Prudence qui, après avoir passé l'été à New Glarus, avait fait ses bagages et était allée chercher sa sœur à Flandreau.

La chanson s'acheva. Dave s'écarta, s'essuya les paumes sur son pantalon. Prudence cligna des paupières à plusieurs reprises puis s'épongea le front du dos de la main.

« Bon », fit-elle.

Ployant sous le poids de deux gros bocaux, Mary se redressa pour les poser sur le comptoir avec un grognement. L'un contenait des légumes au vinaigre, l'autre des œufs en saumure.

« Rappliquez, dit Harris. Venez vous remplir la panse et joyeux Noël ! »

Les danseurs se séparèrent. Certains regagnèrent leur table. D'autres, dont les hommes de Dick, s'approchèrent du bar pour manger les pickles et les œufs que Harris prenait dans la saumure à l'aide d'une louche.

« T'as faim ? demanda Dave Gardner.

– Soif, répondit Prudence.

– Bon Dieu, Prudence, t'es un poisson ou quoi ?

– Sois mignon, mon petit Dave.

– Bourbon-Coca, ça te va ?

– Si ça va pour toi, ça va pour moi. »

Les garçons de ferme, après avoir échangé un regard,

se débarrassèrent des manteaux des filles et rapportèrent leurs bouteilles de bière vides.

« Merci, dit le plus âgé.

– Oui, merci ! » lancèrent les autres en chœur.

Clarence Brown, le chef de gare, entra. Il portait une grosse veste de laine à carreaux, un bonnet bleu, des moufles en peau et des après-ski.

« Mr Brown ! le salua Harris.

– Je prie le ciel qu'il fasse plus chaud pour nos gars en Belgique », dit Mr Brown, tapant du pied bien qu'il n'eût pas de neige sur ses bottes. Il avait une épaisse moustache, gelée par endroits. Il la frotta de sa main gantée pour enlever le givre.

« Oui, il faut prier, dit le père Paul, les yeux fermés. Il faut prier.

– Quelles nouvelles ? s'enquit Dick Bolton.

– Ils tiennent bon. Ils les appellent les "foutus salopards de Bastogne". Pardon, mon père, ajouta le chef de gare à l'intention du prêtre.

– Ce sont les nouvelles.

– Le ciel est dégagé, et on peut les ravitailler.

– Enfin, dit Harris.

– Ouais, acquiesça Dick.

– C'est drôle, reprit Mr Brown. Vous savez quelle est la température à vingt-neuf mille pieds ? Eh bien, exactement la même qu'ici en ce moment. Moins trente-quatre. »

Prudence but une grande gorgée de son bourbon-Coca.

Les garçons de ferme discutaient entre eux, jetant à la dérobée des regards en direction de Prudence.

Clarence Brown ôta sa veste qu'il plia avec soin avant de la tendre à Harris par-dessus le comptoir.

« Attendez, un instant », dit-il. Il se pencha pour récupérer une liasse de télégrammes jaunes qu'il fourra dans la poche de poitrine de sa chemise sous son gilet. « Merci, ajouta-t-il.

– Qu'est-ce que je vous sers ? demanda Harris.

– Un grog, ce serait parfait. » Mr Brown posa son bonnet sur le bar et tapa dans ses mains gantées. Il ressemblait vraiment à un morse. « Ça ne vous épate pas ? reprit-il. À près de neuf kilomètres d'altitude (il montra le plafond en tôle), il règne la même température qu'ici. Mais nos gars ont des munitions maintenant. Ils vont pouvoir faire une percée. »

Prudence vida son verre et soupira.

« Si vous voulez bien… » Harris désigna la bouilloire qui chauffait sur le poêle de l'autre côté de la salle. Mr Brown traversa la piste de danse et la prit d'une main toujours gantée. « Attention », fit-il, quoiqu'il n'y eût aucun danseur. Harris mit un nouveau disque. La voix d'Helen Forrest s'éleva. Elle chantait « I Had the Craziest Dream » :

I never dreamt it could be
Yet there you were, in love with me[1].

Prudence rectifia le bandeau dans ses cheveux, lissa le devant de sa robe puis se dirigea vers le groupe de jeunes hommes. Un seul soutint son regard tandis qu'elle s'approchait.

« Ça te dit de danser avec une fille ?

---

1. « Je l'aurais jamais rêvé/Mais t'étais amoureux de moi. »

– Ouais, répondit-il. Ouais. Mais ça va déranger personne ? » Il jeta un coup d'œil vers Dave Gardner.

« Moi, ça me dérange pas », dit Prudence, lui tendant la main.

Il la conduisit sur la piste. Il ne savait pas trop où poser les yeux. Il l'observa un instant, puis baissa la tête et fixa le plancher.

« T'es vraiment jolie, finit-il par dire.

– Oh, t'es un amour.

– Je m'embarque dans deux semaines, déclara-t-il sans lever la tête.

– Tout ira bien », dit Prudence.

Au début, Grace et elle marchèrent la nuit. Elles ne possédaient en tout et pour tout que deux uniformes de l'école appartenant à Grace et une paire de draps dont elles s'enveloppaient pour se protéger des insectes. Il faisait chaud. Elles dormirent dans des fourrés et des cabanes. Entre Flandreau et Crookston, elles mangèrent dans des snack-bars tant que dura l'argent de Prudence. À Crookston, un fermier les découvrit dans une de ses remises, des pommes de terre encore vertes dans leurs poches. Il les emmena chez lui où sa femme posa devant elles un verre de lait et un morceau de pain sans prononcer un mot. Quand elles eurent mangé et bu, elle leur demanda si elles savaient traire les vaches. Elles répondirent que oui. Plumer ? Oui, répondirent-elles de nouveau. L'homme et la femme avaient de forts accents. Montrez-moi, dit l'homme. Elles commencèrent par traire trois vaches, puis le fermier les conduisit devant le poulailler. Prudence et Grace ramassèrent chacune une poule.

Elles leur glissèrent la tête sous l'aile puis, comme on leur avait appris à le faire, elles les balancèrent en l'air avant de leur tordre le cou. Lorsqu'elles eurent plumé les volailles après les avoir trempées dans de l'eau chaude, le soir tombait. Le fermier les installa dans la buanderie derrière la maison où sa femme avait étendu deux paillasses sur le sol en ciment. Elles restèrent jusqu'à ce qu'elles n'en puissent plus, et elles repartirent.

I found your lips close to mine so I kissed you
And you didn't mind it at all[1].

Prudence et le garçon tourbillonnaient. Il était incapable de regarder trop longtemps la jeune fille. Il avait des cheveux filasse et un front très large légèrement criblé d'acné qui arrivait à la hauteur du menton de Prudence. Comme ils s'étaient trop approchés du poêle et qu'il ne faisait pas attention, elle voulut l'en éloigner. Dans le mouvement, son corps se colla contre le sien, et elle sentit son érection sur sa cuisse. Il devint écarlate et se mordit la lèvre.

« Excuse-moi », balbutia-t-il.

Fixant un point devant elle, Prudence eut un sourire lointain.

« T'es mignon comme tout. Joyeux Noël. »

La chanson terminée, le garçon tendit la main. Elle la lui serra et il rejoignit ses copains qui lui dirent quelque

1. « Comme tes lèvres étaient près des miennes, je t'ai embrassée/Et tu n'as pas du tout protesté. » Suite de « I Had the Craziest Dream ».

chose. « Arrêtez ! » protesta-t-il. L'un d'eux lui asséna une claque dans le dos et tous éclatèrent de rire.

« Il faudra qu'ils payent pour ce qu'ils ont fait à Malmedy, disait Mr Brown. Ce n'est pas digne d'un peuple civilisé. Ils seront jugés pour leur crime, croyez-moi.

– Dieu les jugera », dit le père Paul, désignant le plafond d'un doigt boudiné. On avait l'impression qu'il indiquait le brochet empaillé.

« Ils ont fait des choses aussi horribles pendant la Grande Guerre, Dick ? interrogea Mr Brown. Vous avez entendu parler de massacres pareils ?

– Les deux années les plus noires de ma vie, répondit le bûcheron.

– Pourquoi ça ? » demanda Harris, qui prit un saladier des mains de Mary pour battre les œufs en neige.

Dick haussa les épaules. « Et toi ? lui demanda-t-il.

– Oh, tu sais… » Harris baissa les yeux sur les œufs qui commençaient à prendre.

« J'espère que mon fils en voit pas de trop dures.

– Il est où ? demanda Harris.

– Aux dernières nouvelles, Marseille. Mais il peut être n'importe où. En tout cas, vaut mieux être par là plutôt que dans le Nord. On se caille les miches dans les Ardennes. Paraît que c'est l'enfer là-bas. Et pour les pilotes, c'est encore pire. Vous imaginez ça ?

– Non, pas vraiment », dit Harris, complaisamment. Il jeta un coup d'œil en direction de Prudence.

« L'armée sait même pas ce qu'elle fout, nom de Dieu, jura Dick, le nez dans sa bière. C'est rien que des incapables.

– Voyons, Dick, surveillez votre langage, le reprit le père Paul.

– Mon père, vous voulez bien ? » D'un mouvement d'épaule, Harris montra l'électrophone derrière lui.

« Avec plaisir. » Le père Paul contourna le comptoir à pas menus pour fouiller parmi la pile de disques, les brandissant un à un à la lumière.

Prudence sortit un mouchoir de sa pochette, s'épongea doucement le visage puis se remit une couche de rouge à lèvres. Mary passa devant elle, portant deux bidons de lait qu'elle était allée chercher dans la glacière.

« C'est parti ! » Harris installa le saladier sur le comptoir et y versa du lait, qu'il entreprit ensuite de battre avec les blancs d'œufs.

« Parfait », dit le père Paul, s'adressant au miroir derrière le bar. Il plaça un 78 tours sur la platine et, d'un geste théâtral, posa l'aiguille dessus.

Though there's one motor gone
We can still carry on[1].

« Si on remettait ça, Dave ? dit Prudence.

– Bon Dieu, t'en es à ton combien ?

– Oh, tu sais... » Elle fit un geste vague de la main.

« La même chose ?

– On ne vit qu'une fois. Un rhum-Coca, ce coup-ci.

– Un rhum-Coca, Harris, s'il te plaît.

– Retiens ton cheval, cow-boy. Les Tom et Jerry sont presque prêts. Dick, si ça te dérange pas...

---

1. « Bien qu'on ait un moteur fichu/On continue. » Extrait de « Comin'in on a Wing and a Prayer », chanson de guerre à la gloire des aviateurs.

– Pas du tout. »

Le bûcheron passa derrière le bar pour aligner des grandes tasses à café sur le comptoir.

« Place ! » s'écria Harris, traversant la salle avec le saladier pour aller le poser sur le poêle où il grésilla un instant, puis il se remit à fouetter le mélange d'œufs et de lait.

« Dans dix minutes, les gars. Dix petites minutes.

– Dick, sois un amour. » Prudence prit une des tasses qu'il avait à moitié remplie de brandy.

« Hé, une seconde.

– Tu peux m'attraper un Coca ? »

Dick en posa un sur le bar.

« Laisse-moi faire », dit Dave. Il ouvrit la bouteille et versa du Coca dans la tasse. Prudence but une gorgée, et comme les bulles lui montaient au nez et dans les yeux, elle battit des cils, qu'elle avait fardés au moyen de suie et d'une touche de graisse.

« Aah, c'est parfait !

– Mon père, vous avez préparé votre discours ? demanda Harris depuis le fond de la salle.

– Il est là », répondit l'homme d'Église en se tapotant la tempe tandis qu'il sortait de derrière le bar en soulevant l'abattant.

The radio sets were humming
They waited for a word[1].

1. « Les radios bourdonnaient/Ils attendaient un mot. » Suite de « Comin'in on a Wing and a Prayer ».

Le disque s'arrêta et Dick reposa le bras sur son support. « Prêt, patron », déclara-t-il. Harris rapporta le saladier fumant, ajouta de la vanille et de la noix de muscade, puis il remplit les tasses avec une louche.

« Vous pouvez tous venir, maintenant », annonça-t-il.

Les bûcherons de Dick arrivèrent les premiers, suivis des filles du village. Quelques-uns des hommes attablés se levèrent, une grande tasse dans chaque main, une pour eux, l'autre pour leur femme.

« Tu ferais bien d'en prendre une », conseilla Dick à Prudence qui vida son brandy-Coca. Elle reposa la tasse vide, chassa une mèche qui lui tombait dans les yeux, puis elle prit entre ses mains une tasse brûlante. Elle souffla dessus et un peu de mousse s'envola, qui atterrit sur sa robe.

« À la vôtre, Mr Brown. »

Le chef de gare était perdu dans ses pensées.

« À la tienne, Prudence. »

Elle avait le regard fixé sur sa poche de poitrine.

« Vous voulez danser, Mr Brown ?

– Je crois bien que je suis trop vieux, mais c'est gentil de me le demander. » Il se frotta les yeux et, le petit doigt en l'air, but une gorgée.

Prudence posa très lentement sa tasse sur le comptoir puis, la démarche incertaine, elle traversa la piste de danse pour récupérer son petit sac d'où elle tira un mouchoir avec lequel elle ôta la mousse qui tachait sa robe. Harris finit de servir les Tom et Jerry. Après quoi, il s'essuya les mains sur un torchon et se tourna vers le père Paul qui, les yeux fermés, le menton levé vers le brochet, avait repris sa place au bout du bar.

« À vous, mon père, dit-il.

– Oh, déjà ? Mais puisque vous le dites… »

Saisissant par l'anse la tasse que Dick lui tendait, il s'éclaircit la voix.

« Voisins et amis, commença-t-il. Oui, je crois que nous pouvons le dire. Voisins et amis. » Mary passa devant lui, les bras chargés de bois pour le poêle. À l'aide d'un morceau, elle souleva la poignée et ouvrit grand la porte du foyer d'où s'échappèrent des volutes de fumée qui montèrent jusqu'au plafond. Les braises rougeoyaient. Mary posa les bûches sur les chenets puis referma la porte avant de retourner dans la cuisine en clopinant. « Voisins et amis, reprit le père Paul. Nous vivons une époque extraordinaire. C'est un fait. Une époque tout à fait extraordinaire, en vérité. Ces quatre dernières années ont été dures pour tout le monde. Je vous regarde ici comme je vous regarde du haut de la chaire de notre sainte église, et je vois que nombre d'entre nous ne sont pas là. Nos jeunes sont partis pour la guerre. Ils sont dans le Pacifique. Ils sont en Italie. Ils sont en France. Nos jeunes sont dispersés aux quatre coins du monde. C'est un fait. Ils sont sur des bateaux. Ils sont dans des blindés. Ils sont à pied. Ils sont dans le ciel au-dessus de nos têtes. Certains ne reviendront pas. C'est un fait. Non, ils ne reviendront pas. Ceux-là, ils entreront par les portes du Paradis pour s'asseoir auprès de Jésus-Christ, Notre-Seigneur et notre Sauveur. Ils sont entre les bras de Dieu dans le Grand Au-Delà. C'est un fait. Et pourquoi est-ce un fait ? Parce que nous savons que Dieu est de notre côté. Dieu est du côté de la liberté. Nous ne voulions pas cette guerre, mais à présent, c'est à nous d'y mettre fin. Et nous le ferons. Oui, nous le ferons. Et nous ramènerons nos enfants à la maison. Vous vous demandez peut-être ce que vous, vous pouvez faire ?

– Je me demande surtout si je vais réussir à boire chaud, murmura l'un des hommes de Dick.

– Allons, allons, reprit le prêtre, la main droite levée. Vous vous demandez donc ce que vous pouvez faire ? Eh bien, vous pouvez porter un toast à nos combattants et leur souhaiter de revenir vite. Ensuite, vous pourrez rentrer chez vous retrouver ceux que vous aimez. Ils vous attendent sur cette terre. Vous pourrez les rejoindre, et demain matin vous pourrez venir à l'église et prier pour les absents. Vous pourrez prier et rendre grâce à nos soldats qui se battent pour vous et pour notre grande nation. Ils se battent pour Dieu. Ils se battent pour vous. Vous pourrez prier pour qu'ils soient forts, pour qu'ils gagnent cette guerre et qu'ils rentrent à la maison. Priez pour qu'ils nous reviennent. Amen »

D'un même mouvement, tous brandirent leurs tasses en répétant : « Amen » avant de boire une longue gorgée.

« Et maintenant, regagnez vos foyers, reposez-vous et venez demain matin m'aider à célébrer la naissance de Notre-Seigneur Jésus-Christ », conclut le père Paul qui, d'un coup de langue, récolta sur sa lèvre un peu de mousse restée collée dessus.

Les hommes attablés rassemblèrent les tasses et les apportèrent au bar en remerciant Harris. Les filles du village se dirigèrent vers le groupe de jeunes qui se précipitèrent pour leur tendre leurs manteaux. Les bûcherons enfilèrent leurs bottes sans les lacer. Fouillant dans leurs poches à la recherche de cigarettes, les lacets dénoués traînant par terre, ils sortirent en se bousculant. Tiré de sa rêverie, le père Paul coiffa sa casquette, endossa son épais manteau et, encore à l'écoute d'une chanson ou d'un message en provenance du ciel, il se dirigea vers la porte d'un pas aérien. Mary apparut avec un grand plateau, et elle commença à ramasser les tasses sur le comptoir et les tables vides. Une fois le plateau plein, elle le porterait à la cuisine où elle en reprendrait un autre. Dick serra la main de Harris et rejoignit ses hommes.

« Bon, fit Prudence, ne s'adressant à personne en particulier. Bon. »

Dave Gardner la regarda longuement, puis il mit sa veste.

« Bonne nuit, Harris. Et joyeux Noël.

– Joyeux Noël, Dave. »

Le garçon sortit.

« C'était excellent, Harris, déclara Mr Brown. Vous êtes le roi des Tom et Jerry. »

Prudence s'éternisait à côté du juke-box pendant que Clarence Brown et Harris discutaient au comptoir. Le barman tendit sa veste au chef de gare qui la passa lentement. Après quoi, tandis que Harris se servait un bourbon, il tira de sa poche de poitrine les télégrammes qu'il lui remit.

« Vous les distribuerez ? »

Harris y jeta un bref coup d'œil. « Ah, merde ! s'exclama-t-il.

– Vous avez donné le paquet à Félix, hier ?

– Oui, oui. » Harris soupira, vida son bourbon et posa les télégrammes sur la caisse enregistreuse.

« Quel dommage. À l'année prochaine, Harris.

– À très bientôt donc, Clarence.

– Joyeux Noël, Harris.

– Joyeux Noël, Clarence. »

Mr Brown sortit à son tour.

« Bon », répéta Prudence. Marchant doucement, avec précaution, elle alla récupérer son manteau et, titubant un peu, elle l'enfila. Elle eut soudain l'impression que les bras de Frankie venaient l'envelopper, et elle reprit son équilibre. C'était comme si la main de Frankie lui avait effleuré la manche. Comme si son sourire lui avait effleuré l'épaule. Et comme si ses doigts fins lui avaient effleuré le bras. Elle enroula son écharpe autour de son cou, coinça sa pochette sous son bras et se dirigea vers la porte à pas circonspects.

« Joyeux Noël, Prudence.

– Ouais, ouais. Joyeux Noël. » Elle s'arrêta, se retourna et, prenant une profonde inspiration, elle demanda : « Rien pour moi ? Une lettre ou quoi que ce soit ? »

Harris la dévisagea un instant avant de répondre, non sans gentillesse :

« Non, ma fille. Pas aujourd'hui.

– Oh.

– C'est probablement à cause des fêtes. »

Il baissa les yeux sur la caisse enregistreuse, puis essuya le verre devant lui.

« Ouais.

– Rentre chez toi, maintenant. Félix doit t'attendre.

– Bonne nuit, Harris.

– Bonne nuit, Prudence. »

Elle sortit du bar. Tout le monde était parti. La température avait encore chuté, et l'air chaud et humide qui s'échappait de la taverne entourait la jeune fille d'un fin brouillard.

« Jésus, Marie, Joseph », murmura-t-elle. Le froid lui déchirait les poumons. Elle porta son regard le long de la rue, en direction de la gare. Il n'y avait personne. Quelques lumières – celles d'ampoules électriques ou de lampes à pétrole – brillaient çà et là au milieu des arbres, éclairant les congères. La lampe à sodium devant le bar répandait une lueur cuivrée sur la route. Prudence serra davantage son écharpe autour de son cou. Les semelles de ses hauts talons crissèrent sur la neige tassée. Emmitouflée dans son manteau, elle s'engagea sur le chemin bordé par des talus de neige qui passait derrière la taverne.

« Ça va, Prudence ? »

Elle tourna la tête. C'était Dave Gardner au volant de sa Ford 8, tous phares éteints. On distinguait à peine son visage, mais la lumière chaude se réfléchissait sur ses lunettes. Jetée par la vitre ouverte, une cigarette au bout rougeoyant décrivit un arc de cercle dans la nuit.

« Mon petit Dave, tu devrais pas être déjà rentré ?

– Elle veut pas démarrer.

– Ah. » Prudence chancela une seconde.

« T'allais chez toi ?

– Ouais, ouais, répondit-elle.

– Tu pars du mauvais côté.

– Si tu le dis.

– Tu dois avoir froid.

– J'ai déjà eu plus chaud.

– Le chauffage marche.

– Sans blague ! T'aurais pas encore une clope ?

– Si.

– Bon, je monte. »

Prudence écarta les bras pour garder l'équilibre puis fit un pas vers la voiture. Elle s'enfonça dans la neige jusqu'aux genoux.

« Bon Dieu, qu'est-ce que je déteste ce pays ! s'écria-t-elle.

– Calme-toi, Prudence.

– Ça va, ça va. Mais pourquoi tout est si foutrement difficile ? »

Continuant à avancer, elle arriva sur la route dégagée au chasse-neige. Elle s'installa sur le siège passager, claqua la portière derrière elle.

« Waouh ! fit-elle.

– Tiens. » Dave alluma deux cigarettes et lui en tendit une.

« Joyeux Noël, dit Prudence.

– Joyeux Noël. »

Ils fumèrent en silence.

Prudence renversa la tête contre le dossier du siège, puis elle se pencha pour retirer ses chaussures et poser les pieds sur le chauffage.

« Ouf, dit-elle avec un soupir de satisfaction.

– Tu dois avoir les orteils gelés.

– Ah bon ? » fit-elle, comme si elle venait de s'en rendre compte.

Ils se turent de nouveau.

« Ça va passer, dit la jeune fille après un moment, regardant sa cigarette, puis dehors par la vitre.

– Qu'est-ce qui va passer ?

– Ça, répondit-elle avec un geste vague. Et ça. » Nouveau geste. « Tout ça.

– Ah ?

– Il faudra bien. C'est forcé. »

Dave Gardner tira sur sa cigarette, puis il descendit sa vitre et lança son mégot dans la nuit.

« Écoute, Prudence. » Il se tourna, le genou droit pointé vers elle. « J'étais...

– C'est OK.

– T'es si...

– J'ai dit OK, d'accord ?

– Bon. » Il marqua une hésitation. « T'es sûre ?

– T'es mignon. Simplement, tu viens pas dans moi, d'accord ?

– Oui, d'accord », dit-il d'une toute petite voix.

Prudence déboutonna son manteau.

Dave Gardner ôta sa veste et déboutonna son pantalon.

« T'as enlevé ta culotte ? demanda-t-il. Tu l'as enlevée ?

– Juste baissée.

– Ah bon. »

Les yeux fermés, Prudence tendit le bras. Elle revoyait Frankie dans la forêt qui se tenait là, les mains tremblantes. Puis elle le revoyait debout sur le seuil de la chambre des bonnes à côté de la cuisine où Emma l'avait soignée après le coup de feu. Et ensuite, la petite fenêtre éclairée du hangar à bateaux et Félix qui, soulevant le rideau, regardait la berge opposée. Elle ouvrit les yeux.

« Pauvres garçons. Pauvres, pauvres garçons », murmura-t-elle d'une voix épaisse. Elle le prit dans sa paume, raide, frémissant. « Je vais te soulager. » Son sexe était dur, rose et turgescent, et Dave le contemplait, l'air comme étonné.

« Oh, Prudence. Oh, oh, mon Dieu.

– Pas sur la robe ! » hurla-t-elle, et elle le lâcha alors que les premiers jets de sperme jaillissaient par saccades. Elle recula contre la portière. « Attention à la robe ! La robe ! »

Dave se tourna d'un bloc, écrasant son sexe contre le dossier froid du siège.

« Excuse-moi, Prudence », dit-il un instant plus tard.

Une voiture passa.

« T'es vraiment un amour, mon petit Dave, finit par dire Prudence.

– Une clope ?

– Je ferais mieux d'y aller.

– Si tu veux, je peux te conduire jusqu'au croisement. La Ford réussirait jamais à arriver au camp.

– Nan, ça ira.

– T'es sûre ?

– Je me débrouillerai.

– Mais il fait drôlement froid. »

Prudence se baissa pour remettre ses chaussures, puis elle ouvrit la portière et bascula hors de la voiture. Elle prit son sac sur le siège.

« Joyeux Noël, Dave.

– Joyeux Noël, Prudence. »

Elle claqua la portière et demeura plantée là en attendant que Dave Gardner démarre, puis disparaisse au bout de la rue. Une fois certaine qu'il était parti, elle revint sur ses pas, veillant à remettre les pieds dans les empreintes qu'elle avait faites un peu plus tôt dans le talus, comme si elle mettait des piquets en place.

Elle contourna le bar.

Une petite silhouette solitaire, emmitouflée dans une

grosse veste, était assise sur les marches de derrière à côté du tas de bois.

« Grace ? » Sentant son cœur s'accélérer, Prudence s'avança. « Grace ? »

La flamme d'une allumette perça l'obscurité. Mary. Elle alluma une courte pipe en épi de maïs dont le fourneau rougeoya quand elle tira une bouffée.

« Ah, c'est toi, dit Prudence. Quelle soirée, hein ? »

Mary ne répondit pas.

Prudence s'approcha. À la lueur de la pipe, elle distingua les rides autour de la bouche de Mary. Elle ne devait pourtant pas avoir plus de vingt-cinq ans. Vingt-six, à la rigueur.

« Le raconte à personne, d'accord ? » reprit Prudence. Elle alla récupérer sur le tas de bois un sac enfoui dans la neige. Elle en sortit une paire de caleçons longs en laine, des chaussettes en laine et des caoutchoucs. Elle se débarrassa de ses talons hauts, enfila rapidement le caleçon long, puis les chaussettes et les caoutchoucs. Ensuite, elle fourra les chaussures dans le sac avec la pochette, puis elle le glissa sous son bras, enfonça les mains dans les poches de son manteau. Mary la regarda faire en silence.

« Joyeux Noël, Mary. »

Mary continua à fumer sa pipe.

Prudence s'engagea sur la route. Dans ce froid polaire, ses caoutchoucs résonnaient sur le macadam gelé comme des bûches qui auraient rebondi dessus. La route était grise entre les talus de neige. La neige luisait entre les arbres. Les étoiles brillaient. Il devait régner un tel froid dans ces espaces solitaires. Pourtant, c'était le même air en haut et en bas. Prudence ferma les yeux. Elle voyait la petite tombe de Grace derrière les Pins, calme et silencieuse sous le tapis de neige. Ce même air qui soufflait au-dessus de la tombe de Grace soufflait aussi là-haut. À huit kilomètres d'altitude et huit kilomètres plus bas, c'était pareil. Elle sentit son âme vaciller. Elle se reprit et poursuivit son chemin.

9

Les Midlands, Angleterre – début décembre 1944

Frankie était suspendu au-dessus d'une grande table par un harnais relié à des filins accrochés au plafond. Il pressait contre sa joue un viseur de bombardement fixé à ces mêmes filins. En dessous de lui s'étalaient des photographies du continent. Il progressait petit à petit, s'aidant de ses talons. Arrivé au bout, il repartait dans l'autre sens. La table des cartes était éclairée par quatre projecteurs vissés aux nervures de la hutte Nissen. Il faisait froid, car la salle n'était pas chauffée. Frankie souffla sur ses doigts. Encore un effort, et il aurait terminé. Il ferma les yeux et revit, une fois de plus, l'homme roulé en boule, les bras encerclant ses genoux, qui tournoyait lentement au-dessus de l'aile droite de l'avion. Il ouvrit les yeux pour chasser cette image.

Il n'y avait pas de raids prévus ce matin à cause du temps, et il régnait à Molesworth un calme inhabituel. Pas de briefings, pas d'avions qui rentraient. Pas d'ordres de mission voletant sur le panneau d'affichage à l'extérieur de la salle de briefing. Le vent cognait contre la paroi métallique de la hutte et le grésil évoquait un léger bruit de parasites. C'était apaisant. Il devrait regagner ses quartiers. Les autres officiers de l'équipage – pilote et copilote, navigateur et mécanicien –, profitant d'une permission de quatre jours, étaient tous partis à Londres. Les sous-officiers, eux, étaient cantonnés à Moulsford-on-Thames. La moitié de l'unité était absente. Oui, il devrait rentrer et se mettre à sa lettre. D'habitude, on était trop entassé dans la chambre qu'il partageait avec trois autres officiers pour faire autre chose que lire. Quant aux sous-officiers, c'était pire : vingt hommes par baraquement.

La table des cartes n'était en réalité qu'une forme de divertissement. On ne leur divulguait les véritables objectifs que quelques heures avant chaque mission. L'équipage était briefé de son côté, et ce que ses membres désiraient surtout savoir, c'était s'il s'agirait d'un vol de routine, s'ils seraient escortés par la chasse et pendant combien de temps, si l'objectif serait protégé par une lourde défense aérienne. Les officiers avaient droit à plus de détails, mais leurs questions étaient dans l'ensemble les mêmes : La distance ? La durée ? Le lieu ? Quel genre de DCA ? Un bombardement de haute ou basse altitude ? Escorte de chasseurs ou non ? Et si oui, pendant combien de temps ? La table des cartes ne répondait à aucune de ces questions. Les cartes en noir et blanc étaient celles de Belgique, de France, de Hollande, d'Allemagne et de Suisse vues d'une altitude de trente mille pieds par ciel clair. Elles ne prenaient nullement en considération les variables dont on l'avait instruit à l'école des bombardiers au Texas : altitude, vitesse relative, balistique, route, temps de chute, vitesse au sol, dérive. Sans parler de la réalité du combat lui-même : vol en formation en box et mauvaises conditions météorologiques, attaques de chasseurs, couverture antiaérienne. Frankie passait néanmoins son temps libre suspendu au-dessus des cartes afin de mémoriser la configuration des villes, fleuves, champs et villages. Hoogstraten, Eksel, Astene, Rijkhoven, Borlon, Redu, Coulonges-en-Tardenois et Cohan, Nobressart, Hunawihr, Lourmarin, Coulon, Treignac, Belvès, Saint-Léon-sur-Vézère, Hunspach, Domfront, Lisieux, Fécamp. Les villes plus importantes étaient souvent celles qu'il avait étudiées en prévision de vrais raids de bombardement : Caen, Brest, Dieppe, Rouen, Paris, Lille, Anvers, Schweinfurt, Aix-la-Chapelle, Stuttgart, Lübeck, Brême, Dresde.

Frankie se trouvait à la base de Molesworth depuis l'été. Il faisait partie du groupe de bombardement 303rd « Hell's Angels ». C'est seulement là qu'il comprit pourquoi on avait à ce point besoin de bombardiers, au moment où il était devenu l'un des Hell's Angels et avait crié leur devise « Might in flight[1] ! » avec les autres, avant de s'asseoir à son poste, de décoller en direction du nord-est, de voler en formation pendant une heure puis de traverser la mer du Nord pour survoler la Hollande, tandis que de derrière la bulle en plexiglas où il était installé, il voyait les fleurs noires de la Flak s'épanouir de tous côtés autour de lui, de même qu'il voyait fondre sur eux les Messerschmitt Bf 109 et les Focke-Wulf Fw 190. Eh bien, si on en avait tant besoin,

1. « Force en vol ! »

c'était parce que seule une mince cloison de plexiglas, à peine assez solide pour résister « aux merdes d'oiseau et à la pluie » comme disaient les bombardiers expérimentés, les séparait du monde extérieur. Les bombardiers mouraient souvent.

En Floride aussi, au cours de la dernière étape de leur instruction, ils avaient été cloués au sol par le mauvais temps. Officiers et sous-officiers, cantonnés dans les baraquements, discutèrent en fumant pour savoir comment ils allaient appeler l'appareil à bord duquel ils étaient censés voler pendant la durée de la guerre. L'honneur de baptiser l'avion revenait en général au pilote, mais le lieutenant Adams, dont la famille possédait un magasin de meubles à Harrisburg, n'avait jamais donné de nom à quoi que ce soit sinon à son chien qu'il avait appelé Blackie pour la seule raison que c'était un labrador noir. Frankie était tranquillement assis dans un coin à l'écart, son manuel de vol sur les genoux. Profitant d'un instant de silence, il récita sans lever les yeux : « Celui qui entoure la terre et qui l'ébranle parla ainsi, et, les frappant de son sceptre, il les remplit de force et de courage et rendit légers leurs pieds et leurs mains. Et lui-même s'éloigna aussitôt, comme le rapide épervier qui, s'élançant à tire-d'aile du faîte d'un rocher escarpé, poursuit dans la plaine un oiseau d'une autre race. Ainsi, Neptune qui ébranle la terre s'éloigna d'eux[1]. »

Le sergent Riggle, le mitrailleur de sabord gauche,

1. *L'Iliade*, chant XIII, traduction de Leconte de Lisle. Compte tenu du contexte, nous avons simplement remplacé « Poséidon » par « Neptune ».

secoua la cendre de sa cigarette dans sa bouteille de Coca. « Qu'est-ce que ça veut dire ces conneries ?

– Ça veut dire : Pourquoi pas *La Chienne de Neptune* ? C'est un passage de *L'Iliade*.

– Adjugé, vendu au dernier enchérisseur, déclara Adams. *La Chienne de Neptune*, reprit-il, songeur. C'est drôlement chouette. » Plus tard, un membre de l'équipe au sol leur peignit une sirène tenant une bombe au-dessus de sa tête, et dont les cheveux blonds ne couvraient qu'en partie ses seins.

Molesworth réserva de nombreuses surprises à Frankie. D'abord, le premier soir en arrivant, ils découvrirent un tas d'objets éparpillés dans la chambrée, et ils ignoraient quelles couchettes étaient prises. Les membres de l'équipe au sol qui les avaient accompagnés leur expliquèrent : « Ne vous inquiétez pas. Ils ne reviendront pas. Vous êtes libres de choisir. » Le lendemain, on les réveilla à trois heures du matin avec ordre de se présenter pour le briefing. Le commandant se plaça devant un chevalet et souleva une feuille pour dévoiler leur objectif : les dépôts de chemin de fer de Rouen. Il détailla la mission en l'espace de dix minutes. Une demi-heure plus tard, ils embarquaient à bord de *La Chienne de Neptune*. À quatre heures, ils tournaient au-dessus de Molesworth pour se mettre en formation. À huit heures, juste après avoir atteint les côtes françaises, ils essuyèrent des tirs de la Flak. L'avion tremblait et piquait tandis que les obus explosaient au-dessus d'eux et que les éclats pleuvaient sur le mince fuselage en aluminium. Personne – ni le pilote ou le copilote, ni les mitrailleurs de tourelle, de sabord ou de queue, ni le navigateur – ne voyait aussi bien que Frankie éclater tout autour d'eux ces fleurs noires et poudreuses. Il ne pouvait rien faire d'autre que regarder. À dix minutes de leur cible, le pilote et lui entamèrent les préparatifs du bombardement. À cinq minutes, Frankie prit le contrôle de l'avion.

Il eut l'impression que le son avait été brusquement coupé. Tout semblait s'être arrêté. Il n'entendait plus rien, ni les vibrations de l'appareil, ni le vrombissement des quatre moteurs Cyclone, ni le bruit des explosions proches. Rien. Il se tâta pour s'assurer qu'il n'avait pas un éclat d'obus fiché dans le crâne ou dans le cou. Gardant une altitude constante, il les guida vers l'objectif. Il n'avait même pas à utiliser le Norden : ils étaient au centre de la formation, et seul l'avion de tête avait besoin de se servir de ses viseurs. Les autres largueraient leurs bombes dès que le premier l'aurait fait.

Alors qu'ils n'étaient plus qu'à une minute, un avion au-dessus d'eux fut touché en plein milieu par un tir de la Flak. Des morceaux de fuselage volèrent. Nervures, bouts d'aile, un moteur en feu. Alors que l'appareil se désintégrait, l'équipage commença à s'éjecter. Le mitrailleur de queue jaillit de l'arrière. Deux autres hommes, probablement les mitrailleurs centraux, émergèrent à leur tour. Un autre sortit par la trappe du poste de radio. Il n'avait pas de parachute. Frankie compta six hommes en tout. Entourés d'un amas de papiers, de métal, de munitions et de cartes, ils tombèrent autour de *La Chienne de Neptune*. Puis un membre d'équipage – Frankie ne sut jamais de qui il s'agissait – réussit à s'extraire de l'appareil condamné et, roulé en boule, il tournoya lentement en l'air. Sans même se désarticuler, il frôla leur aile gauche puis disparut.

L'avion qui volait en tête largua alors ses bombes. Frankie pressa la commande qui libérait les siennes en criant « Largué ! » dans l'intercom. Le lieutenant Adams entama aussitôt son virage, et ils reprirent le chemin de la base. L'image de l'homme qui tombait ainsi roulé en boule demeura gravée dans l'esprit de Frankie.

Après cette première mission, puis après la deuxième, la troisième et la quatrième, il lui fallut s'avouer qu'il était fait pour ce boulot, fait pour le combat. Fait pour oublier la peur et les doutes. Au contraire des autres membres de l'équipage, il n'avait pas besoin d'en parler ensuite ne serait-ce que pour suggérer qu'il était parvenu à maîtriser peur et doutes. Il avait le don de tout oublier : son malaise, son isolement, le vague sentiment de n'être qu'un pion sur un vaste échiquier. Les autres en étaient venus à compter sur ces aspects de sa personnalité : son calme, sa rigueur, sa résolution. Il se plaisait à penser qu'il les rassurait par la manière sobre dont il menait le briefing d'avant décollage, dont il s'activait quand leur alimentation en oxygène était débranchée ou coupée, ou dont il servait les deux mitrailleuses de nez calibre 50 quand c'était nécessaire.

Il réussissait donc à oublier tout ce qui risquait d'interférer avec son boulot. Or, à Molesworth, à cause de la rotation des équipages ou du mauvais temps, on passait de longues journées à terre. C'était là que l'inquiétude s'insinuait, que la peur vous nouait les entrailles. Il buvait un verre au club des officiers ou lisait un livre, allongé sur sa couchette, et soudain, sans raison, il sentait, savait que s'il ne se précipitait pas aux toilettes, il allait faire dans son pantalon. Mais cela ne lui arrivait jamais en mission. Le mieux, c'était donc de continuer à étudier les cartes. À vérifier et revérifier les équipements de *La Chienne de Neptune*. Parfois, cependant, même quand il restait occupé – à s'entraîner au-dessus de la table avec les viseurs, à contrôler et recontrôler le fonctionnement des mitrailleuses 50 ou à régler le viseur Norden –, cette terrible journée dans la forêt lui revenait en mémoire, Billy qui disait « Attends, Frankie, attends ! », puis le coup de feu, les jambes de la fille qui s'agitaient et tressautaient avant de s'immobiliser au milieu des feuilles.

Frankie se libéra du harnais qui le maintenait au-dessus de la table des cartes. Il se frotta les yeux, fit des moulinets avec les bras. Il était là depuis deux heures. Il était tard, mais il n'y avait pas de mission prévue le lendemain. Ni les officiers partis à Londres ni l'équipage cantonné à Moulsford-on-Thames n'auraient besoin de lui. Au début – à Maxwell puis dans les Midlands –, on avait essayé de l'entraîner pour aller boire ou danser, et comme il refusait, on ne le ménageait pas. Quand ils rentraient, titubant, couverts de contusions, parfois soûls au point de pisser sur leurs lits, les hommes se moquaient de lui et le chahutaient. Ils n'avaient pas vraiment confiance en lui. À Molesworth, en revanche, après qu'ils avaient effectué dix sorties sans la moindre perte, on cessa de l'embêter. Quoi que ce soit qu'ils formaient, quels que soient les talents ou la chance nécessaires dans le jeu de mort auquel ils jouaient, ils tenaient à préserver cela. On ne voulait rien changer. Ils étaient ravis que leur bombardier reste à étudier les cartes, à s'exercer au-dessus de la table, à contrôler leur avion, à compter les bombes dans les racks, et ils veillaient à ce qu'il ait les culasses non seulement pour sa mitrailleuse mais aussi pour celles des autres.

Félix était pareil. Tassé sur le siège du Confederate, il écoutait Emma entamer sa litanie des Soucis et Inquiétudes : Combien d'arbres étaient tombés durant l'hiver ? Le fleuve n'était-il pas trop haut pour traverser ? Le ponton n'avait-il pas été emporté ? Les risques d'incendie étaient-ils élevés ? Félix avait-il bien fauché les broussailles et l'herbe autour des Pins pour réduire le danger ? Il aurait mieux valu qu'il brûle l'herbe pendant qu'il y avait encore une bonne couche de neige dans la forêt. Allait-il y avoir beaucoup d'abeilles ? Les lis tigrés étaient-ils sortis, ou bien avaient-ils été victimes du gel ? Frankie regrettait que parmi tout ce qu'elle aurait pu apporter de Chicago, elle ait choisi de n'apporter qu'elle-même. Mais Félix semblait immunisé contre les angoisses d'Emma. Impassible, il répondait calmement à ce déferlement de questions. Le ponton avait été réparé. Il avait brûlé les broussailles dans la cour en avril, quand on pouvait le faire en toute sécurité, et l'herbe poussait bien. Il n'y avait pas encore d'abeilles. Billy avait balayé les crottes de souris dans les bungalows. Les filles étaient prêtes à venir laver le linge. Rien ne paraissait le perturber.

À treize ans, Frankie avait été autorisé à accompagner Félix et Billy au village pour y chercher des provisions. Assis à côté de Billy dans le canot (ils n'avaient pas encore le Chris-Craft à l'époque), il regardait Félix ramer – presque avec paresse, avait-on l'impression, sinon qu'à chaque coup de rames l'embarcation bondissait en avant, comme propulsée par une main géante. Une fois arrivés, les deux garçons grimpaient la berge à pic derrière Félix pour rejoindre l'endroit où était garé le Confederate. Il n'y avait pas de camp en ce temps-là, rien qu'une clairière criblée de trous où l'on faisait du feu pour cuire les repas ainsi que des cavités plus larges en bordure des arbres où l'on battait le riz. Au début de l'automne, des dizaines d'Indiens s'installaient là pour être plus près du riz sauvage. Ils revenaient au printemps quand les poissons remontaient le fleuve pour frayer, et ils les pêchaient au filet puis les mettaient à sécher au soleil sur une succession de râteliers.

Frankie avait déjà traversé de nombreuses fois le fleuve à bord du canot. Et escaladé la berge, roulé jusqu'au village dans le Confederate. Il n'y avait là rien d'extraordinaire, et pourtant, la première fois qu'il le fit hors de la présence d'Emma et de ses angoisses à propos de tout ce qui l'entourait, il eut l'impression de vivre quelque chose de nouveau.

À mi-chemin du village, un loup des prairies déboucha de la forêt. Il devait sans doute poursuivre un animal quelconque. Le loup bondit par-dessus le fossé et fila devant eux sur la route. Félix conduisait doucement, mais le loup ne fut néanmoins pas assez rapide. Le pick-up le heurta, et Frankie entendit le bruit du corps traîné sous le bas de caisse avant d'être éjecté. Il se retourna pour regarder par la lunette arrière pendant que Félix freinait et s'arrêtait. Chancelante, la bête se tenait au milieu de la chaussée, les yeux fixés sur le véhicule. Le garçon n'avait jamais vu un animal pareil. Il avait des oreilles étonnamment grandes et son pelage autour des pattes et du museau, plus long et plus pointu que ce qu'on aurait pu attendre, était roux, presque comme celui d'un renard. Un filet de sang coulait de son oreille droite.

« C'est un loup ? demanda Frankie dans un murmure.

– Ouais, répondit Billy. Ouais, c'est un loup.

– Pas un vrai, corrigea Félix. Les vrais sont plus gros. Ça, c'est un coyote. Un loup des prairies. Restez là. » Il se baissa pour prendre sous le siège le bâton dont il se servait pour maintenir le capot ouvert. Il descendit du camion et s'avança vers l'animal. Frankie avait le cœur étreint.

« Qu'est-ce qu'il va faire ? demanda-t-il à Billy.

– Chut. »

Au contraire de ce que Frankie aurait cru, le coyote ne s'enfuit pas. Les bras le long du corps, Félix s'approcha à pas comptés. Même lorsqu'il fut à un mètre de lui, l'animal ne bougea pas. Soudain, la main de Félix jaillit – plus vite que tout ce que Frankie aurait pu imaginer, plus vite qu'il n'avait jamais vu Félix réagir – et il abattit le bâton sur le crâne du coyote. Un coup sec sans être trop violent. Le loup des prairies s'affaissa comme si on lui avait brusquement arraché tout son squelette. Félix lâcha son arme improvisée, posa une main sur le côté de la tête de l'animal, et de l'autre, il saisit ses pattes arrière, puis il glissa un genou en travers de sa cage thoracique.

« Venez, lança-t-il par-dessus son épaule. Venez, les garçons. Y a plus de danger. »

Le loup n'était qu'assommé. Il tenta en vain de dresser la tête, de soulever et de tourner ses pattes arrière.

« Il va mourir ? demanda Frankie.

– Oui. Je vais le tuer. L'aider à mourir. » Félix

accentua la pression de son genou pour empêcher l'animal de respirer. Il ne pouvait plus bouger ni essayer de s'enfuir. « Vous pouvez le toucher, dit Félix. Là, au milieu. »

Frankie s'accroupit, posa la main sur la fourrure du loup, là où les côtes étaient rattachées au sternum. Il la retira vivement : le corps de l'animal était brûlant. Félix le rassura d'un geste, et Frankie reposa la main sur le sternum du coyote.

Il sentit le cœur de l'animal qui battait très vite. Aussi vite que le sien. Puis plus vite encore. Il regarda le loup, puis Billy. Le garçon avait les cheveux qui lui tombaient dans les yeux, et sur l'arête du nez, une pellicule de sueur que Frankie aimait bien.

« Tu veux ? lui demanda-t-il.

– Ouais, répondit Billy. Ouais. »

Frankie enleva sa main et Billy posa la sienne au même endroit. Félix réajusta sa prise et, sans changer d'expression, pesa davantage sur la cage thoracique du loup. Le cœur de l'animal ralentit, ralentit encore, ne battant plus que toutes les trois ou quatre secondes. Ses yeux virèrent à l'ambre profond. Ils ne bougeaient plus, ne voyaient plus, et petit à petit ils s'étrécirent avant de se fermer. Alors, la gueule du coyote s'ouvrit et ses lèvres, d'un noir d'encre, se détachèrent de ses dents très blanches, très pointues. Une minute plus tard, Félix ôta son genou, lâcha les pattes de l'animal puis, satisfait, se releva. « Bien, dit-il. Plus de danger. » Le loup des prairies était mort. Félix se baissa pour empoigner par les pattes avant et arrière le coyote dont la tête ballait et la langue pendait, puis il le jeta sur le plateau du pick-up. Les deux garçons remontèrent, et Félix reprit le chemin du village.

Frankie contemplait le paysage par la vitre. Tout lui semblait nouveau.

« Félix, t'as fait la guerre ?

– Oui. »

Billy se taisait.

« T'as tué des gens à la guerre ?

– Oui. »

Frankie s'enhardit : « Combien ? Tu sais combien d'hommes t'as tués ? » Il avait posé la question sans regarder Félix.

Celui-ci ne répondit pas tout de suite. Frankie se sentit mal à l'aise. Il n'aurait pas dû demander. Il avait posé cette même question à son père, et Jonathan lui avait tenu un long discours sans vraiment répondre.

« Dix-sept. J'ai tué dix-sept hommes. »

Frankie réfléchit un instant. « Avec ton fusil ? En leur tirant dessus ? »

Félix resta quelques secondes silencieux avant de répondre : « Certains, oui. D'autres, non.

– Alors, comment…

– On arrive au village, Mr Frankie. »

Pour autant qu'il s'en souvenait, c'était la seule fois où Félix lui avait coupé la parole. Ils prirent les provisions au magasin général devant lequel une petite foule s'était attroupée pour voir le coyote. Les gens ne paraissaient pas aussi impressionnés que les deux garçons l'avaient été. Les achats effectués, ils s'arrêtèrent au Wigwam Bar. Félix s'entretint un moment avec Harris en indien, puis le barman sortit examiner le loup des prairies. Les deux hommes discutèrent encore quelques instants, puis ils regagnèrent la taverne. Harris ouvrit le tiroir de la caisse pour donner un dollar à Félix, qui plia soigneusement le billet avant de le ranger dans la poche de sa chemise. Harris se tourna vers Frankie et Billy. « J'ai des sodas Bernick's, dit-il. Orange, ça vous va ? Ou des esquimaux ? » Hésitant, Frankie consulta Félix du regard. « À vous de choisir, dit-il.

– Orange, s'il vous plaît, dit alors Frankie.

– Orange, aussi », dit Billy.

Harris disparut alors sous le comptoir d'où il émergea avec trois bouteilles. Il les décapsula puis les tendit à Félix.

Entre ses mains, on aurait cru des jouets, des mini-bouteilles. Il en donna une à chacun des garçons, garda la troisième pour lui, puis ils sortirent dans le soleil et allèrent s'asseoir sur un banc devant le bar pour boire leurs sodas. Après quoi, ils reprirent la route des Pins.

Plus tard, Billy et lui se faufilèrent dans l'un des bungalows. Ils s'embrassèrent, puis devinrent plus hardis. Frankie glissa la main dans le slip de Billy et caressa son sexe qui, dur, tendu, tressauta et dansa dans sa paume. « Moins vite, dit Billy. Fais moins vite, plus doucement. » Frankie obéit. Billy ferma les yeux. « Oh », lâcha-t-il dans un murmure. Frankie le sentit palpiter dans sa main comme un cœur, lentement, de plus en plus lentement, jusqu'à ce qu'il repose, immobile.

La base, soumise au black-out, était plongée dans le noir. Les allées entre les baraquements étaient bordées de pierres peintes en blanc qui aidèrent Frankie à retrouver son chemin.

Combien de personnes avait-il tuées jusqu'à ce jour ? Impossible de le savoir. Il n'y en avait qu'une dont il était sûr. Il en ignorait le nombre, mais il savait qu'il en avait probablement tué davantage avec une seule bombe que Félix au cours des quatre années qu'il avait passées en France. Multiplier cette bombe par huit par mission, le tout à multiplier par dix raids. Ou peut-être que ses bombes n'avaient fait aucune victime. Ils participaient à une campagne de bombardements stratégiques menés de jour, et leurs objectifs étaient les dépôts de chemin de fer et de munitions, les usines, les ponts, les barrages. Il en avait certainement manqué plusieurs. Les viseurs Norden n'étaient pas aussi précis pendant les combats qu'à l'entraînement, ni aussi fiables que le suggéraient le secret qui les entourait et le serment qu'on prononçait. On ratait les cibles plus souvent qu'on ne les atteignait.

Il entra dans le baraquement. C'était toujours, toujours pareil. Les quatre lits et les cantines. Le bureau peint en blanc repoussé contre l'étroite demi-lune du mur du fond. Il tâta le poêle. Froid. On leur attribuait tout juste assez de charbon pour se chauffer quatre nuits par semaine. Ç'aurait pu être pire. L'équipage avait droit à la même quantité pour un espace deux fois plus grand. Il envisagea un instant de l'allumer, puis il pensa à la réaction qu'auraient les autres à leur retour de Londres.

Finalement, il prit dans sa cantine la lettre qu'il avait commencée et, tout habillé, il se mit au lit, tirant sur ses genoux la couverture de laine. Il enleva le manuel de pilotage de la caisse de munitions qui lui servait de table de nuit, posa la lettre dessus et ôta le capuchon de son stylo à plume avant de relire ce qu'il avait déjà écrit :

Mon cœur,

Je suis en Europe depuis quatre mois. Certains sont là depuis aussi longtemps, mais comme ils ont déjà accompli leurs vingt-cinq missions, ils s'apprêtent à rentrer chez eux. Moi, je n'en suis qu'à dix. J'ai demandé à plusieurs reprises à l'officier de renseignements de me mettre plus souvent sur le tableau de service. De me donner plus d'occasions de voler. Même si ce n'est pas avec mon équipage habituel, ai-je ajouté. En fait, il y a beaucoup de rotations. On ne part pas toujours en mission avec le même équipage, ni parfois le même avion, celui qu'on considère comme le sien. Je vais continuer à tenter ma chance. Tu ne vas pas le croire, mais j'aime ce que je fais. Pourtant, j'ai envie de rentrer. Tant de choses sont restées en l'état depuis mon départ. J'ai fait de mon mieux, je suppose. J'espère que tu recevras cette lettre et que tu vas bien. J'ai plusieurs fois essayé de t'écrire. Si, si, je t'assure. Mais je ne savais pas quoi dire, ni comment le dire.

Tu te demandes sans doute à quoi ressemble la vie ici, et je vais tâcher de t'expliquer. Nous décollons au moins une fois par semaine, en général deux fois. Le calcul est facile à faire. À ce rythme-là, j'aurais déjà dû être de retour à la maison. À raison de deux missions par semaine, j'aurais dû partir au bout d'environ trois mois. Pour les membres des équipes au sol, c'est pire. Comme ils appartiennent à l'armée active, ils sont censés rester toute la durée de la guerre, plus six mois. Quel que soit le nombre de missions accomplies, ils sont coincés ici. En tout cas, la mission n'est prise en compte que si on largue nos bombes sur la cible principale, la cible secondaire ou une « cible d'opportunité », mais il arrive souvent qu'on soit obligé de décrocher de la formation ou que toutes les cibles aient déjà été bombardées. Il arrive également qu'il soit impossible de se mettre en formation parce que les nuages sont trop épais, et il faut alors regagner la base. On peut aussi avoir des problèmes de moteur, un ou deux qui tombent en panne. (C'est moins dangereux qu'on pourrait le croire, car ça n'entraîne qu'une perte d'altitude qui te contraint à rentrer avant d'avoir largué tes bombes, et dans la mesure où il n'y a pas de montagnes entre ici et Berlin, on ne risque pas d'en percuter une, mais voler ainsi au-dessus du continent te rend plus vulnérable à la Flak et aux chasseurs ennemis.) Donc, même quand on effectue deux sorties par semaine, on est crédité de la mission uniquement si on largue nos bombes sur quelque chose. Parfois, on doit les larguer dans la mer, et des équipages essayent de tricher en racontant qu'ils ont bombardé une cible secondaire ou une cible d'opportunité, mais ils se font toujours prendre au cours du débriefing. Ces réunions sont beaucoup plus longues que celles d'avant mission, ce qui, d'une certaine façon, est plutôt drôle quand on y réfléchit. On veut savoir exactement ce qui s'est passé : où les bombes ont-elles été larguées et combien, dans quel ordre, et ensuite, le nombre de chasseurs qui ont tenté de nous intercepter, ce genre de choses. Et si on ment, on est démasqué presque à tous les coups. La vérité finit toujours par apparaître. L'endroit où les bombes tombent ou devraient tomber n'est un secret pour personne. Les Allemands le savent et les civils le savent. Il nous incombe de détruire la machine de guerre allemande et non les Allemands eux-mêmes. Heureusement, ce que nous faisons facilite le travail de nos gars au sol.

Quand on ne vole pas, on joue aux cartes. Nombre d'hommes aimeraient flirter avec les filles du coin, mais ils y réussissent rarement. Ce qui ne les empêche pas de tenter leur chance. Comme nous n'avons pas de voiture à notre disposition, nous devons marcher ou prendre une bicyclette. C'est assez amusant de penser que chaque semaine, alors qu'on fait des centaines et des centaines de kilomètres en avion au-dessus de la France, de la Belgique, de la Hollande et de l'Allemagne, on ne peut pas se rendre à la ville voisine sinon en marchant ou en pédalant. Certaines de ces villes ont des noms curieux. Willingham, Cottingham, Bozeat, Kings Cliffe, Mepal. Il y en a même une qui s'appelle Warboys – Garçons de guerre –, ce qui fait vraiment bizarre. C'est là que nous devrions être basés. En tout cas, les filles ne se montrent pas très intéressées. Un jour ici, le lendemain ailleurs. Voilà ce que nous sommes.

Tous, les autres officiers et même les membres d'équipage, écrivent beaucoup. Chaque jour. C'est l'une des rares choses que nous avons en commun. Nous écrivons tous des lettres chez nous et nous tenons tous un journal où nous consignons nos vols et nos missions, les noms des blessés et de ceux qui y sont restés ainsi que le type d'accueil que les Allemands nous ont réservé.

Frankie leva les yeux, mais il n'y avait rien d'autre à voir que les courbes torturées du viseur Norden, les couchettes vides, le bureau. Il se dégoûtait. Sa lettre était semblable à toutes celles qu'on écrivait sur la base. Le même ton faussement blagueur, le même jargon de l'aviation sous-jacent.

Il ne se reconnaissait pas dans ces mots. Qu'est-ce qu'il pourrait dire de vrai – à propos de la guerre ou de ce qui était arrivé avant ? Et qu'est-ce que Billy aurait eu besoin de lire ? Il aurait pu parler de sa peur, mais il n'avait pas réellement peur. Pas peur au sens où les autres l'entendaient. Il n'avait pas plus peur dans le nez du B-17 qu'après ce jour dans la forêt derrière les Pins. Que dire à ce sujet ? Ce qui était fait était fait. Il n'y pourrait rien changer. Il reprit sa lecture :

On projette parfois des films à la base. Depuis que je suis là, il y a eu Indiscrétions, La Dame du vendredi, Irène, Train de nuit pour Munich, La Fièvre du pétrole, Pinocchio, Madame et ses flirts, Tueur à gages *et* Fantasia. *Si tu voyais les autres après une scène un peu chaude ! Ils deviennent cinglés, et des bagarres éclatent souvent. Personne n'est jamais sérieusement blessé. Quand le film a été particulièrement excitant, il y a beaucoup d'allers et retours à vélo entre la base et Cambridge où on trouve plus de filles qu'ailleurs, mais c'est à près de trente kilomètres d'ici. Le temps qu'ils reviennent, ils se sont calmés. En tout cas, les films nous changent les idées pendant qu'on attend. Et on passe notre temps à attendre. On attend qu'on nous assigne notre prochaine mission. On attend le signal sur le tarmac, puis on attend notre tour pour décoller. On attend le temps de se mettre en formation et on attend le temps que le pilote nous amène sur notre zone de largage. Les seules fois où on n'attend pas, c'est quand la chasse allemande arrive et que, après son départ, la Flak entre en action, et qu'ensuite on bombarde, on fait demi-tour, et on essuie de nouveau les tirs de la*

Flak, puis ceux des chasseurs qui ont tourné autour de nous et fait une nouvelle brèche dans notre formation. On tâche de ne pas être le dernier, celui qu'on surnomme « Tail End Charlie », car dans ce cas les chasseurs ne nous ratent généralement pas. Quoi qu'il en soit, les seules fois où les choses deviennent intéressantes, c'est quand quelqu'un tente de nous descendre ou qu'on tente de descendre quelqu'un…

Là non plus, ce n'était pas ce qu'il aurait voulu dire. Bien sûr, c'était drôle d'imaginer une bande de types qui regardent un film, déclenchent une bagarre, puis sautent sur leur vélo pour parcourir un peu plus de trente kilomètres à seule fin de parler à une fille. C'était peut-être drôle, mais triste aussi, parce que les camarades aviateurs de Frankie avaient beau se battre, s'égosiller, pédaler comme des fous et s'abrutir d'alcool, la plupart n'avaient jamais été avec une femme, ni avec qui que ce soit. Et si jamais ils l'avaient été, ce n'était tout au plus qu'une passade trop vite oubliée. Aussi, quand ils parlaient « cul », c'était en réalité pour laisser entendre qu'ils espéraient trouver une occasion. Une occasion d'étreindre. D'étreindre et d'être étreint, longtemps, longtemps, longtemps. C'était sans doute ce qu'on appelait l'amour, présumait Frankie. Ou du moins, une version de l'amour. « Attends, Frankie, attends ! » avait crié Billy, mais il n'avait pas attendu. Il avait été impatient, comme si tout ce qu'il avait dans la vie, tout ce qui lui avait été donné, on risquait de le lui reprendre ; comme si la vie qu'il avait connue jusque-là n'existait que pour un moment fugitif qui ne reviendrait jamais. Même s'il survivait à la guerre, ce qu'il espérait malgré tout, comment pourrait-il revenir un jour aux Pins ? Regarder Billy en face ? Ou Prudence ? Ou Félix ? Que leur dire alors que rien ne pourrait inverser le cours du temps, le ramener d'Angleterre en Floride et au Texas, puis dans l'Est, à Montgomery, et ensuite tout droit vers le nord pour longer le Mississippi, ce gros ver marron serpentant au milieu de la Louisiane avant de se rétrécir, de se déverser dans de nombreux affluents, de cracher de la terre et des arbres sur ses berges et de traverser les villes en se secouant comme une couleuvre qui se débarrasse de ses puces, jusqu'à ce que ses eaux coulent, fraîches et limpides, avec des herbes qui ondulent dans le courant et un lit si peu profond que les hérons arpentent ses rives en quête de petits poissons, et qu'enfin Frankie atterrisse aux Pins. Après quoi, la chevrotine retournerait dans le canon du fusil qui pendrait au bout de son bras, inutile, ridicule, à l'instar d'un jouet stupide acheté par son père pour la maison. Puis Billy avancerait la main pour le lui prendre, et lui il prendrait le cher visage de Billy entre ses mains, lèverait la tête pour planter ses yeux dans les siens (Billy était maintenant plus grand que lui – qui l'aurait cru ?), des yeux qui lui rappelaient toujours ceux du pauvre coyote qu'ils avaient renversé des années auparavant. Et tout ce qu'Ernie aurait pu dire lui rentrerait dans sa sale gorge. De toute façon, personne ne le prenait au sérieux. C'était l'exemple même du fort en gueule qui s'ingéniait à monter les gens les uns contre les autres. Qui faisait vraiment attention à lui ? Est-ce qu'on attachait de l'importance à ses paroles ? Aussi, à supposer qu'il ait vu quelque chose ?...

La guerre avait au moins changé cela. Elle permettait de

relativiser certaines choses tandis qu'elle en bouleversait d'autres. Rien n'avait plus le même poids. Non pas que rien ne comptait plus. Au contraire. La guerre signifiait que tout comptait, sans exception, notamment ce qu'il ferait après. Tout ce qu'il éprouvait et avait éprouvé durant ces années – ces années passées aux Pins qui, alors qu'il les vivait, lui avaient donné l'impression d'être marquées par la peur et une absence de désir – se résumait cependant à une espèce de sentiment de plénitude. Quel poids, quel poids matériel pesaient ces années comparé à celui des bombes qu'il larguait chaque semaine ? Eh bien, elles pesaient beaucoup plus. Il avait été un imposteur, une pâle copie, mais il n'y avait aucune raison de continuer ainsi. Absolument aucune. Il n'avait été qu'un pantin, et c'était pourquoi il aimait tant ce grotesque dessin animé qu'il avait regardé plusieurs fois avant que la bobine ne parte pour quelque autre base. Il n'avait été qu'une marionnette entre les mains d'Ernie, d'Emma et de Jonathan, et également entre les siennes ; il avait lui-même manipulé les fils pour se faire danser ces horribles danses. Quelle erreur ! Quelle erreur d'avoir voulu être un homme ! Son souhait aurait dû être celui de Pinocchio : être transformé en petit garçon, en vrai petit garçon, et s'il avait su se montrer courageux, s'il n'avait pas menti ni été égoïste, son vœu aurait été exaucé.

Et au contraire, il avait été lâche, avait menti et été égoïste. Quand, lors de ce jour fatidique, ils avaient débouché de la forêt, il avait été incapable d'affronter le regard de son père et celui des autres. Il lui avait fallu rassembler tout son courage pour lever la tête et marmonner « Pardon » à Prudence. Rien de plus. Pas même « Pardon pour ce que j'ai fait » ou quoi que ce soit de ce genre. Il s'était contenté de se draper avec reconnaissance dans le mensonge de Billy.

Après. Le mensonge plana au-dessus de lui, aussi humide et moite que l'air lui-même. Frankie se sentait près d'étouffer. Ses parents avaient porté Prudence dans la chambre des bonnes où Jonathan l'avait examinée tandis qu'Emma s'agitait, mettait de l'eau à chauffer, entassait des serviettes propres. Elle eut la présence d'esprit de demander quelques vêtements à l'une des filles de cuisine, et une fois Prudence baignée, elle l'habilla puis emporta les vêtements tachés de sang pour les brûler afin que personne, et surtout pas Prudence, ne les voie plus. Pendant que son père et sa mère s'occupaient d'elle, Frankie tourna en rond dans la cuisine. Il aurait voulu lui parler, dire quelque chose, mais il ne savait quoi. Au bout d'un moment, il monta dans sa chambre où, assis dans un coin, il engloba la pièce du regard, le lit avec ses draps blancs, sa couverture de laine et son édredon plié au pied. Ses valises, empilées à droite de la porte. Son uniforme dans sa housse accroché dans la penderie. La table de nuit sur laquelle étaient posés un réveille-matin et une lampe à pétrole. Une pièce qui dégageait une impression de vide. Une pièce stupide. Rien ne semblait à même de fournir ne serait-ce qu'un début de réponse, et encore moins de soulagement. Il finit par retirer ses chaussures, son pantalon, puis par se coucher.

Le sommeil le fuit. Même quand le soir tomba. Il ne cessa de se tourner et se retourner.

Billy passa le voir, lui proposa de lui apporter des livres. Comme si cela allait l'aider ! Ce qu'il voulait de Billy, il lui était impossible de l'obtenir. Billy sortit, et lorsqu'il revint, Frankie feignit de dormir.

Il finit par se lever. Le calme régnait aux Pins. Billy était parti pour la nuit. Ernie et David cuvaient ou dormaient dans leur bungalow. Du palier, Frankie écouta. Il n'entendit pas un bruit. Il descendit sur la pointe des pieds, s'engagea dans le couloir et entra dans la cuisine. La brise pénétrait à l'intérieur par les fenêtres ouvertes. La température avait chuté. Le cœur battant, il fit les quelques pas qui le séparaient de la chambre des bonnes. De la lumière filtrait sous la porte. Il frappa. Pas de réponse. Il frappa de nouveau. Toujours rien.

Il tourna la poignée en cuivre, poussa la porte. La pièce était juste assez grande pour contenir un lavabo, un petit bureau et un lit en fer. Prudence était assise là, les genoux remontés sous le menton, les bras encerclant ses genoux, le menton posé dessus. Ses cheveux, lavés et coiffés, étaient nattés. Une lampe à pétrole, dont la mèche trop longue fumait, brûlait sur la table de chevet à côté d'un pichet et d'un bol. La jeune fille, les yeux dans le vague, regardait sans rien voir. Sa peau brune tranchait étrangement sur le blanc de sa chemise de nuit.

Frankie resta muet, incapable de trouver ses mots.

« Salut », réussit-il enfin à prononcer.

Prudence cilla, porta son regard vers lui, puis reprit sa contemplation.

« Comment ça va ? »

Elle ne répondit pas.

« Tu parles anglais ? Tu comprends ce que je dis ? »

Elle tourna un instant la tête vers lui.

Il ne s'avança pas. Appuyé au chambranle, il se frotta

les bras, qu'il avait croisés sur sa poitrine comme s'il avait froid.

Il avait oublié ce qu'il avait l'intention de dire. Planté là, il finit par lâcher :

« Je pars pour l'armée. »

Silence.

« Je pars pour la guerre. »

Silence.

« Mais je reviendrai. Je reviendrai, d'accord ? Je reviendrai et je t'aiderai. Je te le jure. Je reviendrai, et on essayera d'effacer tout ça. J'essayerai. Tu comprends ? »

Il crut la voir faire imperceptiblement signe que oui.

« Très bien. Je suis désolé pour ce qui s'est passé. Pour toi et pour ta sœur. Je suis infiniment désolé. Je t'écrirai. C'est promis. Je me ferai pardonner. »

Elle n'esquissa pas un geste ni n'ouvrit la bouche. Il referma la porte et regagna sa chambre sans savoir si elle avait compris ce qu'il avait dit.

Ce qu'il aurait réellement voulu, c'est s'excuser auprès de Billy. Celui-ci revint le lendemain. Et le surlendemain. Billy avait même tenté de lui prendre la main, mais il l'avait retirée. Frankie désirait s'excuser. Et puis, pourquoi Billy n'avait-il pas insisté ? Serait-il devenu lâche lui aussi ? C'était déjà assez que Frankie n'ait pas été capable d'avouer la vérité à Prudence. Il avait eu l'occasion de montrer qu'il était un homme – non pas en tirant avec tant d'aveuglement et de précipitation, et pas davantage en « attrapant un Boche ». Ce n'est pas ainsi que les hommes se conduisent. Il avait eu sa chance sur le seuil de cette porte mais à chaque tic-tac du réveille-matin, sa chance s'était éloignée. Et Billy ? Il avait été si maladroit, si hésitant. Il aurait dû se glisser dans le lit de Frankie. Il aurait dû l'étreindre, enrouler son corps autour du sien. Il aurait dû ne pas prêter attention aux paroles de Frankie et le serrer dans ses bras, tout comme Félix l'avait fait avec Prudence en dépit de ses protestations. Or, Billy s'était dégonflé. Ils n'étaient tous que des marionnettes qui s'agitaient au bout de leurs petits fils tissés de brins de culpabilité et de honte.

Frankie reposa les pages à côté de lui et prit une feuille blanche qu'il plaça sur le manuel de pilotage. Il poursuivit :

L'un des problèmes que je ne m'attendais pas à avoir ici, c'est de disposer de trop de temps pour penser. Le mieux, le plus facile, c'est de tâcher de consacrer ce temps à trouver le moyen de ne pas penser du tout. Naturellement, je n'y suis jamais parvenu. Je finis toujours par repasser ce jour-là dans mon esprit, à me dire comment il aurait pu, ou dû se terminer autrement. J'ai beau revenir sans cesse à cet après-midi, il se termine toujours de la même manière. La pauvre petite. La pauvre, pauvre petite.

Jusque très récemment, j'ajoutais chaque fois : « et pauvre de moi », mais ce n'est pas réellement juste, ni réellement vrai. Ils sont nombreux ceux qui ont souffert ce jour-là.

Je me fais surtout du souci pour toi. Et je ne mens pas. Je m'inquiète de ce qui t'est arrivé. Tu as dû rester là-bas, du moins pour un moment. Moi, je suis parti si vite et ensuite tout est allé si vite, ma formation, mon affectation. Je m'excuse sincèrement de ne pas t'avoir écrit plus tôt, mais je ne savais pas quoi te dire ou comment te le dire, de sorte que j'ai pensé qu'il était préférable de ne rien dire du tout.

J'avais tort. Ce n'est pas ce qu'il fallait faire. Je ne me rendais pas compte à quel point les événements vous avaient affectés, toi en particulier.

Permets-moi donc de tenter de me rattraper pendant qu'il est encore temps. Je regrette tellement ce qui s'est passé. Rien de ce que je pourrais faire n'y changera rien, je sais. Mais je suis désolé. Et désolé aussi pour la façon dont je me suis conduit. Tu avais besoin de moi et j'ai fui mes responsabilités. Je n'aurais dû repousser personne, et surtout pas toi. J'aurais dû venir te trouver pour te dire combien j'étais désolé, essayer autant que possible d'arranger les choses, et je ne l'ai pas fait.

Le monde entier est en guerre. On l'appelle, et à juste titre, la Seconde Guerre mondiale. Je sais que tu y participes aussi. J'espère que tu es toujours là-haut dans le Nord. On est en sécurité là-bas – en tout cas tant que des Allemands ne s'évadent pas de ce maudit camp – et j'espère donc que tu y es, parce que, dès que tout cela sera bel et bien fini, je viendrai te chercher. Personne ne nous rappellera ou ne nous obligera à nous rappeler les erreurs que nous avons commises, ni ce que nous avons fait ou ce dont nous avons souffert. C'est si simple. Il nous suffira de partir pour ne jamais revenir. S'il y a une chose que j'ai apprise ici, en Angleterre, c'est que le monde est réellement vaste. Cela paraît idiot de le formuler ainsi, mais c'est la vérité. Je me le répète chaque fois que je me glisse dans le nez de l'avion et que nous décollons d'Angleterre pour survoler la mer du Nord puis le continent : le monde est vaste, et il est beau. Beau d'une manière que je suis incapable de seulement tenter de décrire. En vol, j'y songe tout le temps. Les autres membres de l'équipage sont coincés dans différentes parties de l'appareil. Ils regardent par de minuscules hublots et ne voient que par petits bouts, fragments de paysage, fragments d'avions autour de nous, un peu des combats, de la Flak et du sol. Moi, dans le nez, je vois tout. Je vois la piste défiler de plus en plus vite sous les roues, puis je vois celles-ci quitter le sol, raser les clôtures, les haies et les maisons. Et entre elles, je vois les jardins, les champs, les rivières et les forêts. Ensuite, tout rapetisse en dessous de nous jusqu'à ce que le monde entier se déploie devant mes yeux. Je vois les villes, les villages et les chemins. Les usines, les trains, les gares et tout ce qu'il y a entre. Puis on est au-dessus de la mer. S'il n'y a pas de nuages, je vois les vagues, le bleu clair des bas-fonds et le bleu foncé des profondeurs. Une fois qu'on atteint les côtes, il devient difficile de se concentrer sur le paysage, mais c'est mon rôle de regarder. Il y a tous ces hameaux, ces villages, ces vergers, ces champs et ces routes. C'est si vert, si plein de vie malgré la guerre. Et si vaste, aussi. Quand tout cela sera derrière nous, je me suis promis de revenir. Je reviendrai et je t'arracherai à ce lieu. Contrairement à ce que nous croyons, nous sommes libres. Il n'y a aucune raison pour que nous ne puissions pas décider de nos vies. J'ignore ce que je ferai et ce que tu feras. Pour le moment, la seule chose que je suis habilité à utiliser, c'est le viseur Norden de bombardement pour aider à tuer des ennemis. Je n'imagine pas que ce savoir-faire m'ouvrira beaucoup de portes après la guerre, mais je trouverai bien quelque chose. Même ici. Quand la guerre sera finie, on aura besoin de gens pour tout reconstruire. Nous pourrions nous installer en Angleterre. Ou en France. C'est drôle, j'ai passé tellement de temps à survoler la France et je n'y ai jamais mis les pieds. Je n'ai jamais touché cette terre. Le pays a l'air magnifique. Nombre de petites villes et de villages au-dessus desquels nous sommes passés ont été bombardés. Les métropoles sont dans un triste état, mais certaines parmi les petites villes ont été épargnées. Les maisons sont toujours là. Les champs sont toujours là. Tout est là. Qui nous attend. Et c'est pour bientôt. Nous sommes presque à Noël et les Allemands ne tiendront plus longtemps. Nous avons détruit leur aviation. Depuis peu, chaque fois que nous arrivons au-dessus des côtes françaises, il y a de moins en moins de chasseurs ennemis venus nous accueillir. Bien sûr, l'armée américaine a déjà poussé les Allemands hors de France, mais c'est pareil quand nous survolons l'Allemagne. Leurs avions se font de plus en plus rares. Ils n'ont plus de pétrole, donc plus de carburant. Ils n'ont plus de pièces détachées pour leurs avions, leurs tanks et leurs canons. Je me demande même s'ils ont encore des soldats. De l'est, ils subissent l'assaut des Russes, et de l'ouest, le nôtre, si bien que nous n'allons pas tarder à nous rejoindre au milieu. Ce sera la fin de la guerre.

Nous pourrions alors venir ici tous les deux, loin du douloureux passé, et recommencer dans un endroit où personne ne nous connaîtrait. Repartir de zéro. On bâtit des maisons en pierre – dans les villages, je veux dire. Et toutes ces petites maisons sont blotties dans de petites vallées. Nous en habiterions une. Un nid douillet où rien de mal ne peut arriver. Nous passerions nos journées à lire ou à couper notre bois. Et aux premiers froids, nous allumerions un feu. Nous serions seuls ensemble. Quand tu ne serais pas d'humeur à lire, je te ferais la lecture. Tu t'allongerais et tu poserais la tête sur mes genoux. Avec les volets fermés et une flambée dans la cheminée, nous serions bien au chaud, en sécurité, comme s'il n'y avait personne au monde que nous deux.

Rien que toi et moi. Nous serions des anonymes. Les gens ignoreraient d'où nous venons, ce que nous avons fait et ce que nous avons vu.

Après tout ce qui est arrivé – à toi, à moi, à tout ce foutu monde –, je me sens prêt pour cette vie-là. Bientôt, je serai dans tes bras. Je suis fatigué et j'ai sommeil, mais avant de dormir, je tiens à te dire que je t'aime. Je sais que je prends un risque ainsi, surtout après ce qui s'est passé. Et je sais que j'aurais dû te le dire avant de partir. J'espère qu'il n'est pas trop tard. Et j'espère aussi que quand tu recevras cette lettre, tu seras en sûreté, à l'abri du danger, et que tu te réjouiras d'avoir de mes nouvelles.

Ton (si tu veux bien) Frankie

Il était temps de devenir un homme. Il retrouverait Billy dès la guerre terminée. Combien de temps pourrait-elle encore durer ? Satisfait, il posa les nouvelles pages sur les autres avant de les glisser toutes dans une grande enveloppe, puis il ajouta le collier qu'il avait acheté pour Prudence. Il la posterait demain. Il se sentait léger, beaucoup plus léger. À la réflexion, il griffonna un mot à l'intention du receveur des postes pour lui demander d'expliquer à Félix que le collier était destiné à Prudence et la lettre à Billy. Après quoi, il enleva ses bottes, ses chaussettes et, pieds nus, alla éteindre la lumière avant de se mettre au lit tout habillé. Les autres rentreraient le lendemain. Ils lui manquaient un peu. Ils auraient certainement un tas de choses à raconter au sujet de leur séjour à Londres.

Il ferma les yeux. Il ne s'endormit pas tout de suite. Il

songea à l'avenir qui l'attendait avec Billy. C'était agréable de se laisser aller à un rêve longtemps caressé. Alors que le sommeil le gagnait, il revit l'homme qui s'était éjecté devant lui, recroquevillé sur lui-même, qui tournoyait lentement dans l'air vers le nez de son avion, puis qui passait au-dessus des hélices et de l'aile avant de disparaître dans l'espace. Seulement, cette fois, il était lui-même cet homme. Peut-être faisait-il un cauchemar. Il entoura ses jambes de ses bras, ramena les genoux sous son menton et se mit à tournoyer. L'avion surgit, fit un tonneau, se redressa, et il ne fut bientôt plus qu'un point au-dessus de lui. Frankie effectua les calculs de tête. Il s'était éjecté à vingt-cinq mille pieds. Depuis cette altitude, l'impact surviendrait – si l'on ne tenait pas compte de la friction, des vents de travers et du taux d'humidité – dans 40,52 secondes. La vitesse au moment de l'impact serait de 1 429,0975 kilomètres/heure, cela en omettant le coefficient de pénétration dans l'air, de sorte qu'il tomberait sans doute un peu plus lentement. L'énergie cinétique (en estimant son poids à 66,5 kilos) serait de 0,000000883 kilotonne. Donc, quasiment insignifiante. À peine mesurable. Il continua à tomber, de plus en plus vite. Il distinguait maintenant des formes sur le sol. Des routes. Des rangées d'arbres. Ils paraissaient moelleux comme des coussins. Le sol se rapprochait. Il voyait des buissons, des blés. Ce devait être la fin de l'été, et on n'allait pas tarder à moissonner.

À mille cinq cents pieds, sa chute se ralentit considérablement. Sentant la confortable étreinte de l'air, il écarta les bras et les jambes pour se freiner davantage. Telle une feuille, il dérivait maintenant plus qu'il ne tombait. Il déplia les jambes pour se placer en position verticale, comme si par quelque impossible magie ses pieds devaient toucher le sol en premier, si délicatement, si doucement qu'ils ne feraient pas un bruit et qu'il se mettrait aussitôt à marcher à grandes enjambées, parce qu'il était vraiment temps de rentrer à la maison.

10

Les Pins – Noël 1944

Cette fois, Félix ne souleva pas de rideau. Ni celui de la petite fenêtre donnant sur le fleuve, ni celui au fond du hangar à bateaux. Il était encore tôt, à peine neuf heures et demie du soir. Il savait qu'il ne verrait pas Prudence avant un bon moment, elle qui, après avoir traversé en titubant le fleuve gelé sur ses chaussures, les belles, allait rentrer du réveillon de Noël au Wigwam Bar, le manteau serré autour de la taille, le châle drapé sur ses épaules et sur sa tête, les yeux larmoyants sous l'effet des vapeurs d'alcool, l'haleine chargée de la fumée d'une cigarette partagée avec quelque garçon, un autre garçon, un garçon différent, mais aussi, par certains côtés, toujours le même.

La façon dont elle marchait sur la glace ! Félix préférait ne pas regarder et, dans la mesure du possible, ne pas y penser. Elle avançait d'un pas décidé, sans se soucier de la minceur de la couche à l'embouchure du fleuve, sans se soucier de la force du courant ou de la profondeur de l'eau. Pourtant, elle devait savoir, elle qui n'était pas une Blanche. Elle savait et elle s'en fichait. Si elle passait au travers, qui viendrait à son secours ? Arriverait-il à temps ? Quelqu'un du camp sur la rive opposée accourrait-il s'il la voyait ? L'un des Allemands ? La sauveraient-ils ? Ce serait la moindre des choses. Après tout, ils lui devaient une vie.

Quant à la vue qu'on avait de l'autre fenêtre, elle ne changeait jamais et n'avait pas changé depuis qu'il avait débouché de la forêt en portant Prudence, tous deux couverts du sang de sa sœur. Frankie les suivait, tête baissée, après avoir abandonné le Winchester dans les buissons. Félix était allé le récupérer quelques jours plus tard. Il l'avait retrouvé au milieu des fougères et l'avait nettoyé, mais le fusil avait déjà commencé à rouiller. Lui seul le décrochait encore de temps en temps des chevilles plantées au-dessus de la cheminée. De toute façon, depuis deux ans, il n'y avait personne pour s'en servir.

La grande maison était demeurée telle quelle, sinon qu'elle s'était un peu enfoncée dans le sol. La façade avait toujours donné à Félix l'impression d'attendre quelque chose tandis que lui-même attendait la débâcle et un télégramme d'Emma envoyé au Wigwam Bar à son attention (même s'il n'avait en rien besoin d'une dépêche pour lui annoncer ce que les saules blancs en fleur proclamaient et ce que nul n'ignorait, à savoir que le printemps était là). Aujourd'hui, la maison lui semblait déserte et vide. La porte de bois sombre et les fenêtres de l'étage aux volets fermés lui évoquaient une bouche et des yeux figés sur un gémissement silencieux. On n'avait pas revu Jonathan, ni aucun des autres.

Sauf Emma. Elle était revenue deux semaines l'année

suivante, et Félix avait fait de son mieux pour que les Pins aient l'air aussi gais que dans ses souvenirs. Mais ses efforts – repeindre les bardeaux, installer des fenêtres anti-ouragans, redresser la véranda et remplacer les montants faussés – n'avaient pas suffi. L'été dernier, elle était restée à Chicago, alors qu'au printemps Félix avait tout préparé : il avait rempli les réservoirs des bateaux, graissé les gonds des portes, réparé le ponton et fait promettre aux filles du village de venir, même si Prudence assurait désormais une partie du travail, encore qu'avec négligence, insouciance et colère.

Sur l'autre rive du fleuve, comme pour se moquer de leur perte et de la mort lente des Pins, le camp de prisonniers prospérait. Il abritait maintenant plus de deux cents Allemands qui partaient en chantant abattre des arbres pour construire des routes de rondins à travers les marais. Deux cents Allemands qui aménageaient des pistes en chantant. À défaut d'aimer la captivité, ils aimaient le travail. Ils criaient et applaudissaient pendant leurs matchs de boxe et de football hebdomadaires. Les courtes journées d'hiver, une chaude lueur brillait aux fenêtres de leurs baraquements. Une impression de cette gaieté propre au dur labeur partagé émanait de ces lieux, tandis que les Pins s'affaissaient davantage et que le vent gémissait contre les volets fermés.

Tout cela contrastait avec la modestie du hangar à bateaux qui, maintenant que plus personne n'occupait la grande maison, était devenu le véritable foyer de Félix. Le sien et celui de Prudence. Il était sommairement meublé : au fond, séparé de la pièce principale par de hautes étagères en bois (elles remplaçaient les couvertures de laine qui ne procuraient pas assez d'intimité), il y avait son lit. Devant, on avait réussi à caser une petite table et deux chaises, le poêle rond, l'évier qui servait également de lavabo et le lit de Prudence, couvert d'un édredon constitué de morceaux découpés dans des costumes d'homme.

Au centre de la table brûlait tout bas une lampe à pétrole à côté de laquelle se trouvait une longue lettre de Frankie, adressée à Billy. Elle était arrivée dans une large enveloppe, accompagnée d'un mot et d'une chaîne en argent avec un médaillon en forme de cœur destinés à Prudence. Il y avait aussi un télégramme d'Emma que Félix avait reçu en même temps que le paquet que Clarence lui avait remis à la gare. Il se détourna de la fenêtre puis disposa la lettre, le mot, le télégramme et le médaillon afin que Prudence les voie à son retour. Sinon, elle risquerait d'être encore trop soûle pour les remarquer. À la réflexion, il porta le tout sur son lit. Puis, changeant de nouveau d'avis, il remit l'ensemble sur la table.

L'eau sur le poêle bouillait, et quoique celui-ci, vibrant et sifflant, soit bourré de bois de pin et d'un peu de bois de bouleau vert par-dessus pour lui permettre de durer toute la nuit, il allait bientôt faire froid dans le hangar. Déjà, le vent s'infiltrait par les interstices entre les planches des murs.

Félix s'assit au bord de son lit, mais il se releva aussitôt. Si seulement Prudence rentrait, il cesserait de s'agiter ainsi. Il saurait quoi faire. Il la regarderait, et il se déciderait. Après lui avoir donné le médaillon ainsi que les nouvelles, il trouverait à s'occuper. Allait-elle pleurer ? Désirerait-elle qu'il la prenne dans ses bras ? Irait-elle s'isoler dans son coin avec un magazine, s'asseoir à la table pour écrire, ou bien sortirait-elle couper du bois, en guerre avec la hache sinon avec les bûches ? Il ignorait quelle serait sa réaction. Ses humeurs étaient aussi imprévisibles que le temps. Il essaya cependant de deviner. Le matin, il faisait le moins de bruit possible en rallumant le poêle et en mettant de l'eau à chauffer. Il savait préparer le thé comme elle l'aimait. Dès que c'était prêt, il disait : « *Biish. Biish, daanis.* » Elle se réveillait, clignait des yeux l'été dans la lumière de l'aube ou l'hiver dans la pénombre, puis elle buvait deux tasses avant de se lever. Lui, il était déjà dehors, surtout pour la laisser tranquillement uriner dans le pot de chambre et se laver la figure. Parfois, il restait couché, les mains croisées sur son ventre, tandis que, allongée dans son lit, elle lisait des magazines à la lueur de la lampe à pétrole. « Hé, Félix, tu savais… » Quelque chose qu'elle venait de lire. Ou alors, elle ne disait rien. Avec elle, on n'était jamais sûr de rien. Jamais. Le jour où il l'avait attrapée parce qu'elle avait cassé le manche de la hache, elle avait haussé les épaules en disant : « Une vieille hache pourrie. » À l'inverse, quand ils ramenaient les filets, elle pouvait pousser des exclamations et battre des mains quand il y avait un gros poisson dedans et ensuite se blottir à l'avant du canoë, silencieuse et immobile, pendant qu'il remontait le courant.

Si seulement il avait inspecté le ponton comme le lui avait demandé Emma au lieu d'emmener les garçons dans la forêt à la recherche de l'Allemand, il serait peut-être aujourd'hui père de deux filles au lieu d'une seule, deux filles dont il se serait occupé en plus des Pins et du reste.

Il ne devait pas en être ainsi. Il avait eu trop de choses à faire avant l'arrivée de Frankie et de ses amis. Il s'apprêtait à aller dégager les poissons morts de sous le ponton quand Emma, de sa manière bien à elle, l'avait imploré du regard de partir avec Frankie, Billy et les autres, à la poursuite du prisonnier évadé.

Frankie avait été impatient de se lancer sur les traces de l'Allemand. Serrant la main de Félix, il avait levé vers lui ce visage à l'expression franche et encore adolescente que l'Indien avait vu perdre petit à petit son côté rond et enfantin pour devenir celui d'un homme. Lorsque Frankie était descendu du canot pour s'avancer vers lui sur le ponton, son hâle, ses traits virils puis sa poignée de main ferme n'avaient pas manqué de l'étonner.

« On va l'avoir cet Allemand, n'est-ce pas Félix ? avait-il dit.

– Oui, on l'aura.

– Contre nous, il n'a aucune chance, hein ?

– Non », avait répondu Félix.

Puis Emma était arrivée à grands pas, les bras ouverts pour accueillir son fils.

Lui, personne ne lui avait réservé pareille réception à son retour en 1919. La cabane où sa femme et son enfant étaient morts n'avait rien d'accueillant. Il était parti pour la guerre où il avait côtoyé la mort, et la mort était entrée chez lui. Son père et sa mère vivaient encore dans leur wigwam sur les territoires de trappe. Son père lui serra la main. Sa mère le fit asseoir et lui servit à manger. Ensuite, ils allèrent à la danse du Tambour où on attendait qu'il raconte l'histoire des hommes qu'il avait tués. Les vieux qui se souvenaient de 1862, de 1876 et de 1891 écoutèrent en hochant la tête. Quand il eut terminé, ils empilèrent des couvertures sur ses genoux, lui offrirent des carottes de tabac puis échangèrent une poignée de main avec lui. Un vieil homme lui fit cadeau d'un couteau et de trois dollars d'argent. Mais personne, absolument personne ne l'avait étreint comme Emma étreignit son fils.

Elle prit entre ses mains le visage de Frankie, qui fit un pas en arrière pour lui saisir les poignets en protestant : « Maman, pour l'amour du ciel. » Ensuite, il adressa un signe de tête à Félix.

« Mon vieux Félix, c'est un plaisir de te revoir.

– Mr Frankie. » Félix aurait eu envie d'en dire davantage, mais il ne pouvait pas se comporter comme eux. Ça n'aurait pas été naturel. De surcroît, il se rendait compte que le garçon s'efforçait d'avoir l'air d'un homme, ou du moins de passer pour tel. Il n'ajouta donc rien.

« Bon, on ferait bien de se mettre à la recherche de cet Allemand, reprit Frankie. Plus on attend, plus il risque de créer des ennuis. » C'est alors qu'il réclama le Winchester.

Il était toujours à la même place. Félix ne s'en servait pas. Il n'avait plus le courage de chasser la grouse, et de toute façon elles étaient trop rares pour qu'il dépense en cartouches le peu d'argent dont il disposait. Parfois, cependant, il s'installait à la pointe pour guetter les canards, et s'il tuait un ou deux colverts, cela lui suffisait amplement. Il posait des filets et attrapait assez de goélands à bec cerclé et de fuligules à dos blanc pour son bonheur, mais de temps en temps, un colvert rôti n'était pas pour lui déplaire. Les lapins, il les prenait au piège.

Les chevreuils aussi. C'était beaucoup mieux que de tuer le gibier en tirant coup de fusil sur coup de fusil. La raison pour laquelle Jonathan avait apporté le Winchester aux Pins demeurait un mystère, car il n'allait jamais plus loin que le champ. Il ne sortait même pas en canot sur le lac. Peut-être que les fusils étaient de ces choses que, à l'exemple des chiens ou des tableaux, les Blancs aimaient montrer.

Bien que devenu un homme, Frankie ne semblait pas capable de ramener un prisonnier évadé. Ils ne tardèrent cependant pas à être prêts « pour la chasse à l'homme », ainsi que le formula Ernie. Dans la brume de chaleur, le visage dégoulinant de sueur, les quatre garçons et Félix s'engagèrent donc sur le sentier qui partait de derrière le potager.

Dès qu'ils atteignirent la haie de sapins bordant le champ et les premiers boqueteaux de noisetiers, ils eurent l'impression de s'enfoncer dans l'eau. Les broussailles étaient gorgées d'humidité, encore brûlantes. Félix avait les yeux qui le piquaient. Les branches qui s'accrochaient à ses manches longues tentaient de le retenir. Ce n'était vraiment pas le moment de se promener dans la forêt. Les moustiques se réveillaient et, jaillissant du sol et de sous les feuilles, ils lui attaquaient le visage et la nuque. Il commença par les chasser, mais il transpirait tant et il avait si chaud qu'il cessa bientôt de faire attention à eux. On n'entendait que le bruissement des taillis et le bourdonnement des mouches à chevreuil et des moustiques. Félix marchait devant, car il connaissait mieux les pistes que les garçons, qui riaient et parlaient avec excitation. Frankie entonnait parfois une chanson à pleins poumons, et sa voix joyeuse qui s'élevait ainsi avait quelque chose de choquant au milieu de ces bois.

Le sentier déboucha sur l'ancien chemin forestier qui longeait la limite nord de la réserve. Depuis qu'on avait construit la route parallèle à la voie de chemin de fer, personne n'empruntait plus guère ce chemin, sinon en hiver pour rapporter du bois en traîneau après les coupes claires. En été, il disparaissait sous les branches des tilleuls, érables et autres arbres ployant sous les feuilles. L'herbe poussait, haute et drue, entre les ornières dont l'argile, cuite par le soleil d'août, était toute sèche et craquelée. Çà et là, Félix distinguait les empreintes creusées par des cerfs pendant ou peu après les dernières pluies. On aurait dit que la terre avait été créée ainsi, avec ces traces, tandis que les cerfs n'étaient encore qu'une ombre de vie.

Félix s'arrêta et se retourna pour laisser aux garçons le temps de le rattraper. Bruyants, la démarche lourde, ils avaient l'air tellement déplacés. Frankie parlait de plus en plus fort, plaisantait et, le fusil se balançant dans son poing, il éclatait de rire quand il butait sur une racine ou une branche tombée. Peut-être aurait-il mieux valu ne pas prendre le Winchester.

Les garçons émergèrent des broussailles et vinrent entourer Félix, l'interrogeant du regard. C'était agréable de savoir qu'on attendait quelque chose de lui. Comme s'il possédait les bonnes réponses.

« T'as un plan, Félix ? Comment on va faire pour le ramener ?

– Faut déjà le trouver, Mr Frankie.

– On le trouvera, hein, Billy ?

– Oui, oui.

– Je vais bientôt partir, et c'est comme ça que je veux vivre ces dernières heures. Pour qu'on s'en souvienne.

– On va se séparer, dit Félix. Mr Frankie, Billy et Ernest, vous allez par là. David et moi, on va contourner le marais.

– Félix, y a des traces ? Tu vois des traces ? »

En dehors des vieilles empreintes de cerf, Félix ne voyait que les ornières craquelées, les touffes d'herbe, les fourrés écrasés et roussis par la chaleur.

Il haussa les épaules : « Il a peut-être pris cette direction. Ou pas. C'est la mauvaise saison pour pister. Le mauvais moment. » C'était un long discours pour lui.

« Séparons-nous, donc. » Frankie consulta du regard Billy, qui acquiesça d'un signe de tête.

Félix aussi avait hâte de se remettre en route, ne serait-ce que pour en finir avec cette quête, aller terminer son travail aux Pins et avoir la paix. S'appliquant à scruter l'herbe à la recherche de traces, il repartit, suivi de David qui l'imitait, pendant que Frankie disait : « Bon, si tu veux, tu coupes par là, et Billy et moi, on continue sur le chemin jusqu'au lac. » Félix entendit alors les feuilles et les brindilles sèches craquer sous les pas d'Ernie qui s'engageait dans le sous-bois. Frankie prononça quelques mots à voix basse et Billy rit.

« Tu vois quelque chose, Félix ?

– Non », répondit celui-ci, accélérant l'allure. Ne voulant pas se laisser distancer, David marchait sur ses talons, si près que les branches de noisetier lui revenaient en pleine figure. Félix garda le silence. Si ce garçon était incapable de comprendre tout seul qu'il devait rester à trois ou quatre pas derrière lui, inutile de le lui dire. Après quelques centaines de mètres, il quitta le chemin pour s'enfoncer dans la forêt. Le sol était complètement sec. Même l'argile n'arrivait pas à retenir la moindre goutte d'humidité. On apercevait çà et là parmi les feuilles des paniers en écorce de bouleau abandonnés au pied des érables. On ne récoltait plus la sève pour la fabrication du sirop depuis des lustres. À l'exception de quelques rares familles, plus personne, malgré le rationnement en vigueur, n'exploitait les bois. Il accéléra encore l'allure. S'il ne récupérait pas tous les garçons d'ici une minute, il rentrerait s'occuper du ponton. Le principal, c'était que tout aux Pins soit en ordre afin qu'Emma cesse de glousser tout le temps comme une perdrix qui s'apprête à s'envoler.

Le terrain commença à descendre, et les érables cédèrent la place aux frênes et aux ormes, puis il remonta, planté maintenant de peupliers et de bouleaux. Il n'y avait aucun souffle de vent, et les bandes d'écorce des bouleaux à papier pendaient, immobiles dans la chaleur. Félix se retourna. David était en sueur, et il s'efforçait de chasser les moustiques et les moucherons qui décrivaient des cercles paresseux autour de lui. Félix repartit et obliqua vers la droite jusqu'à ce qu'ils retrouvent le chemin forestier. Frankie et Billy ne devaient pas être loin. Il ralentit, permettant à David de reprendre sa respiration.

Ils marchèrent au milieu du chemin pour éviter les ornières. Les broussailles devenaient plus touffues. Les noisettes étaient encore enchâssées dans les lobes de leurs enveloppes vertes, et les feuilles semblaient alourdies de chaleur. Félix entendit un rire provenant de derrière un fourré. Il ralentit de nouveau. Pas la peine de se presser. Au travers de la végétation, il aperçut une silhouette, celle de Frankie ou de Billy peut-être, puis il se rendit compte qu'il s'agissait en réalité de celle des deux garçons qui se tenaient tout près l'un de l'autre. Billy avait la main sur le bras de Frankie qui dit quelque chose. Billy sourit, caressa le bras de Frankie, et ils s'embrassèrent. Le Winchester se balançait dans la main gauche de Frankie qui, de l'autre, ôta une brindille, un bout d'écorce ou un brin d'herbe pris dans les cheveux de Billy. Ils échangèrent un sourire, puis Billy dit à son tour quelque chose qui fit rire Frankie.

Félix s'écarta pour que les deux garçons ne le voient pas et aussi pour que David ne les voie pas. À cet instant, Ernie déboucha de la forêt par l'autre côté. Frankie et Billy reculèrent chacun d'un pas.

Ernie prononça une courte phrase, et Félix put constater qu'il ricanait.

Billy baissa les yeux. Félix ne distinguait pas l'expression du visage de Frankie, mais il l'entendit dire : « Viens, Billy. Allez, viens. »

Puis : « … Alors, tu viens ? »

Il y avait une note de dureté dans la voix du garçon.

Et tandis que Frankie s'éloignait, la démarche raide, Félix vit qu'Ernie souriait.

Maintenant hors de vue, Frankie répéta : « Je t'ai dit de venir, Billy. »

Félix fit signe à David de ne pas faire de bruit, mais Billy tourna la tête vers eux. Voyant Félix, il baissa les yeux avant de disparaître dans le sous-bois à la suite de Frankie.

C'est alors qu'éclata la détonation. Félix et David sursautèrent.

« Vite », dit l'Indien. Il avait le cœur battant, ce qui ne lui était plus arrivé depuis le jour où il avait rencontré sa femme, de même qu'à de nombreuses reprises pendant la Grande Guerre où il avait peut-être appris une chose : quand certaines personnes tirent, on se sent aussitôt mieux. Mais avec d'autres, on sait qu'il n'en ressortira rien de bon.

Il fut sur les lieux en quelques enjambées. Billy tenait le Winchester, le canon pointé vers le sol. « Où ?

– Là », répondit Frankie, indiquant un épais fourré autour d'un tilleul tombé. Il avait les mains qui tremblaient.

Ernie était accouru, soufflant comme un bœuf. Il sentait le bourbon.

« T'as vu, Ernie ? dit Frankie. T'as vu, on l'a eue, cette ordure ! »

Il avait la voix ferme mais les mains qui continuaient à trembler.

« Il est où ? demanda Ernie, épongeant son front ruisselant de sueur.

– Juste là. Tu le vois pas, ce sale Boche ?

– Non, je vois rien. »

Félix voyait, en revanche. Au milieu de l'amas de branchages, on distinguait des mouvements convulsifs, un tourbillon de feuilles. Les animaux agonisaient ainsi.

« Allons le chercher, dit Ernie.

– Une seconde, dit Félix. Une seconde. Il vaut mieux que vous attendiez. »

Il s'approcha. Le fourré était épais et il dut se baisser puis se mettre à quatre pattes pour s'y glisser. Quelque chose bougeait. Il s'immobilisa. Les feuilles bruissaient. Finalement, ce n'est peut-être pas l'Allemand mais un chevreuil, songea-t-il. Ou une biche, avec son faon. Le faon serait resté sur place. Ces animaux sont nés stupides. Félix scruta plus attentivement l'amas de branchages. Il eut alors la réponse à ses interrogations. Il distingua un œil, puis des cheveux noirs, une chemise blanche toute tachée, une robe chasuble grise en laine. Une fille, recroquevillée, le regardait à travers le feuillage.

Toujours à quatre pattes, Félix s'avança. La fille se recroquevilla davantage et détourna les yeux. À ses pieds gisait une autre fille, apparemment plus petite, plus jeune. Elle ne devait pas avoir plus de treize ans. Elle avait le corps raidi, la nuque cambrée, un bras écarté, l'autre replié sur sa poitrine comme une aile. La blessure faisait une déchirure sur son cou et sa chemise était devenue rouge.

« Oh ! s'exclama Félix. Qu'est-ce qui s'est passé ? »

La fille ne répondit pas.

« Qu'est-ce que vous fabriquiez là ? »

Silence.

« *Aaniin dana enikamigak ?* »

La fille haussa les épaules. Elle refusait maintenant de le regarder, de même qu'elle refusait de regarder l'autre fille. Lorsque son pied rencontra par inadvertance les cheveux emmêlés de celle-ci, elle le retira vivement, comme si le corps sans vie était un profond étang où elle risquerait de se noyer.

« *Awenen wiin ?* demanda Félix. *Awenen ?* »

Elle secoua la tête.

« *Nakwetawishin. Nakwetawishin bina.* »

Elle n'était donc pas muette. Dans les semaines qui allaient suivre, elle ne répondrait à aucune question. Elle ne dirait rien sur sa vie, ne réclamerait rien. Ni nourriture. Ni vêtements propres. Quand elle se remettrait à parler, on comprendrait qu'elle n'avait pas l'intention de quitter les Pins, ce que d'ailleurs personne ne lui demanderait. Là, dans la forêt, craignant de sombrer dans la mare de sang à ses pieds, elle déclara en anglais :

« Ma sœur.

– Hmmm, fit Félix. Hmmm. » Il ne trouva rien d'autre à dire, et l'espace d'un instant, il pensa combien cela devait sembler ridicule, donnant aux Blancs qui se tenaient derrière lui l'image même des Indiens tels qu'ils étaient représentés dans leurs livres. « Hmmm. Ugh. »

Il tourna vers lui la tête ballante de la fille étendue par terre. Les chevrotines lui avaient sans doute brisé la nuque. Sa sœur recula pour échapper à la vue du sang. Elle tremblait de tout son corps.

« Félix ! cria Frankie. Amène-le ici ! On veut le voir, ce fumier ! »

Les autres n'ajoutèrent rien, puis Frankie dit quelque chose à mi-voix à Ernie qui se contenta de ricaner.

« Viens avec moi », dit Félix à la fille.

Elle le fixa d'un air absent.

« *Giga-bi-wijiw. Wiijiiwishin goda. Akawe iidog. Akawe.*

– *Gaawiin,* dit-elle doucement. *Gaawiin ganage giga-*

wiijiiwisinoon. » Son accent paraissait être celui des Indiens vivant beaucoup plus au nord.

Félix lui saisit le poignet. Elle lui décocha un coup de pied dans la figure. « Lâche-moi, espèce de salaud. »

Il lui serra le poignet plus fort. Elle rua et le frappa de nouveau. Tâchant de parer les coups, il lui empoigna la cheville et la traîna hors de l'amas de branchages comme il l'aurait fait avec un chevreuil mort. La fille se débattait, hurlait dans un mélange d'anglais et d'indien.

« Qu'est-ce que… ! s'écria Frankie. Qu'est-ce que c'est ?

– Tu sais pas à quoi ressemble une fille ? se moqua Ernie. Non, je suppose que non.

– Vous, fermez-la, intervint Félix.

– Tu sais pas faire la différence entre une fille et un garçon ? Tu… »

Félix s'avança et le gifla. Ernie chancela, jeta autour de lui un regard étonné. Il demeura bouche bée, les larmes aux yeux et le rouge aux joues.

« Toi, lança Félix à Billy. Va là-bas et attends. »

Billy désigna la fille qui continuait à se débattre et demanda : « Elle est blessée ?

– Non. Pas celle-là.

– Espèce de salaud ! hurla de nouveau la fille. Je t'ai dit de me lâcher !

– Là-dedans, reprit Félix, montrant les fourrés.

– Qu'est-ce qu'elle fichait là ? demanda Frankie. Elle n'avait rien à y faire.

– Vous aussi, fermez-la, lui ordonna Félix. Vous restez avec moi, compris ? »

Frankie se tourna vers l'endroit où gisait l'autre fille et fit un pas dans cette direction.

« Non, vous venez avec moi ! l'arrêta Félix. Et vous deux aussi », dit-il à l'intention d'Ernie et de David. Après quoi, il mit la fille debout pour la porter jusqu'aux Pins. Elle cessa petit à petit de lutter, et quand ils débouchèrent de la haie de sapins, Emma accourant à leur rencontre, suivie de Jonathan en caleçon, elle se tenait tranquille, la tête sur l'épaule de Félix. Billy, David et Ernie apparurent à leur tour, et enfin Frankie.

« Qu'est-ce qui est arrivé ? demanda Jonathan, les yeux fous.

– Un accident », répondit Félix.

Frankie évitait tous les regards.

« Quel genre d'accident ?

– Je l'ai tuée », dit calmement Billy.

Félix le dévisagea. Le garçon soutint une seconde son regard, puis il détourna la tête. Ses yeux s'arrêtèrent un instant sur Frankie, puis sur un point au-delà des arbres.

« Celle-là ? demanda Jonathan.

– Non, répondit Félix. L'autre. Une autre. Celle-là n'a rien. »

Il tendit la fille à Jonathan. Elle s'était juste fait quelques égratignures en se débattant, mais le sang dont elle était couverte était celui de sa sœur.

« L'autre ? Quelle autre ?

– Sa sœur, expliqua Félix. Sa sœur.

– Tu l'as tuée, Billy ? s'écria Emma avec horreur. Oh, Billy, comment une chose pareille a-t-elle pu se produire ?

– Je sais pas, m'dame, répondit le jeune Indien. Je sais pas. »

Félix se dirigea alors à grandes enjambées vers la forêt.

Il marchait vite, silencieusement, et quelques secondes plus tard, il avait disparu sans laisser la moindre trace derrière lui.

Le lendemain, Frankie demeura dans sa chambre. Billy vint aux Pins, mais il ne semblait pas en mesure de travailler. Il évita Emma, Ernie et même Félix. Dans le camp, en face, on constituait encore des patrouilles qui fouillaient le rivage et les marais. Aux Pins, au contraire, personne ne désirait plus participer aux recherches, si bien que, n'ayant rien d'autre à faire, Félix entreprit enfin de dégager sous le ponton les herbes, les ordures et les poissons morts. Il avait besoin de s'occuper.

Il s'attendait à trouver des corégones, des chevaliers de rivière ou des harengs de lac, des espèces qui mouraient souvent à la fin de l'été par manque d'oxygène. Le râteau dont il se servait accrocha quelque chose de plus gros, et quand il le ramena vers lui, c'est un cadavre qui remonta à la surface. L'Allemand avait tenté de traverser le fleuve à la nage, sans doute dans l'espoir de voler une embarcation ou même le Chris-Craft. Son corps s'était coincé sous les piles et après avoir séjourné trois jours dans l'eau, il était gonflé et avait commencé de se décomposer sous l'effet de la chaleur. Les dents du râteau lui avaient perforé le dos, et des sangsues étaient collées sur son ventre et son visage. Tout le monde se rassembla pour contempler en silence le cadavre, sauf Prudence qui resta dans la chambre des bonnes et Frankie qui ne quitta pas son lit.

Si seulement ils avaient su, il n'y aurait jamais eu de Winchester.

Prudence n'accepta de leur confier que son nom. Elle refusa de dire d'où elle venait, de quelle école elle et sa sœur s'étaient enfuies ou même comment celle-ci s'appelait. Les questions d'Emma demeurèrent sans réponse tout comme l'enquête menée par le shérif n'apporta aucune lumière. Deux Indiennes fugueuses et un accident de chasse, ainsi résuma-t-on la triste affaire. On entreposa le corps dans la chambre froide le temps que durèrent les investigations du shérif, puis on l'enterra. Frankie resta cloîtré dans sa chambre et Billy avait disparu. Même Prudence ne vint pas. Installée à la fenêtre de la grande maison, elle garda les yeux braqués sur Félix tandis qu'il chargeait la dépouille de sa sœur dans une brouette (sans personne pour l'aider, il n'avait pas d'autre solution) pour aller l'inhumer sous un pin au sommet de la colline. Emma et Jonathan assistèrent en silence à l'enterrement d'une Indienne par un Indien. Pour une fois, l'un et l'autre ne purent que se taire.

Une semaine après l'arrivée de Prudence dans une effusion de sang et la découverte du cadavre de l'Allemand sous le ponton, tout le monde était parti. Jonathan et Frankie retournèrent à Chicago, imités par Emma. David et Ernie restèrent un peu plus longtemps pour boire ensemble dans le bungalow de ce dernier, puis ils partirent à leur tour. Les provisions et les plats préparés pour la fête furent perdus. Félix les empila dans un coin du potager, et la nuit venue, ratons laveurs et mouffettes se régalèrent. Au cours de l'automne, Billy rendit plusieurs fois visite à Félix, mais rien n'était plus pareil. Ils n'avaient pas grand-chose à se dire. Vers Thanksgiving, Billy épousa Stella. Peu après, il s'engageait, et à Noël, il n'était plus là.

Un coup d'œil par la fenêtre. Rien ne bougeait sur la glace, alors qu'en dessous, la vie grouillait. Demain, Félix ferait peut-être un trou, et avec une couverture autour des épaules, une autre sous ses vêtements, il tâcherait de pêcher des maskinongés. Il avait quelques leurres, des petits poissons en bois peint munis de nageoires en métal. À défaut, il utiliserait un harpon. Il aurait dû observer son père plus attentivement. Il se souvenait juste que celui-ci taillait ses leurres dans du peuplier, puis qu'il les grattait jusqu'à ce que le bois brille, après quoi il les enduisait de graisse de castor. Ensuite, son père et lui posaient des lignes le soir, et au matin ils trouvaient, accrochés aux hameçons, des maskinongés ou des brochets morts assez grands pour nourrir la famille entière. Si jamais ils ne prenaient pas de poisson, son père tirait parfois de son sac un morceau de racine et, le dos tourné, faisait quelque chose aux lignes. C'était une espèce de médecine. Il l'avait interrogé à ce sujet, mais il n'avait répondu que : « *Migizi-mashkiki.* » Il cachait son pouvoir à son fils tellement il était secret. Félix regrettait de ne pas le posséder. Il regrettait de ne pas savoir ce que son père savait, de ne pas détenir le pouvoir d'attirer les gros poissons.

Le camp sur l'autre berge de l'embouchure du fleuve était plongé dans l'obscurité. On éteignait les lumières à dix heures. Félix regarda une fois de plus les objets étalés sur la table, expédiés d'Angleterre. Il se pencha pour prendre l'enveloppe adressée à Billy. Elle était lourde. Une longue lettre. Billy était dans l'infanterie quelque part en France. Pourquoi Frankie l'avait-il envoyée ici ?

La flamme de la lampe à pétrole vacillait. Félix s'assit et ouvrit l'enveloppe au moyen de la lame de son canif. « Mon cœur... », ainsi commençait la lettre. Il lut lentement, articulant en silence :

L'un des problèmes que je ne m'attendais pas à avoir ici, c'est de disposer de trop de temps pour penser. Le mieux, le plus facile, c'est de tâcher de consacrer ce temps à trouver le moyen de ne pas penser du tout. Naturellement, je n'y suis jamais parvenu. Je finis toujours par repasser ce jour-là dans mon esprit, à me dire comment il aurait pu, ou dû se terminer autrement. J'ai beau revenir sans cesse à cet après-midi, il se termine toujours de la même manière. La pauvre petite. La pauvre, pauvre petite.

Jusque très récemment, j'ajoutais chaque fois : « et pauvre de moi », mais ce n'est pas réellement juste, ni réellement vrai. Ils sont nombreux ceux qui ont souffert ce jour-là.

Je me fais surtout du souci pour toi. Et je ne mens pas. Je m'inquiète de ce qui t'est arrivé. Tu as dû rester là-bas, du moins pour un moment. Moi, je suis parti si vite et ensuite tout est allé si vite, ma formation, mon affectation. Je m'excuse sincèrement de ne pas t'avoir écrit plus tôt, mais je ne savais pas quoi te dire ou comment te le dire, de sorte que j'ai pensé qu'il était préférable de ne rien dire du tout. J'avais tort. Ce n'est pas ce qu'il fallait faire. Je ne me rendais pas compte à quel point les événements vous avaient affectés, toi en particulier.

Il lui fallut presque une heure pour finir de lire. « Hmmm, fit-il alors à voix haute. Hmmm. »

Après avoir remis la lettre dans son enveloppe, il la glissa ainsi que le télégramme sous son matelas.

La mèche, il la couperait demain. Et si le vent n'était pas trop fort, que la température ne chute pas et que le soleil se montre, il essayerait de prendre au harpon un beau maskinongé. À cette époque de l'année, leur chair était saine, à la fois bien ferme et floconneuse.

Félix plaça sa main en coupe autour du manchon de la lampe et la souffla. Il tisonna le charbon du poêle, ajouta quelques branches vertes de bouleau. L'écorce prit, grésilla, et les flammes dansèrent un instant autour du hangar. Il ferma la porte du poêle mais laissa ouverte la grille du foyer. Il s'habilla pour la nuit à la lueur du feu, et couché loin du poêle, il sentit davantage le froid, mais il y était habitué. Prudence méritait d'avoir chaud. Elle aimait la chaleur. Il esquissa un sourire à la pensée de la jeune fille blottie sous les couvertures, les genoux remontés sur la poitrine.

Allongé sur son étroite couchette, les couvertures de laine sous le menton, les yeux fermés, il ne parvenait pas à dormir. Quand allait-elle rentrer ? Quand allait-elle passer la porte en titubant et dans quelle humeur serait-elle ? Il était difficile de prévoir si elle serait d'humeur cruelle ou d'humeur gamine, simplement gamine. Mon Dieu comme elle pouvait être terrible, avec des silences aussi cinglants que ses mots. Des après-midi entiers et même des jours durant, elle refusait de lui parler. Le soir, elle sortait et elle buvait. Ne savait-elle pas ce que cela lui faisait, à lui et à sa tranquillité d'esprit ? Elle le savait sûrement et elle s'en moquait. Et puis, elle disait quelque chose, souriait, et aussitôt toutes ces heures sombres s'envolaient. Ou alors, il réussissait à la convaincre de l'accompagner sur les sentiers derrière les Pins pour relever les pièges, et elle se plaignait. De ses bottes, du froid, du terrain inégal. Et soudain, elle s'élançait pour dégager un collet de sous la neige auquel était pris un lapin et elle s'écriait : « Viens voir ! Viens voir ! » Elle l'agrippait par l'épaule pour l'obliger à se tourner et elle fourrait le lapin dans sa gibecière. Certains matins, il l'entendait se déplacer dans le hangar pendant qu'il était encore au lit, puis elle ouvrait la porte, laissant pénétrer un courant d'air glacé, et elle sortait dans l'aube naissante. Il se levait, s'approchait de la fenêtre sur la pointe des pieds pour la voir jeter dans le fût à brûler ses sous-vêtements tachés de sang. Elle les arrosait de pétrole et y mettait le feu pour faire disparaître les traces de ses règles. Pourquoi se donner tout ce mal ? Pendant ces moments-là, il se rendait compte qu'elle ne pouvait pas rester mais qu'elle ne pouvait pas non plus partir.

Peut-être avait-elle besoin d'encore un peu de temps. Un an ou deux, peut-être trois. Afin que la haine s'écaille et que l'amour transparaisse. Comment appeler autrement les sentiments qu'il avait pour elle, l'attention qu'il lui portait ? Un jour, elle comprendrait. Un jour, elle verrait. Frankie reviendrait et la vérité lui apparaîtrait.

Il ferma les yeux et s'efforça de se la représenter marchant sur la glace, si vulnérable dans ses escarpins, les bras serrés autour de sa taille, emmitouflée dans son manteau. Insouciante. Insouciante du danger que représentaient la glace, le courant en dessous. Et le vent. Elle ne se rendait pas compte combien elle semblait frêle et fragile tandis qu'elle traversait sur la glace, le pas mal assuré.

La porte s'ouvrit et se referma violemment. Félix perçut l'odeur d'alcool avant même que Prudence trébuche sur le tisonnier en jurant. Elle se débarrassa de son manteau et s'assit sur son lit. « Mon Dieu, murmura-t-elle en soupirant à plusieurs reprises. Mon Dieu, je déteste… » Elle ne termina pas sa phrase.

Félix se raidissait sous l'effet de la nervosité (à moins que ce ne fût sous celui de la peur) chaque fois que Prudence rentrait dans un tel état. Le lendemain, en général, après quelques tasses de thé, elle s'assagissait et s'excusait pour la manière dont elle l'avait traité. Après quoi, malgré son mal de crâne et ses ecchymoses, elle assumait ses tâches. Vacillant sur ses jambes, elle maudissait les bûches qu'elle était censée fendre à coups de hache. Elle était en guerre. Elle se battait. Contre tout.

« Il y a quelque chose pour toi, lui annonça-t-il au matin. Dans la boîte à côté de ton lit. C'est de Frankie. »

Prudence ne répondit pas, mais il l'entendit étouffer un hoquet de surprise puis se lever, si frêle, si légère que les ressorts du sommier ne grincèrent même pas.

« Oh », fit-elle. Le silence régna soudain dans le hangar. « Oh, regarde. »

Félix s'assit et, à la lueur de la lampe, il la vit tourner et retourner le médaillon entre ses mains.

« Il y a aussi une lettre, dit-il.

– Ah bon ?

– *Bekaa*, reprit-il. *Bekaa, daanis.* »

Il tira de sous son matelas l'enveloppe portant le nom de Billy, et après en avoir extrait la lettre, il remit l'enveloppe ainsi que le télégramme dans leur cachette. Il se leva pour tendre la lettre à Prudence. Il s'assit au bord de son lit, disant : « C'est pour toi.

– Bien sûr que c'est pour moi », dit-elle d'un ton rêveur.

Lui tournant le dos, elle s'installa à la table face à la lampe. Quelques minutes s'écoulèrent.

« Il revient.

– Peut-être.

– Si. Si, il revient, et il va me sortir de ce trou à rats.

– Nous avons été bien ici. Les Washburn ont été bons avec nous. » Il ne put s'empêcher de repenser à la tête de la jeune fille posée sur son épaule. À son sourire le jour où elle avait pêché une perche qui avait atterri au fond du canot. Et puis, quand il avait été le « porteur-de-ceinture », dans les cérémonies, elle l'avait aidé à coudre les couvertures qu'il distribuait, et elle l'avait même accompagné à la danse du Tambour. Et ce n'était pas rien. Il plaça la main sur son cœur pour vérifier qu'il battait toujours.

« Tu l'as lue ?

– Non, répondit-il, s'adressant au plafond.

– Si tu l'avais lue, tu saurais. Tu saurais comme je sais.

– Il reviendra peut-être », murmura Félix pour mettre un terme à la conversation, pour apaiser la tempête qui faisait tout le temps rage chez cette fille.

À la lueur du poêle, il la vit lever le bras.

« Il va venir et me tirer d'ici, reprit-elle d'une voix pâteuse.

– Peut-être pas.

– Pourquoi ça ? Pourquoi il viendrait pas me chercher ? Y a pas de raison. Y a aucune raison. Je peux lui donner ce qu'il désire. Et je le ferai. Je me fiche de ce qu'on dit. De ce que tout le monde raconte.

– Il est en Angleterre, de l'autre côté de l'océan. Et il y a la guerre. Il peut arriver des tas de choses.

– Ça le retiendra pas. Il l'a dit. » Elle se mit debout et s'accrocha à l'étagère pour ne pas perdre l'équilibre. Si elle la cassait, il faudrait qu'il la répare sur-le-champ, sinon il n'y aurait rien entre eux, et s'il se réveillait au milieu de la nuit, il la verrait dormir dans la chaleur diffusée par le poêle, les couvertures repoussées, la bouche entrouverte.

« Il ne reviendra jamais ici, affirma-t-il, et il se tourna contre le mur.

– Tu sais rien. Rien de rien. Et surtout rien sur lui. Il m'a sauvée. Tu comprends ? » Elle s'avança d'un pas. « Il m'a sauvée. »

Elle était aveugle. Mais il avait contribué à la rendre ainsi, et il ne voyait pas comment lui ouvrir les yeux.

« Tu sais quoi ? » Elle s'approcha encore. Elle lui parlait maintenant à l'oreille. « Tu sais quoi ? T'es simplement jaloux. Parce que t'as rien. Même pas ça. Ce cagibi, il est même pas à toi. » Il sentait son haleine chargée de bourbon. « T'es jaloux de lui. De tous les autres.

– Non. S'il te plaît, arrête.

– Si, t'es jaloux. Tu veux ça aussi. Depuis le début. Et c'est pour ça que je suis coincée ici.

– Non.

– Alors, c'est pas ce que tu veux ? »

Le matelas s'affaissa sous son poids tandis qu'elle glissait la main sous la couverture de laine.

« Non.

– Non ? »

Elle écarta la couverture et s'assit sur lui à califourchon. Tout aussi surprenant que le reste, il était déjà en érection.

Il y avait si longtemps, de si longues années. Enserrant la base de son sexe, elle l'introduisit en elle.

Sa robe était encore boutonnée jusqu'en haut. Ses manches lui arrivaient au-dessus du coude, et la minceur de ses bras étonna Félix. Leur minceur et leur force.

« Prudence, non. »

Elle bougeait cependant, et lui aussi.

Les mains plaquées sur la poitrine de Félix pour se maintenir d'aplomb, elle répéta : « C'est pas ce que tu veux ? »

Non. Non… Si.

« Prudence. »

Elle ferma les yeux. Il sentit comme des gouttes d'eau froide ruisseler sur sa poitrine. Il comprit qu'il s'agissait en réalité du collier, la chaîne enroulée deux fois autour du fin poignet de Prudence, et au bout duquel pendait un petit cœur. Dans la faible clarté, Félix constata qu'il n'était même pas en or mais en argent.

« Prudence. »

Elle frotta encore quelques instants ses hanches contre les siennes, et il jouit.

« Joyeux Noël, Félix.

– *Niin dash wiin, mii eta go aano-wii-ayaamaan da-odaanisiminaan. Iw sa eta.* » Honteux, il tourna son visage vers le mur. Un filet d'air froid passait entre les planches.

« Oh ? Eh bien, tu sais, tu es un formidable papa. »

Soudain, elle se retira. Luisant, exposé à la température glaciale du hangar, le sexe de Félix se recroquevilla dans son caleçon dont il n'avait même pas eu le temps de se débarrasser. Prudence regagna en titubant son lit sur lequel elle s'effondra. Une minute plus tard, elle dormait.

Après tout ce qui avait et n'avait pas eu lieu, Frankie lui

avait envoyé un cœur en argent ? C'était tout ? D'ici deux ou trois mois, il commencerait déjà à se corroder sous l'action de la sueur. Il ne durerait pas plus longtemps que ne pouvait durer le mensonge. Les couches de métal étaient pareilles aux os dans la tête du brochet. Il y en avait un qui, minuscule au départ, grandissait chaque année, couche après couche, pendant toute la vie du poisson. Quand Félix était jeune et qu'ils mangeaient de la soupe de têtes de poisson (sa mère abandonnait alors toute notion de savoir-vivre pour la boire à grand bruit), on disait que celui qui avait la perle, le petit os en question, aurait de la chance. Il avait oublié cela. En revanche, chez eux tous – Félix, Emma, Frankie, Jonathan, Billy et Prudence –, la vie semblait produire l'effet inverse. Chaque année, tout rapetissait tandis que les couches s'usaient une à une. Bientôt, il ne resterait plus rien.

Il attendit d'être sûr que Prudence dormait pour prendre l'enveloppe et le télégramme glissés sous son matelas. Il alla ouvrir la porte du poêle et posa l'enveloppe portant le nom de Billy sur les charbons rougeoyants. Une seconde. Deux. Elle s'enflamma et brûla jusqu'au bout. Il relut le télégramme envoyé par Emma :

POUR FÉLIX STOP DE L'ARMÉE DE L'AIR REGRET VOUS INFORMER QUE VOTRE FILS FRANK CONRAD WASHBURN MATRICULE 674448 EST PORTÉ DISPARU EN OPÉRATION NUIT DU 21/22 DÉC 44 STOP LETTRE SUIT STOP TOUTE INFORMATION SUPPLÉMENTAIRE REÇUE VOUS SERA AUSSITÔT TRANSMISE STOP DANS L'ATTENTE NOTIFICATION ÉCRITE AUCUNE INFORMATION NE DOIT ÊTRE COMMUNIQUÉE À LA PRESSE.

Il le mit dans le poêle, au-dessus des cendres de l'enveloppe, puis il se recoucha. Il se tourna face au mur, tira les couvertures. Demain, peut-être. Prudence se réveillerait tard. Demain matin de bonne heure, s'il faisait beau, il irait creuser un trou dans la glace et utiliserait les leurres de l'homme blanc pour attirer les grands maskinongés qu'il harponnerait avant qu'ils aient eu le temps de comprendre pour les remonter ensuite sur la glace, tout scintillants. Le soir, ils mangeraient du poisson. Tous les deux. Rien qu'eux deux. Elle serait douce, il serait doux, et le passé reprendrait lentement sa place. Ils mangeraient du poisson et, le ventre plein, ils repenseraient aux jours heureux qu'ils avaient connus et qu'ils connaîtraient encore.

TROISIÈME PARTIE

La Réserve – 1952

11

La réserve – 1er août 1952

Il devait être plus de minuit, et une fille marchait au bord de la route. Balançant son sac noir dans une main et ses chaussures dans l'autre, elle s'efforçait de suivre la ligne blanche, mais titubant, elle atterrissait de temps en temps au milieu de la route avant de se retrouver dans le gravier et l'herbe du bas-côté puis de reprendre son chemin.

Billy ralentit et rétrograda. Le reste du bourbon qu'il avait acheté au bureau des anciens combattants de Grand Rapids clapotait au fond de la bouteille serrée entre ses genoux. Ses yeux le piquaient. Il les frotta, puis il écarta ses cheveux pour se masser le front. Il se sentait crasseux, déprimé et épuisé comme après une longue marche dans les marais, mais c'était une époque depuis longtemps révolue, et la preuve en était le pick-up qu'il conduisait et le voyage effectué pour faire de nouveau examiner son épaule toujours aussi douloureuse. Son bras droit le handicapait au point qu'il ne pouvait plus trier et empiler le bois à la scierie, et qu'il arrivait tout juste à soulever

Margaret et Junior pour les installer à l'arrière du camion les rares fois où ils allaient au lac. Son bras n'était plus qu'un appendice inutile qui pendait le long de son flanc.

Il but une gorgée, freina et fit des appels de phare, mais comme la fille ne se retournait pas, il recommença. Elle risquait de se faire tuer. Elle avait cependant conscience de sa présence car, le pied plus sûr, les épaules droites et la tête haute, elle se montra un peu plus prudente, sans toutefois jeter le moindre regard derrière elle. Elle portait une robe décorée de fleurs au dessin bizarre qui juraient avec le sac noir, mais il s'agissait probablement du seul qu'elle possédait. De même qu'elle ne possédait probablement pas d'autre robe. Elle était plus brune que Billy, et sa peau avait des reflets dorés. Elle était jambes nues et tenait négligemment ses chaussures sans lacets. Elle avait des pieds étroits et cambrés, salis par la poussière. Son corps, moulé par la robe, paraissait mince, mais solide, et ses fesses fermes et musclées jouaient à chacun de ses pas tandis qu'elle poursuivait son chemin avec détermination, entraînant dans son sillage une nuée de papillons de nuit et de moustiques éclairés par les phares.

Billy se manifesta de nouveau, mais même quand il arriva derrière la fille, celle-ci ne se retourna pas. Parvenu à sa hauteur, il se pencha au-dessus des paquets entassés sur le siège pour descendre la vitre côté passager.

« Je suis pourtant pas un flic, nom de Dieu ! lança-t-il.

– Je sais parfaitement ce que t'es pas.

– Alors, Prudence, on se balade ?

– Tiens, tiens, si c'est pas Billy Cochran.

– Le seul et unique.

– C'est vrai, y en a pas deux comme toi. » Elle pressa le pas, le regard fixé droit devant elle.

Les pneus crissèrent sur le gravier. « Je te raccompagne ou pas ? »

Prudence s'arrêta et Billy se gara. La jeune fille s'appuya à la portière et passa la tête à l'intérieur. Son collier tinta contre la carrosserie.

« Bon Dieu, j'ai besoin de souffler une minute, dit-elle.

– J'en doute pas. Tu vas finir par te faire écraser. D'où tu viens ?

– Oh, tu sais… » Elle montra la route derrière elle avec son sac, qui lui échappa. « Merde, gémit-elle en se baissant pour le ramasser. Y avait une petite fête chez Judd. Une soirée dansante, un truc de ce genre. » Elle empestait le gin.

« C'est comme ça qu'ils appellent ça ?

– Une bande de types de Chicago venus pêcher.

– Tu parles. Bon, tu me racontes ta vie ou tu montes ? Je te ramène chez toi.

– Je sais pas. » Elle regarda en direction du village. « C'est plus très loin.

– Y a encore près de cinq kilomètres.

– J'ai fait plus que ça à pied, Billy Cochran. Beaucoup plus.

– Mais pas en étant soûle.

– Puisque tu le dis. »

Elle saisit la poignée de la portière, tira, fit de nouveau tomber son sac, le ramassa, puis fit tomber ses chaussures. « Merde et merde ! s'exclama-t-elle.

– Faut tirer plus fort, elle est coincée, dit Billy.

– Ton pick-up est un vrai tas de ferraille.

– C'est toujours mieux que celui que t'as pas. »

Elle lança ses chaussures et son sac par la vitre ouverte et, prenant appui avec son pied, tira de nouveau. La portière s'ouvrit brusquement et, projetée en arrière, Prudence bascula dans le fossé en poussant un petit cri. De son siège, Billy ne vit plus que ses jambes qui battaient l'air.

« Bon Dieu, Prudence ! » Il descendit, fit le tour du véhicule et dévala la pente. Ses semelles de cuir glissaient sur l'herbe humide de rosée. À quatre pattes, Prudence cherchait ses chaussures. « Ça devait être une sacrée fête, chez Judd », dit Billy, l'aidant à se relever. Sa robe était trempée, couverte de boue et de brins d'herbe. Elle avait les genoux couronnés de terre.

« La vie est toujours une fête, pas vrai ? » Soutenue par Billy, Prudence grimpa hors du fossé puis s'installa dans le pick-up. Billy dut claquer deux fois la portière pour la fermer.

Le temps qu'il se mette au volant, Prudence, la tête renversée en arrière, avait déjà porté la bouteille à ses lèvres. Elle s'essuya la bouche d'un revers de main puis se cala sur la banquette, les jambes ramenées sous elle, la joue appuyée au montant de la portière, offrant son visage au vent.

« Bon Dieu, Prudence, tu bois comme un homme.

– Je bois comme je dois boire, dit-elle d'une voix traînante, épaissie par l'alcool.

– Donne-moi ça », dit Billy.

Elle tendit le bras sans tourner la tête. Billy prit la bouteille et but à son tour en démarrant. Prudence changea de position. Elle remonta sa robe sur ses cuisses, ôta quelques brins d'herbe que le vent emporta. « Elle est foutue », murmura-t-elle.

Billy conduisait tout en surveillant la jeune fille. Quand, dix ans auparavant, ils l'avaient tirée des broussailles, hurlant et se débattant, elle n'était pas tellement différente : les jambes nues, maculées de sang et de terre, les yeux fous, incapables de se fixer sur quoi que ce soit. Elle était hystérique, mais une fois entourée des bras de Félix, elle s'était calmée et davantage encore après qu'il lui avait parlé en indien. Lorsqu'ils étaient sortis de la forêt, elle était devenue silencieuse, ne voulant ou ne pouvant rien dire pendant que le Dr Washburn l'examinait et qu'on l'installait dans la grande maison, de même qu'elle avait continué à se taire lorsque le shérif l'avait interrogée. Tout le monde se demandait d'où elle venait, qui étaient ses parents et comment elle avait échoué ici.

Et Frankie ? Longtemps, il avait évité son regard. Il lui écrivait, lui envoyait des cadeaux, mais jamais il ne l'avait regardée en face. Ce jour-là, il s'était tout le temps tenu les yeux baissés, réussissant à peine à mettre un pied devant l'autre. C'est le vieux Félix qui avait pris les choses en main jusqu'à ce qu'ils aient regagné les Pins. Billy avait tenté d'aider Frankie, d'aller vers lui tandis qu'Emma fondait sur eux, gloussant et pleurant à la fois, inquiète pour son fils. Déjà à l'époque, Billy savait que dans certaines circonstances, il valait mieux foutre la paix aux gens.

« Qu'est-ce que tu regardes ? » demanda Prudence.

Billy ne répondit pas. Il détourna les yeux des longues jambes lisses de la jeune fille. Le camion dégageait une odeur de tourbe, d'herbe et de bourbon.

Le Wigwam Bar était plongé dans le noir. Un lampadaire solitaire éclairait la rue devant la mairie. Un chien traversait la chaussée. La ville dormait.

« On est arrivés », dit Billy.

Les jours vécus avec Frankie, ces longues journées d'été pleines de vie étaient maintenant loin derrière lui. Disparues à jamais, passées de l'autre côté de quelque chose qu'il était incapable de nommer.

« Ah bon ? » Prudence détacha sa joue du montant de la portière et, dépliant les jambes, elle fit tomber les paquets de Billy.

« Bon Dieu, fais attention, je viens juste de les acheter ! » Billy se baissa pour les ramasser. Son épaule se bloqua et il dut se redresser pour tirer sur son bras avant de recommencer. « Merde, jura-t-il.

– Y a encore à boire ? demanda Prudence.

– Un peu. » Billy prit la bouteille coincée entre ses genoux et la lui tendit. « Richard t'attend là-haut ? » Il jeta un coup d'œil en direction des fenêtres au-dessus du bar. Richard et lui avaient travaillé ensemble à la scierie. C'était un type à la gaieté franche et naturelle. Il s'était enrôlé dans la marine marchande et avait sillonné l'Atlantique pendant toute la durée de la guerre, probablement aussi heureux à bord des bateaux qu'à trier le bois. Depuis que Billy s'était de nouveau abîmé l'épaule à la scierie et qu'il avait pris le poste de guetteur de feu, il ne voyait plus beaucoup Richard, et quand il le voyait, il était chaque fois aussi surpris de le trouver en compagnie de Prudence, se comportant comme s'il était l'homme le plus heureux du monde. Comment pouvait-on être idiot à ce point ?

Prudence finit la bouteille, puis la contempla avec curiosité, comme si elle représentait pour elle une énigme.

« Bon, on y est, dit Billy.

– Richard doit être là.

– Oui, je suppose. »

Elle leva les yeux vers les fenêtres obscures.

« C'est juste l'endroit où j'habite, reprit-elle. Pas question que je vive avec un homme qu'est pas prêt à s'engager, tu comprends ?

– T'as des principes, Prudence. Une morale.

– Contrairement à d'autres.

– Moi, tu veux dire ?

– Chacun trouve chaussure à son pied.

– Mais toi, t'en portes pas.

– J'ai jamais fait de mal à personne. » Elle considéra de nouveau la bouteille. « T'en as pas une autre ? »

Quelque part dans la direction où le chien avait disparu, il y avait sa maison, l'une parmi les rares qui constituaient le village. Elle était petite mais solide, et à l'intérieur, Stella, Margaret et Junior dormaient, tous trois blottis dans le même lit. Parfois, quand il rentrait tard, il les regardait et se demandait comment il allait pouvoir se ménager une place. Il se débarrassait de sa chemise verte du Service des forêts et, gardant son pantalon, réussissait à se glisser au milieu de l'enchevêtrement de leurs membres. Le matelas s'affaissait un peu plus, et quand il se retournait, le lit entier roulait et tanguait, les ressorts rebondissaient, mais sa femme et ses enfants ne se réveillaient jamais, dansant sur le matelas comme sur les vagues d'un nouveau rêve. Qu'il soit là ou non, ils dormaient.

Le pick-up s'arrêta devant le bar.

« J'en emporte jamais deux avec moi.

– T'as toujours été malin.

– Tu crois ?

– Non, répondit Prudence. Pas vraiment. » Puis elle éclata de rire.

On avait l'impression qu'ils entamaient une conversation qu'ils avaient depuis toujours eu l'intention d'avoir.

« Allons-y, dit-elle.

– Tu crois ?

– Ouais, ouais.

– Richard dira rien ?

– Si je dis rien, il dira rien. Et Stella ?

– Ce qu'elle sait pas...

– C'est ça, Billy, c'est ça. »

Il démarra et ils sortirent du village

« À gauche », dit Prudence. Ils repartirent sur la route.

Deux ou trois minutes plus tard, ils passèrent devant l'endroit où Billy l'avait vue marchant le long du fossé. Là aussi, une éternité semblait s'être écoulée, le projetant dans un temps où Prudence était une fille différente, et lui un homme différent.

Ils arrivèrent au carrefour où se trouvaient les bungalows de chez Judd et le restaurant Big Winnie. Prudence désigna une boîte aux lettres plantée en retrait de la route. Billy tourna et emprunta le chemin qui traversait un petit champ de pommes de terre pour aboutir à une petite maison en rondins.

« Je peux pas demander à Gephardt, dit Billy. C'est pas possible.

– T'as pas besoin. À moi, il m'en vendra.

– Les Allemands en vendent à tout le monde.

– Tu t'en plains ?
– Il a le sommeil profond ?
– Avant, il l'avait jamais. On va voir. T'as de l'argent ?
– Et toi ?
– Qu'est-ce que tu crois ? Vas-y, je m'en charge. »

Les effets de l'alcool commençaient à se dissiper. Billy ne se rendait jamais chez Gephardt à moins d'y être obligé – pour lui vendre du riz ou faire réparer quelque chose. Dans ces cas-là, bien que Gephardt se montrât toujours plutôt amical, il serrait les dents et gardait les yeux baissés. C'était bizarre de penser que cet homme se trouvait certainement dans le camp le jour où le prisonnier s'était évadé. Les Allemands foutaient la merde partout. Son épaule se rappela soudain à lui.

Il fouilla dans la poche de son pantalon d'où il tira les quatre dollars qui lui restaient après son passage chez J.C. Penney à Grand Rapids. Il avait longuement arpenté les rayons, ceux des vêtements pour femmes, pour enfants et pour hommes. Il n'avait aucune idée de ce qu'il pourrait acheter. Il y avait trop de choix, trop de choses qu'il ne comprenait pas. C'était pour les mêmes raisons qu'il ne lisait plus. Pourtant, combien il avait aimé les livres que Frankie lui envoyait. À la vue des paquets enveloppés de papier kraft, il éprouvait toujours une profonde émotion. Là aussi, il y avait trop de choix, et personne pour l'aider à les faire. Il y avait partout trop de changements.

C'était l'été, et en général, Margaret et Junior s'habillaient toujours de la même façon : salopette et T-shirt. Billy avait voulu leur rapporter quelque chose de joli. En particulier pour Margaret. La plupart du temps, il ne savait pas quoi lui dire. De toute manière, qu'est-ce qu'on pouvait bien dire à une enfant de dix ans ? Elle allait à l'école, avait de bonnes notes, obéissait à Stella et s'acquittait de ses tâches. Les dimanches d'été, il installait son fauteuil devant la porte et, assis au soleil, il la regardait qui, les mains sur les hanches, entourée d'un groupe de garçons ou accroupie au milieu d'eux, semblait leur donner ses instructions ou leur raconter une histoire qu'ils écoutaient attentivement. Elle régnait sur eux tous. En la présence de son père, en revanche, elle ne parlait pas beaucoup. Elle l'étudiait, l'observait, faisait ce qu'il lui demandait, puis elle s'éclipsait.

Cet été-là, il lui avait confié une nouvelle tâche : lui apporter chaque jour son déjeuner. Stella le lui mettait dans un vieux pot de saindoux recouvert d'un sac de farine vide que Margaret lui montait à la tour de guet, grimpant l'escalier de soixante mètres de haut avec le pot qui cognait contre ses jambes, puis l'échelle de six mètres jusqu'à la trappe. Il la faisait attendre le temps qu'il inspecte le contenu de son espèce de gamelle et avale les premières bouchées. Elle ne regardait jamais par-dessus le parapet, ni n'engageait la conversation, pas plus qu'elle ne manifestait le désir de rester.

Il lui aurait été facile de partir le matin avec son déjeuner. Il avait suffisamment mal mangé à l'armée pour se contenter d'un sandwich rassis ou d'un peu de lait tiède, mais il espérait plus ou moins que quelque chose, il ne savait pas bien quoi, se passerait entre eux au sommet de cette tour branlante haute de plus de soixante mètres qui surplombait les arbres. L'un ou l'autre aurait pu s'exprimer, mais rien ne se produisait. Il lui disait simplement : « Tu peux y aller maintenant », et elle redescendait pour regagner à pied le village distant de près de cinq kilomètres et retourner aux occupations et aux pensées d'une fillette de dix ans.

Junior était différent. Lui non plus ne parlait guère, mais ce n'était pas pareil. Il se plongeait dans ses jeux ou s'absorbait dans ce qu'il construisait au moyen de bâtons, de morceaux d'écorce ou de tout ce qui lui tombait sous la main dans la cour. Frankie avait été pareil quand ils étaient jeunes. Ça, c'était une chose que Billy comprenait.

Il n'avait pas su quoi prendre pour Margaret, mais comme la rentrée scolaire approchait et que ses salopettes étaient usées aux genoux, il avait songé à une robe. Il était encore perturbé après sa visite au siège des anciens combattants. La vue de tous ces uniformes, de tous ces militaires – les anciens et ceux qui revenaient de Corée – le rendait nerveux. Il s'était arrêté en route dans un bar à Royalton où on l'avait servi sans faire de commentaire ni lui jeter des regards de travers. À Grand Rapids, on l'avait également laissé acheter une bouteille tout en sachant qu'il était indien. Après quoi, il était allé chez J.C. Penney. Une robe, voilà qui conviendrait aussi bien pour Margaret que pour Stella. Une robe à l'occasion de la nouvelle année scolaire. Et une pour Stella qu'elle porterait pour aller à l'église. Comme Junior n'avait que six ans, il lui avait choisi plusieurs salopettes, assez grandes pour qu'elles lui durent jusqu'à l'an prochain.

Descendue du pick-up, Prudence frappait à la porte de chez Gephardt. Après sa chute dans le fossé, sa robe était encore mouillée et maculée de terre, mais elle se comportait comme si de rien n'était. Celle qu'il avait achetée pour

Stella était bien plus belle, se disait Billy. Un peu plus longue. Mais Prudence avait de l'allure dans la sienne. Question de prestance.

Mary, l'infirme, vint ouvrir au bout d'une minute ou deux, puis elle fit attendre Prudence. Dieu, quel spectacle elle offrait ! Billy ne comprendrait jamais comment elle se débrouillait avec cette jambe. Un instant plus tard, Gephardt apparut en personne. Il tendit à Prudence un bocal fermé par un couvercle en fer-blanc contenant un liquide transparent. Tout sourire, il dit quelque chose – Billy le vit remuer les lèvres en hochant la tête – que Billy n'entendit pas, et c'était aussi bien. Prudence lui donna l'argent. Il lui serra la main puis referma la porte. Prudence se retourna et, comme si la véranda était une scène, elle brandit le bocal en faisant le signe de la victoire.

Avant la guerre, Billy n'avait vu qu'un seul Allemand mort, mais comme son cadavre était resté trois jours dans l'eau, il ne ressemblait plus à grand-chose et ne paraissait nullement dangereux. Billy était présent quand Félix le sortit de sous le ponton. À la suite du drame, il venait tous les matins aux Pins rendre visite à Frankie. Au début, celui-ci refusait de quitter la maison, et Emma consacrait ses journées à monter et descendre l'escalier, chargée de plateaux avec des bols de soupe, des serviettes, des toniques et même du bourbon, idée de Jonathan qui, après avoir constaté l'absence de résultats, prescrivit du Véronal. Ernie déclara qu'il n'y avait rien d'autre à faire qu'aller à la pêche, et il partit pêcher. Billy, lui, vint dès le premier jour s'asseoir au chevet de Frankie. Le deuxième jour, comme l'état de ce dernier avait l'air de s'être amélioré, Billy lui demanda s'il aimerait qu'il lui apporte quelques livres. « Bien sûr », répondit Frankie, et Billy retourna au village prendre sous son lit quelques-uns de ceux qu'il lui avait envoyés. À son retour, Frankie s'était rendormi, si bien qu'il laissa les livres à côté de lui. Le troisième jour, la pile était toujours à la même place.

C'est au cours de cet après-midi-là que Félix, se décidant enfin à nettoyer le ponton, découvrit le cadavre. Taciturne comme à son habitude, il se contenta de tirer de l'eau le corps qu'il avait accroché avec son râteau puis, après avoir noué une corde sous les aisselles de l'Allemand mort, de le hisser sur la berge étayée.

Emma et Jonathan ne tardèrent pas à déboucher de la maison et les filles de cuisine à interrompre leur travail pour s'attrouper autour du cadavre. Ensuite de quoi, la nouvelle franchit le fleuve et le directeur du camp de prisonniers traversa en canot. Deux heures après, le shérif, les policiers et les membres de la patrouille de recherche arrivaient à leur tour. Personne ne toucha au corps. Billy était là. Il constata qu'il manquait à l'Allemand plusieurs doigts, sans doute dévorés par des tortues, et qu'aux endroits où elle avait séjourné dans l'eau, la peau était blanche. Des lambeaux de chair blanche pendaient sur son visage comme les tentacules d'une méduse, tandis qu'aux endroits exposés à l'air, elle était noire et si tendue par le ballonnement qu'elle avait éclaté, laissant çà et là échapper un liquide qui évoquait de la gelée.

Tout le monde était tellement absorbé par le spectacle que personne ne remarqua la présence de Frankie avant qu'il prenne la parole. Il avait quitté son lit et était sorti de la maison. « Il était là ? dit-il. Pendant tout ce temps ? Pratiquement sous nos yeux ? » Il le répéta sans cesse, jusqu'à ce que Billy et Emma le reconduisent dans sa chambre.

Vers l'heure du coucher de soleil, le shérif et ses adjoints installèrent l'Allemand dans leur bateau pour le transporter sur la berge opposée. Les prisonniers l'enterrèrent le soir même à l'extérieur du camp où, rassemblés autour de la tombe, ils chantèrent : « So nimm denn meine Hände ». On les entendait sur l'autre rive du fleuve et en particulier dans la chambre où Billy veillait Frankie, qui dormait. Il avait envie de lui caresser la main, mais il n'osait pas. La nuit venue, il alluma la lampe à pétrole, sur la table de chevet. Frankie ouvrit les yeux.

« Bonsoir, Frankie », murmura Billy.

Frankie détourna la tête.

So nimm denn meine Hände
und führe mich
bis an mein selig Ende
und ewiglich.
Ich mag allein nicht gehen,
nicht einen Schritt :
wo du wirst gehen und stehen,
da nimm mich mit.

« Tu veux que je te lise quelque chose ?

– Non.

– On pouvait pas savoir, Frankie. Personne pouvait savoir.

– Fumiers d'Allemands.

– Tu pouvais pas savoir.
– Je pars demain. Ordre de la faculté. »
Ce n'était pas ce qui avait été prévu. Ils auraient dû avoir deux semaines ensemble. Ils auraient dû pêcher, chasser l'écureuil. Ils auraient dû organiser des fêtes dans la grande maison. Frankie aurait dû sourire.

In dein Erbarmen hülle
mein schwaches Herz
und mach es gänzlich stille
in Freud und Schmerz.
Laß ruhn zu deinen Füßen
dein armes Kind :
es will die Augen schließen
Und glauben blind.

« Déjà ?
– Quand vas-tu te décider à assumer ton rôle dans cette histoire, Billy ? »
Billy haussa les épaules. Les yeux de Frankie, fixés sur la fenêtre ouverte donnant sur le fleuve, se portèrent vers la forêt qui s'étendait à perte de vue au nord des Pins, jusqu'au Canada et aux régions septentrionales où elle disparaissait.
« T'es sûr que tu ne veux pas que je te fasse un peu de lecture ? T'as besoin de quelque chose ? »

Wenn ich auch gleich nichts fühle
von deiner Macht,
du führst mich doch zum Ziele
auch durch die Nacht :

so nimm denn meine Hände
und führe mich
bis an mein selig Ende
und ewiglich !

La lampe vacilla. Le chant de l'autre côté du fleuve mourut. Billy entendit Ernie qui, attachant le canot au ponton, entonnait d'une voix tremblante de fausset une version parodique de l'hymne. Emma était dans la cuisine. À en juger par l'odeur qui montait dans la chambre, Jonathan fumait sa pipe sur la véranda. Billy prit la main de Frankie.

« Je peux ? » demanda-t-il dans un chuchotement. Jamais il n'avait été plus près de nommer le sentiment qui les unissait.

« Il ne s'agit pas de savoir si tu peux ou pas. »

Le cœur de Billy battit plus vite.

« Nous ne sommes plus des enfants, Billy », reprit Frankie.

Billy lâcha sa main.

« Regarde-moi, Frankie.

– Non.

– J'essayais juste de t'aider. Regarde-moi.

– Non.

– S'il te plaît, Frankie. »

Silence.

Au bout de quelques instants, Billy se leva et se dirigea vers la porte. Sur le seuil, il se retourna. On se serait cru dans un film. Frankie le regarda, puis il détourna les yeux. C'était la dernière fois qu'ils se voyaient.

Une cigarette rougeoyait sous l'avant-toit du hangar à bateaux. « Attention à mon poisson », dit Ernie sans même daigner montrer le poisson en question. Un gros maskinongé raidi de plus d'un mètre de long gisait dans l'herbe aux pieds de Billy, à l'endroit où s'était trouvé auparavant le corps de l'Allemand. Le poisson luisait, blanchâtre, dans le halo de la lampe.

« Où est Félix ?

– En haut de la colline. Il enterre la fille que t'as tuée.

– Ah ? »

Ernie ne le quittait pas du regard.

« C'est bien toi ?

– Moi, quoi ?

– Qui l'as tuée. C'est bien toi qui l'as tuée ?

– Oui, oui.

– Bon.

– Bon, quoi ?

– Tu me dis que c'est toi, donc c'est toi. »

Billy ne savait quelle contenance adopter. Il laissa plusieurs fois les bras retomber le long de son corps, puis il se tourna vers la maison, mais après réflexion, il grimpa dans le canot et, s'éloignant de la berge, regarda les Pins se réduire à quelques points lumineux au milieu d'une lueur pâle.

Deux ans plus tard, au lendemain du Débarquement, fourmi au sein d'une colonne de fourmis, il progressait en Normandie, traversait l'Aure, libérait Trévières, prenait la colline 192, et poursuivait vers Saint-Lô puis Brest. Après avoir regardé pleuvoir les bombes quarante jours durant, la division entra dans les rues de la ville où elle dut combattre maison par maison. Lorsqu'il quitta Brest, Billy avait vu plus d'Allemands morts qu'il ne pouvait en compter. En Normandie, ils gisaient dans les fossés, le corps gonflé, bourdonnant de mouches, ou bien calcinés dans les blockhaus, alors qu'à Brest la plupart avaient presque l'air de dormir – un peu de sang autour de la bouche, du nez ou des oreilles, tués par l'effet de choc des bombes.

Quand, en octobre 1944, ils pénétrèrent en Allemagne, le temps devint hivernal. Un mois plus tard, ils furent repoussés dans la neige et le froid jusqu'à la crête d'Elsenborn dans les Ardennes qu'ils tinrent pendant dix jours contre des forces allemandes supérieures, stoppant ainsi leur avance – dix jours passés en compagnie de Van Winckle natif de l'Arkansas dans un abri qu'ils avaient creusé dans le sol gelé, et recouvert de planches récupérées dans une vieille grange. Une semaine après Elsenborn, ils pénétrèrent de nouveau en Allemagne près d'Aix-la-Chapelle, et Van Winckle sauta sur une mine. Ses jambes disparurent dans un nuage de sang et de chair. Ressentant une douleur à l'épaule, Billy poussa un grognement et s'assit à côté de Van Winckle. Il constata que son bras formait un angle bizarre et qu'il avait le flanc maculé de sang.

Rien de tout cela ne semblait réel. Rien de tout cela ne semblait mémorable. Ni le fracas lors de l'ouverture de la porte de la barge de débarquement, ni les déflagrations incessantes des obus ou le sol qui tremblait constamment. Ni même le moment où il avait tué son premier Allemand et dont il se souvenait à peine. Ni le déluge de feu sur Brest ou les hennissements terrifiés des chevaux près de Saint-Lô. Ni, non plus, les souffrances à Elsenborn ou sa surprise en s'apercevant qu'un éclat de la mine sur laquelle avait sauté Van Winckle lui avait déchiré l'épaule. Rien, absolument rien de tout cela n'était aussi présent dans sa mémoire que le moindre détail touchant aux Pins.

Même le temps lui avait paru merveilleux à l'époque. Les jours s'écoulaient, s'étiraient comme pour ménager de la place aux jeux auxquels Frankie et lui se livraient quand ils étaient jeunes, les longues balades sur le chemin forestier, munis d'une carabine 22 pour tuer les écureuils. Mal luné, Ernie partait parfois tout seul. Frankie et Billy en profitaient pour s'enfoncer plus avant dans la forêt. Ils ne tiraient pas souvent sur les écureuils, mais il arrivait que Billy dise : « Regarde. » Il levait la carabine et visait un écureuil en haut d'un arbre qui tombait avec une lenteur infinie. Frankie et lui se précipitaient et, cruels et insensibles comme tous les garçons de leur âge, ils le regardaient mourir. Frankie se penchait, si proche de lui que Billy respirait l'odeur de ses cheveux, et quelquefois il posait une main sur le cadavre de l'écureuil et l'autre sur la nuque de Frankie comme pour diriger son attention vers le petit rongeur, et il sentait se dégager la même chaleur, la même vie animale.

Certains jours, le ciel se couvrait plus tôt que d'habitude. La famille se retrouvait alors dans le salon, et si l'humeur s'y prêtait, les garçons jouaient aux devinettes ou aux échecs chinois avec Emma. En de rares occasions, quand elle avait un peu bu, elle chantait, accompagnée au piano par Frankie qui, si timide, si gauche, si frêle, s'animait soudain. Sûrs et puissants, ses doigts plaquaient les accords de « All The Things You Are ». Pendant qu'elle chantait, Emma gardait les yeux fixés sur Frankie et non pas sur Jonathan qui lisait, installé dans son fauteuil, cependant que les notes de musique dansaient autour de lui. Plus tard, devenu adolescent, Frankie chanterait lui aussi, et vers la fin Ernie s'en amuserait tout le temps, par exemple en chantant d'une voix de fausset un air d'Emma tandis qu'il descendait l'escalier. Jonathan lui-même en souriait. Quant à Billy, il regardait, aussi immobile que Jonathan, regrettant désespérément de n'avoir rien à proposer.

Conscient comme souvent de son état d'esprit, Frankie se lançait alors dans le « Cherokee » de Charlie Barnet qui devint une espèce de code entre eux. Parce que plus tard, ils trouvèrent un passage pour éviter le champ de mines que constituaient l'attention des adultes et les farces d'Ernie qui leur permettait de profiter d'un peu de temps volé dans l'un des bungalows vides. Là, dans la pénombre, au milieu de l'odeur de cendres froides émanant du poêle Franklin, ils s'allongeaient côte à côte sur un lit à une place dont les oreillers dégageaient encore des effluves de naphtaline, tandis que les couvertures sentaient comme la pluie qui tombait dehors. Billy entourait Frankie de ses bras et respirait l'odeur de son cou et de ses cheveux encore humides de sueur. La main sur la poitrine de Frankie, il percevait les battements de son cœur. Frankie collait sa hanche contre la sienne, et Billy se pressait à son tour contre lui, le sexe en érection. Ils se frottaient ainsi jusqu'à ce que, lentement, dans un grand frisson, il jouisse, le souffle haletant, les lèvres brunes enfouies dans le cou de Frankie.

La première fois, il fit comme si rien ne s'était passé.

« Ça va ? demanda Frankie.

– Euh… Oui, oui, ça va. Et toi ? » réussit-il à répondre.

La deuxième fois, ce fut à peu près pareil, sinon qu'après, Billy murmura : « Qu'est-ce que c'est bon.

– Ah oui ? dit Frankie d'une voix étranglée.

– Oui. Tourne-toi, tu veux bien ? »

Il aida Frankie à se mettre sur le dos. Ne sachant que faire de ses mains, celui-ci les croisa sur sa poitrine comme un mort. Silencieux, la respiration saccadée sous le coup de l'excitation, il laissa Billy lui déboutonner sa braguette puis lui baisser son pantalon et son slip. Il bandait. Billy le prit dans sa paume et commença doucement à aller et venir. La longueur et la minceur du sexe de Frankie l'étonnèrent, mais était-ce réellement surprenant ? Il s'accordait plus ou moins au reste de sa personne. Billy se sentait émerveillé, saisi d'une sorte de fierté à l'idée d'avoir provoqué une telle érection chez Frankie dont le souffle se précipitait tandis qu'il arquait le dos. Après à peine une vingtaine de mouvements du poignet de Billy, Frankie se raidit soudain et s'écria : « Attention ! », et il jouit en longs jets qui lui aspergèrent la poitrine.

« Waouh ! Billy ! » parvint-il à dire au bout d'un moment. Puis ils s'interrogèrent. Avec quoi essuyer ? La question leur permit d'oublier leur gêne. Ils se servirent des chaussettes de Billy qu'ils enfouirent ensuite sous les cendres du poêle.

Des soirées pareilles, il n'y en eut tout au plus que trois ou quatre. Ce fut assez. Assez à l'époque. Mais maintenant ?

Maintenant, il devait avoir recours à autre chose.

Billy se pencha pour prendre le bocal des mains de Prudence. Il dévissa le couvercle et but une petite gorgée. « Avec quoi il fabrique cette gnôle ? »

Prudence changea de position. « Je sais pas. Des pommes de terre, peut-être. Ou du maïs. De toute façon, on s'en fout. » Elle se redressa et ramena ses cheveux derrière la tête. Les phares du pick-up se reflétaient sur les eaux du fleuve.

« Tu vas souvent de l'autre côté ? demanda Billy.

– D'après toi ?

– Tu revois le vieux Félix ?

– Juste quand il vient en ville. »

Prudence posa les pieds sur le tableau de bord et laissa ses cheveux retomber sur ses épaules.

Les phares éclairaient les mauvaises herbes et les broussailles entourant l'ancien camp. À la fin de la guerre, des hommes du village avaient récupéré les grillages et les poteaux. Un à un, les bâtiments, montés sur des traîneaux, avaient été transportés sur la glace vers un terrain plus proche du village. Il ne restait plus que les dalles de ciment à l'endroit où s'étaient tenus les baraquements, le réfectoire et la salle de réunion.

Billy éteignit les phares. Sur l'autre berge, la grande maison luisait faiblement dans le clair de lune, comme un squelette jeté sur le rivage. Une unique lumière brillait dans le hangar à bateaux.

« Le vieux Félix a les Pins pour lui tout seul.

– Grand bien lui fasse, dit Prudence. Pour ce que j'en ai à faire, il peut avoir toute cette foutue propriété.

– Il est pas si mauvais, Prudence.

– Tu crois ?

– Non. Je sais pas. »

Quand Billy travaillait encore à la scierie, Félix passait de temps en temps. De sa manière minutieuse, il examinait le bois brut comme si chaque planche devait être parfaite, alors que les Pins se délabraient et qu'Emma et Jonathan ne reviendraient jamais. Félix s'évertuait cependant à maintenir les lieux en état. C'était peut-être la force de l'habitude. Chaque automne, il mettait le canot en cale sèche et hissait le Chris-Craft jusqu'au hangar à l'aide d'un petit treuil. Il fermait la maison ainsi que les bungalows en ramassant les feuilles mortes tout autour pour les brûler. Chaque printemps, il rouvrait tout et remettait les bateaux à l'eau. L'été, Billy le voyait parfois pêcher dans le canot à l'embouchure du fleuve. L'hiver, allongé sur la glace, la tête sous une couverture, il attrapait au leurre des maskinongés selon la méthode ancestrale. Parfois, si la tâche était trop dure, il demandait à Billy de venir aux Pins. Il y avait les mêmes arbres qui oscillaient dans le vent. Le même ponton. Les mêmes joncs au bord du fleuve où il avait tué un canard avec une pierre et où Frankie était tombé amoureux de lui. Tout était pareil et pourtant différent. Billy n'osait plus regarder Félix. Le vieil Indien avait tué des hommes, et ayant tué des hommes, il en savait trop.

Prudence but directement au bocal puis s'essuya de nouveau les lèvres. Elle amena un genou près de son visage pour le scruter. La marque de ses orteils en éventail s'imprima un instant sur le pare-brise avant de s'effacer. Elle songea que tout était comme il lui semblait que c'était – le collier de Frankie, celui en argent avec le cœur, gage de son amour et aussi de la gentillesse de Félix.

La vodka de Gephardt produisait ses effets. Billy avait la tête qui tournait.

« Qu'est-ce qui te rend si sûre de tout, Prudence ? »

Il tendit la main vers le collier. « Fais voir. »

La jeune fille se pencha obligeamment. Billy saisit le collier qui se balançait autour de son cou.

« On en vend des comme ça chez J.C. Penney, tu sais. J'en ai vu tout à l'heure.

– Ah bon ? Celui-là, il vient d'Angleterre. » Et, comme si le simple fait d'avoir prononcé ces mots l'avait épuisée, elle posa la tête sur l'épaule de Billy. Malgré la douleur qu'il ressentit, il ne protesta pas.

« Puisque tu le dis. En tout cas, y a les mêmes à Grand Rapids.

– Pas des comme ça. Pas comme le collier de Frankie. »

Frankie n'aurait jamais envoyé un collier de ce genre – si clinquant. Et pas à quelqu'un comme Prudence. Pourquoi ne le comprenait-elle pas ? Un homme qui envoyait à Billy des livres comme ceux qu'il avait reçus, un homme qui manifestait une telle profondeur de sentiments ne pouvait pas envoyer une pareille camelote à une fille comme elle. C'était évident. Ce serait plutôt la version de Frankie existant dans l'esprit de Prudence qui l'aurait envoyée et non le vrai Frankie. Le Frankie que Billy connaissait mieux que quiconque.

Il laissa le collier se nicher de nouveau dans le décolleté de Prudence. Lui prenant la main, il la redressa, surtout pour soulager la douleur de son épaule. Avec un naturel né de l'habitude, elle pivota, fit passer sa jambe droite au-dessus des genoux de Billy et elle s'assit ainsi, face à lui, la tête logée contre son cou. La hanche de la jeune femme heurta le volant, et Billy se souleva pour se déplacer vers le milieu de la banquette tout en repoussant les paquets afin de se ménager de la place. La robe de Prudence était encore mouillée et la peau de ses bras était moite.

« T'as froid ?

– Non, non, ça va, murmura-t-elle, comme si elle cédait sur un point secondaire après une longue discussion. Ça va. » Elle se renversa en arrière, mit la main derrière sa nuque pour commencer à descendre la fermeture éclair de sa robe, puis elle la glissa dans son dos pour continuer, un peu comme les garçons quand ils jouent à faire deviner ce qu'ils serrent dans leur poing. Croisant les bras, elle saisit le bas de sa robe de chaque côté pour la faire passer par-dessus sa tête. Ses dessous blancs diffusèrent une lueur sourde dans laquelle semblèrent se détacher trois phalènes, deux perchées sur ses seins, une sur son sexe. Elle posa de nouveau la tête sur la mauvaise épaule de Billy qui tressaillit, de sorte qu'elle changea d'épaule. Il baissa les yeux, mais l'aspect des sous-vêtements le gêna : incongrus, tranchant trop sur la peau brune. Rien à voir avec des phalènes, en définitive, évoquant plutôt des bandages. Il regarda ailleurs, au-delà du pare-brise et du fleuve, vers l'endroit où, comme toujours, les Pins paraissaient attendre quelque chose.

Attendre Frankie et lui, attendre le moment où Emma ne viendrait plus et où Jonathan les aurait oubliés. Les Pins seraient alors à eux. Ils leur appartenaient. Billy le pensait, même s'il n'avait plus eu de nouvelles de Frankie après ce jour-là. Ni lettre. Ni télégramme. Ni collier, évidemment. Rien du tout. Félix lui avait appris que l'avion de Frankie avait été abattu au-dessus d'Aix-la-Chapelle juste avant Noël 1944. Il était sans doute mort quand le bombardier avait explosé, à moins qu'il n'ait réussi à sauter. En tout cas, il n'avait pas survécu.

« Alors, tu te décides ou quoi ? » demanda Prudence.

Maintenant que le premier pas avait été franchi, il n'y avait apparemment aucune raison de reculer. Billy déboutonna son pantalon.

« Là », dit Prudence, non sans gentillesse. Elle se dégagea pour s'allonger sur la banquette, la tête contre la portière. Elle remonta ses genoux sur sa poitrine, retira sa petite culotte qu'elle posa sur le plancher du pick-up. Elle se gratta le genou puis étendit les jambes, emprisonnant entre elles les cuisses de Billy. La culotte et son violent éclat disparus, il eut l'impression que les lumières venaient de s'éteindre et que le noir du dehors avait repris possession de l'habitacle. Comme s'il écorchait un rat, Billy fit glisser d'un seul mouvement son pantalon et son slip autour de ses chevilles. Il se sentait idiot et vulnérable ainsi vêtu de sa seule chemise, qu'il entreprit alors de déboutonner, mais Prudence l'attira sur elle sans lui laisser le temps de finir. Il en conclut vaguement qu'elle ne voulait pas qu'il y eût trop de distance entre eux, non pas pour éviter qu'il voie son corps nu, mais pour qu'elle ne voie pas le sien. Ou bien c'était parce qu'elle ne connaissait pas d'autre position.

Il se pressa contre elle, sentit ses hanches onduler contre les siennes. Il voulut se soulever sur les avant-bras, mais il ne réussit pas à le faire à cause de son épaule. Elle ne remarqua rien. Les yeux fermés, elle le caressa un instant. En vain.

Billy se redressa, imité par Prudence. C'était mieux. Il inspira profondément tandis qu'elle se mettait sur lui à califourchon. Elle prit son sexe dans sa main et, se penchant en avant, le frotta contre le sien comme si elle beurrait un épi de maïs. Les paupières toujours closes, elle l'introduisit en elle puis lui enlaça les épaules. Le sexe de Prudence lui donna l'impression d'être gonflé, peu profond.

Il entoura la jeune fille de ses bras – sa cage thoracique était si étroite, ses seins si menus – et suivit les mouvements qu'elle imprimait, mais il avait l'esprit ailleurs et, malgré son ivresse, elle le sentit. Elle ralentit son rythme, ses hanches se firent moins pressantes. Billy lui prit le visage entre ses mains. Étonnée, elle eut un mouvement de recul, mais il amena sa tête contre la sienne, écartant ses lèvres avec sa langue. Il l'embrassa dans le cou, comme un chien qui fourre sa truffe contre une jambe, puis il l'embrassa de nouveau sur la bouche. Leurs souffles se mêlèrent. La bouche de Billy parut soudain fraîche à Prudence qui se réinstalla sur lui, les genoux plus serrés. Elle l'embrassa plus passionnément. Sa langue sembla à Billy petite, toute petite.

À son tour, il renversa la tête en arrière pour étudier son expression. Il avait toujours pensé à elle comme à quelqu'un de familier, mais sûrement pas comme à une amie. Elle était si intimement liée à Frankie, si présente dans leurs pensées à eux deux depuis dix ans qu'elle aurait dû lui être proche, alors qu'elle était pour lui comme une étrangère.

« Oh, Billy, murmura-t-elle. Qu'est-ce que tu fais ? »

Il ne répondit pas. Ses lèvres descendirent le long de son cou pour se refermer autour de son bout de sein aussi durci, brun et petit que le sien. Il sentit sur sa joue le contact froid du cœur en pendentif. Il passa à l'autre bout de sein, mais le froid du métal avait laissé une trace, une marque sur son désir. Il prit le cœur dans sa bouche, attira vers lui le visage de Prudence et, en l'embrassant, lui glissa le petit morceau de métal entre les lèvres.

« Je remplis juste mon rôle, Prudence. »

Elle lâcha le collier, colla son front contre celui de Billy qui sentit ses cheveux cascader autour de son visage.

Il avait donc fini par remplir son rôle, encore que ce ne fût pas celui qu'il s'était attendu à jouer. Il s'était imaginé qu'il aurait un sens, qu'il procéderait d'une certaine logique, mais dès l'instant où, le lendemain du Jour J, la porte de la barge de débarquement s'était abaissée avec fracas, il avait eu le sentiment de n'être qu'un figurant dans un drame qui le dépassait. Rien ne l'avait préparé aux explosions sourdes des mortiers, aux détonations déchirantes de l'artillerie allemande, aux bourdonnements incessants des avions et aux grondements des véhicules blindés sur les routes étroites. Rien non plus ne l'avait préparé au spectacle des villes françaises réduites à l'état de squelettes par leur propre aviation et leur propre artillerie, ni à la puanteur des cadavres des vaches et des chevaux en décomposition. Et pas davantage au tonnerre assourdissant de la pluie de bombes qui s'était abattue trente-neuf jours durant sur Brest avant que la ville ne tombe.

Lorsque la 2e division pénétra en Allemagne, il était convaincu d'avoir tout vu, tout éprouvé, et que les autres fantassins et lui n'étaient qu'une plaisanterie ambulante. Sa carabine 30 n'était même pas assez puissante pour arrêter un cerf. Jusqu'à présent, son rôle avait consisté à marcher, à creuser, à se tapir, à s'élancer en avant pour creuser et se tapir de nouveau. Soumis au feu des obus de 88, ils sautaient dans les abris et derrière les fortifications en attendant que le calme revienne. Dans les Ardennes, la situation changea. Après les avoir repoussés dans la forêt, les Allemands réglèrent leurs tirs à hauteur des arbres. Alors qu'avant ils pouvaient compter sur la chance et les abris qu'ils avaient creusés, désormais les balles et les obus déchiquetaient les arbres, de sorte que des éclats pleuvaient sur eux. Aussi, quand Billy et les hommes de son escouade entendaient les tirs commencer, ils se précipitaient hors des abris vers les arbres les plus proches pour se coller contre les troncs, les yeux fermés, et ils attendaient ainsi, dans un bruit de tonnerre glacé, espérant que la chance et les arbres les protégeraient.

À l'approche de Noël 1944, il y eut moins d'avions américains au-dessus de la Belgique. La bataille des airs avait dans l'ensemble été gagnée. Il n'y avait plus d'usines allemandes à bombarder. Parfois, cependant, une escadrille de chasseurs P-47 descendait en piqué ou des Liberator ou des B-17 en formation en box les survolaient. Il ne pouvait s'empêcher de se demander si Frankie ne se trouvait pas à bord de l'un d'entre eux et s'il ne le voyait pas de là-haut. Mais Frankie le reconnaîtrait-il encore ?

Avant que son unité ne s'enfonce en territoire allemand dans le courant du mois de décembre, ils avaient bénéficié d'une semaine de permission à Vielsalm situé à une trentaine de kilomètres de la frontière. On était en septembre et il ne faisait pas encore froid. Ils combattaient sans interruption depuis le 7 juin, soit cent quatorze jours passés à ramper, à marcher et à se tapir à travers le nord de la France et la Belgique. À Vielsalm, ils purent enfin se reposer.

Ils bivouaquèrent dans le château d'un noble belge, un comte ou quelque autre titre porté par les riches de la région. Le château avait été occupé par les Allemands, mais ils avaient dû l'aimer, car en arrivant, les Américains l'avaient trouvé intact et bien entretenu. Billy déroula son tapis de couchage dans une chambre du premier étage.

Le village, au contraire de la plupart de ceux où Billy avait combattu et de ceux qu'il avait traversés, avait été épargné par les bombardements et les tirs d'artillerie. Il n'était guère plus grand que celui d'où venait Billy. L'église de Saint-Gengoux se dressait en bordure du lac, et le centre du hameau, si petit qu'il fût, épousait du début à la fin la courbe du rivage. Les maisons construites en pierres du pays étaient blotties les unes contre les autres. On avait l'impression que le village avait été évidé comme une citrouille. Il n'y avait plus rien, ni vêtements dans les magasins, ni café ou thé dans les bistrots. Pas plus qu'il n'y avait de beurre, de pain, de chocolat, de poulets, de chevaux, de vaches, de chapeaux, d'essence, d'huile ou de caoutchouc. Malgré la forêt voisine, il y avait aussi pénurie de bois, car la scierie manquait d'essence pour faire fonctionner les scies et les Allemands avaient saisi les lames. Et plus frappant encore, il n'y avait aucun homme jeune hormis les membres de la 2e division dont l'insigne d'épaule – une tête d'Indien inscrite dans une étoile et la devise « Second to None » – semblait davantage inspirer le respect des habitants que le corps émacié des soldats.

Van Winckle et Billy se contraignirent à parcourir lentement la route principale longeant le lac afin de ne pas épuiser tout de suite la vue qu'elle offrait. Ils atteignaient le milieu du village quand un homme âgé – chauve à l'exception d'une couronne de cheveux – se leva de sa chaise installée devant une boutique pour leur serrer la main, s'adressant à eux en wallon. Il désigna leurs pieds en disant quelque chose, cette fois en français, puis il montra l'enseigne en bois accrochée au-dessus de leurs têtes qui représentait une chaussure. Il pointa de nouveau le doigt sur leurs pieds et ils baissèrent les yeux. Le cuir de l'empeigne de leurs brodequins Type II était tout craquelé, et les coutures usées et cassées, de sorte que la semelle bâillait à chaque pas.

L'homme montra de nouveau leurs chaussures puis l'enseigne, après quoi il se frappa d'un doigt la poitrine. Il s'écarta de la porte et, d'un geste, les invita à entrer dans sa boutique et à prendre place dans deux fauteuils. Ne tenant pas à froisser le vieil homme, ils s'assirent, mal à l'aise avec leur M1 en travers des genoux. Ils se calèrent tant bien que mal. Le cordonnier passa derrière le comptoir prendre un petit tabouret en bois qu'il planta devant Billy avant de s'installer dessus. Il leva les deux mains, les tourna et les retourna comme un croupier de casino pour prouver qu'elles ne cachaient rien. Il affichait un large sourire que Billy lui rendit. Ce drôle de geste l'avait mis en confiance, car il signifiait que l'inconnu comprenait au moins pour une part ce que Billy et les autres avaient vécu au cours des cent quatorze jours précédents. Le cordonnier releva ses manches et, sans même toucher la jambe de Billy, lui déboucla et délaça ses chaussures. Il renouvela l'opération avec Van Winckle. Ensuite de quoi, les deux paires à la main, il s'inclina comme s'il s'agissait de reliques sacrées et se dirigea vers son établi derrière le comptoir.

Au moyen d'une alène courbe, il entreprit d'abord de

tirer les fils cousus autour des semelles, puis il passa une lame de couteau entre le cuir et le caoutchouc pour les séparer. Soulevant une latte du plancher, il tâtonna un instant sans cesser de sourire à Billy et à Van Winckle. Quand il se redressa, il tenait entre ses mains une feuille de cuir épais. Il tendit le bras vers l'est et agita le doigt comme pour faire « non, non, non » avant de le porter à ses lèvres. Il posa les semelles de leurs chaussures sur le cuir et traça leur contour avec une lame incurvée. Après quoi, d'une main ferme et assurée, il découpa le cuir, puis il prit sous le comptoir un gros carré de feutre dans lequel, se basant sur celles qu'il venait de faire, il découpa les semelles intérieures. Pieds nus, Billy et Van Winckle le regardaient travailler, faisant jouer leurs orteils sur le plancher et jouissant de la sensation de l'air sur leur peau. Le vieil homme colla les semelles, et ensuite, à l'aide d'une machine à pédale, il les cousit avant de présenter aux deux soldats les chaussures réparées en leur faisant signe de les essayer. Elles leur allaient à la perfection, et les semelles de feutre semblaient apporter un confort fabuleux. En guise de touche finale, le cordonnier graissa les brodequins avec de l'huile de pied de bœuf. Il tapa dans ses mains et les leva, paumes en avant, pour montrer qu'il avait terminé. Billy et Van Winckle se préparèrent à le payer, mais le vieil homme protesta en français. Billy fouilla alors dans ses poches et lui offrit un paquet de Lucky, imité par Van Winckle. S'inclinant de nouveau, le cordonnier les raccompagna à la porte.

Une fois dans la rue, Billy et Van Winckle échangèrent un regard. « Nom de Dieu ! » Van Winckle ne trouva rien d'autre à dire. Quant à Billy, il garda le silence. Ils n'avaient nulle part où aller dans leurs brodequins refaits à neuf, sinon remonter la colline pour rentrer au château où Van Winckle ne cessa de parler de ses chaussures, racontant en détail comment le vieux cordonnier avait procédé et s'émerveillant à l'idée qu'il avait refusé d'être payé. Billy ne disait toujours rien. D'un seul coup, il ne supportait plus le son de la voix aux intonations métalliques de Van Winckle. Il se leva et sortit par la porte de la cuisine. Il longea la remise et se dirigea vers le sommet de la colline et les épicéas qui poussaient au-delà, droits comme des I.

Ces arbres étaient beaucoup plus grands et plus droits que ceux de chez lui. Après quelques centaines de mètres, la forêt s'éclaircissait, et il aperçut une maison nichée entre les arbres, plongée dans la pénombre. Il glissa le pouce sur son épaule comme pour le passer sous la bretelle de sa M1, alors qu'il avait laissé la carabine sur son tapis de couchage. L'espace d'un instant, il fut pris de panique. Il tâta ses poches comme si elles pouvaient contenir une arme quelconque, puis il tendit l'oreille. Le vent bruissait au travers des sapins. L'un des volets de la maison claquait.

Comparée au château, la maison semblait petite, mais elle était plus vaste que n'importe laquelle des cabanes de son village. Elle était faite de la même pierre brune que les bâtiments de Vielsalm. Les fenêtres étaient encadrées de rondins en bois brut et les chevrons, également en bois brut, étaient couverts de marques faites par les herminettes. La porte était condamnée par un gros cadenas. Il essaya les volets de la fenêtre située à droite de la porte, mais ils étaient fermés de l'intérieur. Il essaya la fenêtre de gauche. La barre en bois était pourrie et il réussit à forcer les volets. Il essuya avec sa manche la vitre de verre au plomb sale et, les mains en coupe autour des yeux, il jeta un regard à l'intérieur.

Au-dessus du lambrissage en noyer, les murs étaient en plâtre, blanchis à la chaux. Au fond de la pièce se dressait une massive cheminée de pierre avec un pare-feu et des chenets devant laquelle il y avait une table de bois sombre entourée de chaises cannées. La cheminée était noire de suie, et au-dessus on distinguait les contours poussiéreux de trois fusils fantômes posés sur des crochets vides. De part et d'autre s'élevaient de grandes étagères bourrées de livres reliés cuir. Les autres murs lambrissés étaient couverts de gravures figurant des cerfs, des sangliers et des oiseaux en vol.

Un avion passa dans le ciel. Billy plaqua son front contre la vitre. Frankie ne l'avait pas écouté. Après qu'Ernie les avait surpris en train de s'embrasser, il s'était exclamé : « Foutus Indiens ! » et il s'était enfoncé dans la forêt à grandes enjambées. Billy avait couru derrière lui. À ce moment-là, il aurait dû prendre le Winchester des mains de Frankie, et rien ne serait arrivé. Il savait qu'ils ne trouveraient aucun Allemand ni quoi que ce soit dans les parages.

Et si Frankie l'avait écouté ? « Attends, Frankie, attends ! » Celui-ci se serait arrêté et tourné vers Billy, le fusil baissé. « Qu'est-ce qu'il y a ? – Attends un instant, tu veux ? » En deux pas, Billy l'aurait rejoint. Il lui aurait retiré le Winchester des mains et caressé fugitivement le visage. Frankie aurait fermé les yeux et, d'un battement de cils, effacé le ricanement incrédule d'Ernie ainsi que le regard imperturbable et compréhensif de Félix. Après, comme il n'y aurait plus rien eu à voir, plus rien eu à faire au cœur des taillis et des amas de branchages, ils auraient rebroussé chemin pour regagner les Pins… et la maison de pierre brune.

La porte n'est pas fermée à clé et un feu flambe dans la cheminée. Ils se débarrassent de leurs vestes qu'ils suspendent au portemanteau près de la porte. Ils enlèvent leurs bottes et Frankie se laisse tomber dans l'un des fauteuils devant la cheminée pendant que Billy accroche le Winchester aux pitons plantés au-dessus avant de venir s'asseoir à côté de lui. Les livres ont quelque chose de bizarre avec leur aspect d'autrefois, l'air tellement persuadés de leur pouvoir. Avec des gestes sûrs et précis, Frankie remplit la bouilloire à l'aide de l'eau contenue dans un seau, et Billy va la poser sur la plaque chauffée par les flammes. Après avoir bu leur thé, ils s'installent sur le canapé. Au contraire de Frankie, Billy est fatigué, si bien qu'il fait ce qu'il n'avait encore jamais osé faire : il s'allonge, la tête sur les genoux de Frankie. Ébloui par la lueur vive des flammes, il ferme les yeux. Accoudé au bras du canapé, Frankie commence à lire un livre, la main sur le front de Billy, lui caressant distraitement les cheveux. Chaque fois qu'il enlève sa main pour tourner les pages, Billy perçoit la chaleur du feu sur sa peau. Puis, lentement, les doigts descendent vers sa poitrine, son ventre, plus bas. Frankie vient s'étendre près de lui. Ils n'ont rien à cacher car personne ne peut les voir. Ils ont tout leur temps, et c'est Frankie qui tient Billy dans ses bras.

Ils ont l'éternité devant eux. Ils se lèvent, ôtent leurs vêtements puis se rallongent. Billy ferme les yeux, peinant à croire que le corps entier de Frankie, ses jambes, son dos, est blotti contre lui. Comme c'est bien, comme c'est normal de sentir la peau de Frankie contre la sienne, et quel contraste entre ses cuisses glacées et son aine brûlante. Il saisit le sexe en érection de Frankie qui se presse contre lui pour le glisser entre ses jambes contre le sien que Frankie tient dans sa main. Ils ont tout le temps du monde, et ils profitent de chaque instant. Frankie le prend dans sa bouche, et il le prend dans la sienne. Le temps ne compte plus.

Le rêve éveillé de Billy s'estompa jusqu'à ce que l'image des deux garçons s'encadre dans la fenêtre, puis il continua à reculer jusqu'à ce que les silhouettes à l'intérieur de la maison ainsi que la fenêtre s'encadrent à leur tour parmi les arbres. Il monta dans le ciel, de plus en plus haut, jusqu'à ce qu'elles disparaissent et que les flammes se réduisent à une lueur, une petite tache, puis disparaissent elles aussi. Les branches avalèrent le toit en ardoise et il ne resta plus qu'un filet de fumée. Peut-être s'échappait-il de la cheminée ou, vu de cette altitude, provenait-il du feu de la guerre qui, de plus en plus ardent, brûlait tout autour d'eux dans le noir.

Billy enlaça Prudence pour l'aider dans ses mouvements. Sa jouissance, longtemps retardée et rendue problématique par l'excès de bourbon et de vodka, le prit par surprise. Il continua un moment à l'instar d'un cerf qui, une balle dans le cœur, court quelques instants encore avant de mourir. Le chevauchant toujours, Prudence se pencha en arrière, le dévisagea, puis elle ralentit et s'arrêta. Elle toussa, et le sexe détumescent de Billy se retira au milieu d'une giclée de sperme.

« J'ai pas pu me retenir, s'excusa-t-il.

– T'inquiète pas, Billy Cochran.

– Je veux dire… »

Prudence roula des yeux et, la main sur son pubis, elle se dégagea, tâtonna à la recherche de la poignée de la portière, ouvrit puis descendit du pick-up. Elle s'accroupit pour pisser, les avant-bras appuyés sur les genoux.

« T'es un amour, Billy. »

Elle se débarrassa d'un reste de nourriture coincé entre ses dents, remonta dans la cabine et se baissa pour fouiller au milieu des paquets répandus sur le plancher afin de récupérer son sac. Billy vit se dessiner ses vertèbres. Elle se redressa, remit les pieds sur le tableau de bord et alluma une cigarette, les yeux fixés droit devant elle sur le pare-brise en direction de l'autre rive du fleuve.

Se soulevant sur le plastique glissant de la banquette, Billy renfila son pantalon. Il se sentait incapable de regarder la jeune fille en face.

« Je l'ai pas fait, dit-il.

– Y me semble pourtant que si.

– Non, Prudence. Je veux dire que c'est pas moi qui l'ai tuée.

– Tu sais pas de quoi tu parles, Billy Cochran.

– J'étais là, debout à côté de lui.

– Ouais, je sais. Moi aussi, j'étais là.

– C'est Frankie qui l'a fait. »

Prudence ne se tourna pas vers lui. Elle tira une bouffée, étudia sa cigarette comme si celle-ci était susceptible de lui dire quelque chose avant qu'elle secoue la cendre par la vitre. Billy s'imaginait voir fonctionner les rouages de son esprit.

« T'étais là.

– Ouais. Ouais, j'étais là. »

Il y était. Et il y était encore. Il y était à jamais. Courant à jamais derrière Frankie après qu'Ernie, David et Félix les avaient surpris à s'embrasser. La branche qui se balançait s'immobilisa petit à petit comme un radiateur dont le cliquetis s'éteint progressivement. Dans une chaleur écrasante. Avec le bourdonnement paresseux des mouches à chevreuil. Et Frankie à quelques pas devant lui. « Arrête, Frankie. Attends, Frankie, attends ! » Et Frankie s'était arrêté. Avait attendu que Billy le rattrape. Quelques rayons de soleil filtraient à travers le feuillage. Il n'y avait pas de vent, pas un souffle. Rien. Les tempes de Frankie étaient humides et il se mordait la lèvre.

« Calme-toi, Frankie… on peut contourner les marais. » C'était facile. Il leur suffisait de décrire un cercle pour éviter Ernie. Félix ne dirait rien. David Gardner avait peur de son ombre. Et à qui en parlerait-il ? Un moustique atterrit sur le bras de Billy. Il le saisit entre le pouce et l'index. Il faisait si chaud que les moustiques eux-mêmes semblaient atteints de léthargie. Il voulut poser la main sur le bras de Frankie, mais celui-ci l'écarta d'un geste. « Tu entends ? » Frankie se tourna vers un épais fourré. Quelque chose bougeait sous un amas de branches tombées. « Tu entends ? »

Frankie leva le fusil. « Regarde », dit-il, répétant ce que Billy disait quand il tirait sur les écureuils perchés en haut des arbres et ce qu'il avait dit en ce jour lointain où il avait tué le canard. « Non ! » s'écria Billy au moment où Frankie pressait la détente. La détonation le fit sursauter et ses oreilles tintèrent. La forêt étouffa le son. Une seconde plus tard, il y eut une grande agitation au milieu des branchages. Frankie se tourna vers Billy, un large sourire aux lèvres.

« T'as vu ? T'as vu, je l'ai eu ! Je l'ai eu ! Voilà comment on agit quand on est un homme. J'arrive pas à croire que je l'ai eu ! » Billy lui enleva le fusil. D'une main tremblante, Frankie chercha ses cigarettes. « J'arrive pas à le croire, répéta-t-il. Un sacré coup de chance, non ? »

La chance, ils ne devaient jamais en avoir.

« J'étais juste à côté de lui, Prudence. À côté de Frankie, je veux dire. C'est lui qui l'a fait. Je te jure que c'est lui. Il voulait avoir le Boche. Il refusait qu'un autre porte le Winchester. » Billy pleurait.

« Je suis fatiguée, Billy.

– Tu le connaissais pas. Tu l'as vu que pendant ces deux jours-là.

– Quand Félix m'a sortie de là, c'est toi qui avais le fusil.

– Je le lui avais pris des mains. Il était incapable de le tenir.

– Et alors ? Non, c'était toi. T'avais le fusil. Je t'ai vu, dit-elle. Je t'ai vu. »

Elle paraissait si perdue, si frêle, ainsi blottie contre la portière. Elle avait l'air à des milliers de kilomètres de là.

« Personne m'a dit ça, reprit-elle. Personne.

– Maintenant, je te le dis.

– Je te demande d'arrêter, Billy. Je veux plus en entendre parler.

– Faut que tu saches. C'est lui qui l'a fait.

– Je t'ai dit que j'étais fatiguée. Et je veux partir. Je veux rentrer chez moi.

– Prudence…

– Tais-toi, Billy, et démarre. S'il te plaît, démarre. » Elle tapa du pied.

Billy s'installa au volant, ramassa les paquets pour les poser sur la banquette.

Prudence ôta ses pieds du tableau de bord, enlaça ses genoux.

Billy mit le moteur en marche. Le bruit résonna fortement à ses oreilles.

Lorsqu'ils arrivèrent sur la route, Prudence jeta son mégot par la portière et se pelotonna sur le siège, le dos tourné.

« Tiens, dit Billy, poussant un paquet vers elle. Tu peux la prendre. Elle est toute neuve. »

Prudence tendit le bras derrière elle, fit glisser le paquet sur la banquette. Elle s'en empara et le serra contre sa poitrine. Billy ne distinguait pas son visage. Elle demeura dans la même position jusqu'à ce qu'ils se garent devant le Wigwam Bar. Elle rassembla ses affaires – robe, petite culotte, soutien-gorge et sac, ainsi que le paquet contenant la robe que Billy avait achetée pour Stella chez J.C. Penney – et descendit du pick-up, tenant le tout dans ses bras. Elle referma la portière d'un coup de son pied nu puis passa la tête par la vitre ouverte.

« Tu sais quoi, Billy ? » Les dents serrées, elle cracha ces paroles. « Tu sais quoi ? T'es pas mon genre. T'es même pas mon genre. »

Sur ce, elle pivota, longea le bar, tourna le coin et disparut.

12

La réserve – 3 août 1952

L'étranger frappa à la porte peu après midi. Transpirant, tout de noir vêtu, les cheveux raides et ternes collés sur le crâne, une petite valise posée à ses pieds, il tenait son chapeau noir dans une main et une bouteille de soda dans l'autre. Petit, les épaules étroites, il flottait dans son costume trop grand pour lui. Il avait les yeux noirs, profondément enfoncés dans les orbites, encadrés par des lunettes à monture dorée. Le menton pointu, la bouche minuscule, il était nerveux, ce que Mary elle-même remarqua. Elle jeta un coup d'œil par-dessus l'épaule de l'inconnu afin de vérifier qu'il n'était pas arrivé en voiture – sortie pour étendre le linge, elle n'avait entendu aucun bruit de moteur. Il avait donc dû venir à pied du village. Elle examina ses chaussures. Noires, la semelle en cuir, elles ressemblaient à celles que les hommes portent à l'église. Elles étaient couvertes de poussière.

Avant, elle faisait une fois par semaine l'aller-retour entre le campement de ses parents et le village, soit près de dix kilomètres dans un sens et dans l'autre. Ce qui paraissait a priori facile pouvait se révéler fort pénible quand on n'était pas habillé pour la chaleur. Sa jambe trop courte – celle qui, plaisantait-on, était censée rattraper l'autre mais n'y parvenait jamais – lui vrillait la hanche et lui rendait la marche douloureuse. Toute jeune déjà, elle arrivait au village épuisée, l'impression d'avoir un charbon ardent incrusté dans la chair. Elle devait néanmoins se charger de farine, de sodas ou de quoi que ce soit dont ses parents avaient besoin, puis retourner chez eux. Plus tard, adolescente et travaillant aux Pins à la cuisine, elle ne gagna guère au change : après être venue à pied du village et avoir traversé le fleuve, il lui fallait nettoyer, récurer et balayer.

Maintenant, elle était mariée. Personne n'avait imaginé qu'elle trouverait un jour un mari, et on ne s'était pas gêné pour le lui dire. Au mieux lui jetait-on à la figure : tu te dégoteras un métis ivre du matin au soir, mais même ça, n'y compte pas trop. Pourtant, elle avait trouvé Gephardt, ou plutôt c'était Gephardt qui l'avait trouvée. Ou mettons qu'ils s'étaient trouvés l'un l'autre. Ainsi, ils leur prouvaient à tous qu'ils avaient eu tort. Combien de fois l'avait-elle vu au camp sans réellement le voir ? Combien de fois avait-elle longé le grillage en boitant ? Elle avait beau fouiller dans sa mémoire, elle ne se souvenait de lui qu'après la guerre. Il avait décidé de rester alors que les autres prisonniers étaient renvoyés en Allemagne. Elle avait fait sa connaissance au printemps 1946, au magasin. Il l'avait aidée à porter ses courses jusqu'au bois d'érables à sucre de ses parents. Mary se plaisait à croire qu'il était resté pour elle. Il l'avait choisie et elle l'avait choisi quand tout le village se moquait d'elle.

Femme mariée, elle s'asseyait à table pour dresser sa liste de commissions, puis elle nouait un foulard sur sa tête pour empêcher ses cheveux de voler au vent. Gephardt la conduisait au village et elle n'avait plus besoin de marcher. Elle avait son mari. Sa maison. Son linge. Sa cuisine. Son poêle. Tout cela était à elle. Personne n'avait cru qu'elle pourrait s'établir ainsi et elle se permettait d'en éprouver quelque fierté.

Elle était toujours aussi timide. Elle cachait sa liste de courses contre son tablier, car elle seule était capable de déchiffrer son écriture constituée de petits symboles qui n'étaient pas de vrais mots comme ceux que traçaient les filles qui étaient allées au pensionnat. Alors l'ancêtre ? ricaneraient celles-ci. Pourquoi tu gâches du papier ? Pourquoi tu te sers d'un crayon ? Pourquoi t'écris pas ta liste en mordant dans de l'écorce de bouleau ? Mary aurait aimé aller à l'école dans les Plaines, à Flandreau, comme nombre des autres filles, mais ni les missionnaires, ni l'agent des Affaires indiennes, ni le directeur de l'école ne l'auraient acceptée. Quand, petite, elle allait à l'église, le prêtre ne semblait nullement se soucier de son salut. Et pourquoi ? Parce qu'elle avait une jambe plus courte que l'autre ? Parce qu'elle n'était pas jolie ? Quelle sorte de Dieu avait à son service des hommes comme celui-là ? Le pasteur de l'église luthérienne de la Trinité de Deer River, lui, au contraire, avait toujours été presque aussi gentil avec elle que Gephardt, qui la conduisit jusqu'à l'autel.

Elle aurait voulu savoir mieux l'anglais, ne pas se limiter aux quelques mots nécessaires pour faire les courses et recevoir les clients. Lorsque l'étranger qui se tenait sur le pas de la porte dit avec un fort accent : « Je suis venu », elle comprit à peine. Mais quand il répéta : « Je suis venu pour lui », elle sut que c'était de Gephardt qu'il parlait. Elle sourit et l'invita d'un geste à entrer dans la cuisine, puis elle lui désigna une chaise. Elle versa de l'eau dans un verre qu'elle plaça sur la table. Une fois l'homme installé, elle alla chercher Gephardt dans la remise. Son mari était un véritable créateur. Il avait trouvé le moyen de poser un tuyau dans la maison pour que Mary n'ait pas à tirer de l'eau dans la cour, une tâche qui, avec sa jambe, était pénible en hiver. Grâce à lui, les tâches pénibles ne l'étaient plus autant qu'avant.

Gephardt réparait un canoë dans la remise. Mary lui dit qu'on le demandait. Il posa ses outils et sortit. Elle le suivit. Il poussa la porte-moustiquaire et s'arrêta sur le seuil. L'étranger était attablé devant le verre d'eau auquel il n'avait pas touché. Ils se dévisagèrent. Effrayés tous les deux. Tendus tous les deux. Mary n'avait pas l'impression que son mari désirait s'asseoir. Voilà qui ne lui ressemblait pas. Des tas de gens se présentaient à la maison. Les talents de Gephardt étaient très recherchés. Il était capable de fabriquer absolument n'importe quoi avec du métal. Des batteuses de riz, des scies, des sarcloirs. Il distillait des pommes de terre dans son alambic. Qui d'autre savait faire tout ça ? Des gens venaient sans cesse, surtout pour acheter un bocal de « Gephardt » ainsi qu'on avait fini par appeler son alcool. Comme son mari ne les comprenait pas toujours très bien, il parlait avec les mains et souriait beaucoup. Il leur offrait du café et ne voyait pas d'inconvénient à ce qu'ils s'assoient dans la remise pour le regarder travailler. Un soir, deux métis venus de l'autre côté de la frontière s'étaient endormis pendant que

Gephardt terminait les soudures d'un seau à sirop, et il ne les réveilla même pas. Il les recouvrit de quelques couvertures et les laissa dormir là. Au matin, Mary posa à côté d'eux sur le sol en terre battue des petits pains et du café de la veille. Elle attendit qu'ils ouvrent les yeux, et comme elle connaissait ce genre de personnages – elle savait qu'ils mangeraient tout ce qu'ils pouvaient sans aucun scrupule – elle dit : « Mangez, et ensuite, dehors. » Puis elle ajouta : « *Maajaayok akawe. Giishpin igo maajaasiweg gigabasidiyeshkooninim* », pour qu'ils sachent qu'elle ne plaisantait pas. Gephardt était tellement gentil, tellement bon que si elle n'avait pas été là ils auraient profité de sa générosité. C'était toujours la même chose.

Gephardt ne semblait pas si accommodant avec l'étranger. Il n'avait même pas l'air de vouloir s'asseoir à côté de lui, et l'homme ne tenait manifestement pas à ce qu'il le fasse. Il sortit de sa poche un revolver qu'il pointa sur Gephardt.

C'était apparemment un calibre 22. Ils avaient une carabine de ce calibre, et on parvenait à peine à tuer un cochon avec. Parfois, même en appuyant le canon sur le crâne de l'animal, cela ne suffisait pas, et Mary devait tirer une deuxième balle.

Gephardt leva haut les mains comme au cinéma et s'assit.

Les deux hommes étaient maintenant face à face, et l'inconnu s'adressa en allemand à Gephardt. Ce dernier hocha lentement la tête sans quitter l'autre des yeux.

« On est en Amérique, je parle anglais. »

L'homme dit quelque chose d'un ton furieux, et Gephardt répliqua dans sa langue natale.

Celle que parlaient tous les prisonniers du camp. L'été, elle passait souvent devant et elle les voyait. L'un d'eux s'était même évadé, mais il s'était noyé dans le fleuve. L'hiver aussi, quand les Pins étaient fermés, elle les voyait qui, en longues colonnes, se dirigeaient vers les marais couverts d'épinettes pour y couper du bois. Ils construisaient en chantant une route en rondins. Elle ne savait pas ce qu'ils avaient fait. Elle ignorait s'il s'agissait de combattants ou simplement d'hommes rattrapés par la guerre. Ils étaient durs à la tâche et enjoués. Rien de comparable aux vieux Indiens qu'elle avait connus quand elle était petite – des anciens qui avaient combattu leurs ennemis, les Sioux Dakotas, et portaient encore les scalps qu'ils avaient pris et qu'ils cachaient aux Américains. Ils les arboraient aux danses du Tambour auxquelles sa famille assistait à l'époque. Durant les cérémonies, ils racontaient comment ils avaient obtenu ces trophées – comment ils avaient tué d'une balle, poignardé ou assommé l'ennemi pour lui prendre ses cheveux. Félix, le « porteur-de-ceinture », était le plus effrayant de tous. Quand il dansait ainsi, il brandissait son casse-tête de guerre. Mary n'était alors qu'une petite fille qu'on faisait asseoir à l'écart. Ses parents lui ordonnaient de ne pas regarder Félix, de ne pas lui adresser la parole. Lançant de sous son foulard des coups d'œil à la dérobée, elle se figurait voir du sang sur le casse-tête. Il le levait haut au-dessus de sa tête pendant que les battements de tambour s'accéléraient, et après tout ce temps, il semblait encore maculé de sang, même si Félix ne s'en était certainement pas servi au cours de cette guerre-là. Quand elle le croisait aux Pins, qui remettait le ponton en état, repeignait la maison ou fauchait l'herbe, il n'avait pas l'air si terrible. En tout cas, moins que pendant qu'il dansait avec la ceinture à plumes ou se préparait à entonner ses chants. Pour chaque plume, il racontait quelque chose sur l'ennemi qu'il avait tué à la Grande Guerre. Son récit prenait du temps. Il y avait dix-sept plumes attachées à la ceinture.

Gephardt était différent. Il riait, chantait, travaillait dur, et Mary était sûre qu'il n'avait jamais versé de sang, même si c'était un ennemi. Il avait souhaité rester. Il aimait la forêt, affirmait-il. Il aimait le froid. Et il l'aimait, elle. Non, Gephardt n'aurait jamais versé de sang. Mary connaissait des hommes qui, comme Félix, avaient tué, et il n'était pas comme eux. Absolument pas.

L'étranger dit quelque chose à Gephardt qui fit non de la tête. Il refit signe que non, fronça les sourcils puis prit la parole. L'inconnu répliqua. Gephardt montra ses mains à l'étranger qui se radossa et saisit son revolver. Il se tourna vers Mary.

« Il n'est pas celui qu'il prétend être », dit-il. Il le répéta deux fois avant que Mary comprenne. « Il n'est pas celui qu'il prétend être.

– C'est mon mari, réussit-elle à dire. Mon mari à l'église. »

L'étranger garda un instant le silence avant de poursuivre : « C'est un homme mauvais. Il a fait des choses mauvaises.

– Non, se défendit Gephardt. Je ne suis pas un homme mauvais. Je fais des choses. Je répare des choses. »

Un homme mauvais. Serait-ce possible ? Un homme mauvais l'aurait-il choisie ? Était-ce tout ce qu'elle pouvait espérer ? Les autres filles auraient-elles eu raison ?

L'inconnu ne prêta pas attention aux dénégations de Gephardt. Il continuait à regarder Mary. Il finit cependant par se tourner vers son compatriote et s'adressa à lui dans leur langue. Il parla quelques minutes. Gephardt ne cessa de secouer la tête et, à un moment, il frappa du poing sur la table.

« On est en Amérique. Tout ça, c'est le passé. On parle anglais maintenant.

– Mon anglais est bon, meilleur que le tien, dit l'homme. Mais je te parle en allemand pour que tu comprennes bien.

– C'est ma femme et je tiens à ce qu'elle comprenne aussi. »

L'étranger se tourna de nouveau vers Mary.

« Moi aussi, j'avais une femme. Et des enfants. Je vais vous dire quel genre d'homme est votre mari. »

Mary plissa les yeux. Quel genre d'homme ? Un homme qui travaillait. Voilà quel genre il était. Il ne faisait que travailler. Il ne dépensait rien. Il travaillait et ils économisaient. La ferme ayant ruiné les Norvégiens qui s'étaient installés ici les premiers leur procurait maintenant de quoi vivre. La terre était improductive. Caillouteuse et sablonneuse. Mais ils l'avaient cultivée. Gephardt était habile de ses mains, et il s'en servait. Ils avaient des cochons et des poules. Gephardt avait construit une petite scierie pour couper du bois. Le toit de la maison ne fuyait pas et les murs étaient isolés par une épaisse couche de laine de roche. La cave aménagée dans le flanc de la colline était bien étayée, solide et fraîche, remplie de conserves de porc, de haricots et de fruits rouges. L'année précédente, il avait construit un séchoir pour le riz. Il n'y avait plus que les vieux ou les pauvres qui creusaient des trous dans leur cour et battaient leur riz avant de manger telle quelle leur maigre récolte, avec les enveloppes. Les autres apportaient leur riz à Gephardt qui le séchait et le débarrassait de sa balle à l'aide de ses machines. Il produisait du bon riz, sans le brûler ni le briser. Les grains étaient longs, bruns, jamais éclatés. Il ne flottait pas la moindre balle à la surface des casseroles quand on le faisait cuire.

Et cet homme, cet étranger, qui était-il pour se permettre d'entrer chez elle et de dire du mal de son mari ? Gephardt était plein d'attentions pour elle. En ville, peu lui importait qu'elle traîne loin derrière lui en claudiquant pendant qu'il effectuait ses achats à toute allure. Il n'y prêtait pas attention et ne la raillait jamais à ce sujet. Il ne se moquait jamais de sa jambe. Il lui avait même taillé un bloc de bois qu'il avait attaché à sa chaussure afin que ses deux jambes soient de la même longueur. Voilà comment il était.

Elle aussi, elle travaillait. Les draps étaient propres et bien repassés. La vaisselle étincelait. Aucune de ses conserves n'explosait en été. Elle connaissait Gephardt. Elle savait qu'il était le meilleur des hommes. Nul n'avait le droit de venir lui dire qui il était. Elle le connaissait mieux que quiconque. Il l'avait choisie alors que personne ne voulait d'elle, et cela comptait énormément – même pour une estropiée usée par le travail qui ne pouvait pas avoir d'enfants.

« Je parle pour qu'elle comprenne, continua l'étranger. Il n'est pas celui qu'il prétend être. Il est de la même ville que moi. Vous comprenez ? Nous nous connaissons. »

Sa hanche lui faisait mal. Elle s'appuya contre l'évier et plissa le front, s'efforçant d'attraper les mots au passage.

Ils se connaissaient. Ils étaient du même pays. Jusque-là, ça allait, mais ensuite, elle perdit le fil. Les yeux étrécis, elle étudia l'homme attablé devant elle, affichant cette expression qu'elle avait toujours quand elle essayait de comprendre ce que les gens disaient. À voir son visage ainsi, on l'aurait cru méchante. Les enfants la traitaient de sorcière. Ils avaient peur d'elle.

L'œil noir, Gephardt déclara : « Je ne le connais pas. Je ne connais pas cet homme. » Il désigna l'étranger assis en face de lui devant le verre d'eau intact, le visage luisant encore de transpiration.

Sans quitter son vis-à-vis du regard, l'inconnu reprit à l'intention de Mary :

« On est de la même ville. Pendant la guerre, on se cachait. Ma femme, mes enfants et moi. Mais lui (il pointa le doigt sur Gephardt), il leur a dit où on était. Et maintenant, je n'ai plus de femme, plus d'enfants. »

Gephardt se souleva sur les coudes : « *Nein, nein, nein.* Je n'ai rien dit. Je ne te connais pas. Je ne t'ai jamais vu.

– Tu t'appelles Gephardt Miller.

– Oui. Non. Je ne suis pas cet homme-là. » Il se rassit. Il avait l'air inquiet. Il répéta : « Je ne suis pas cet homme-là. »

Miller. Mary était incapable de prononcer ce nom qui était également le sien. Mais ce n'était pas dramatique. Elle avait trente-cinq ans. Elle avait vécu avec ses parents jusqu'à l'âge de vingt-cinq ans et ensuite avec sa tante. Pendant tout ce temps, toutes ces longues années, elle avait habité dans des cabanes aux murs recouverts de papier goudronné et au toit lui aussi fait de papier goudronné. Comme tout le monde, elle avait enduré les étés humides, les hivers froids et secs. Elle n'avait jamais senti sous ses pieds le contact si agréable du bois sinon au magasin, à l'église ou au bureau de poste. Il ne lui était jamais apparu qu'il était ridicule de vivre dans une cabane au sol en terre et de le balayer chaque jour. Nettoyer de la terre ! Telle avait été son existence avant Gephardt : balayer la terre sur un sol en terre. Un jour, Gephardt s'était approché d'elle dans le magasin pour lui parler, ou du moins essayer. Elle avait courbé la tête, baissé les yeux. Elle ne comprenait pas un mot de ce qu'il disait. Gephardt sourit, s'exprima par gestes, sourit davantage. Il lui prit des mains le sac de riz bourré de provisions et l'aida à porter la farine et la livre de clous jusqu'au bois d'érables de la famille de Mary. Il revint la voir là-bas tant qu'ils continuèrent à récolter l'eau d'érable. Au printemps et en été, il lui rendit visite au campement de pêche ou pendant la cueillette des baies. Ses parents lui offraient chaque fois des infusions, et il acceptait toujours. De temps en temps, il leur apportait des cadeaux. Des mètres de coton sergé. Une livre de sel. Un rouleau de papier goudronné. Ils se marièrent à l'automne et s'installèrent dans la cabane de Gephardt au sud-ouest du village, légèrement en retrait de la route. Mary était heureuse. Elle prenait plaisir à balayer le plancher de la cabane. Elle ramassait avec une pelle puis jetait le mélange de poussière, de cheveux et d'éclats de bois dans la cuisinière où il brûlait en grésillant avant de partir en fumée. Plus question de balayer la terre sur un sol en terre. Peu lui importait donc d'être incapable de prononcer son nom, leur nom. Le son « l » n'arrivait pas à franchir le seuil de ses lèvres. Ce n'était pas grave, car elle avait prouvé à tous qu'ils avaient eu tort. C'était elle chez qui les murs étaient isolés. C'était elle qui avait un mari qu'elle ne récupérait jamais ivre mort dans un fossé. Un mari qui ne mettait jamais les pieds au Wigwam Bar. Il travaillait dur et prenait soin d'elle. Qu'avaient-ils à répondre à cela ?

« Votre mari s'appelle Gephardt Miller et nous sommes de la même ville. Avant la guerre. Il était ingénieur. Il fabriquait des machines. »

C'était absurde. L'étranger cherchait à lui faire comprendre quelque chose, mais il n'y avait rien à comprendre. Elle comprenait déjà tout. Tout ce qu'elle avait besoin de comprendre. Avant la guerre ? Beaucoup de temps s'était écoulé. Six ans ? Dix ans ? En dehors de cette phrase, Mary n'avait rien retenu de ce que l'homme avait dit. Gephardt lui avait parlé de la guerre, de sa présence à bord d'un bateau, mais pas d'un bateau normal comme ceux qu'on voit sur le grand lac. Il était dans un bateau qui allait sous l'eau. Un sous-marin. Il avait tenté de lui expliquer, mais elle l'avait arrêté d'un geste. Les Blancs inventaient sans cesse de nouveaux moyens de s'entretuer, alors qu'en réalité il n'y en avait qu'un nombre limité : brûler, noyer, trancher, assommer ou abattre d'un coup de feu.

Le revolver reposait sur la table, objet d'apparence anodine, l'air d'un jouet. L'étranger saurait-il seulement s'en servir ? Difficile à dire avec les Blancs. Pendant la danse du Tambour, quand Félix dansait, lui le « porteur-de-ceinture », et racontait, c'était à l'évidence un grand homme, un grand guerrier. Il racontait chacune des plumes de la ceinture : comment il avait tué trois hommes avec la crosse de son fusil, en avait abattu neuf et embroché cinq au bout de sa baïonnette, tout cela avant d'avoir vingt ans. Quand il dansait, elle détournait les yeux et les fixait sur les pieds de Félix qui frappaient gracieusement le sol. Il était facile de croire qu'il avait fait tout cela, versé le sang, parce que, si délicats et même menus que soient ses pas, elle frissonnait chaque fois qu'il passait près d'elle. Mais cet inconnu en costume noir assis à leur table, avec la sueur qui séchait sur son visage et sa bouteille de soda vide sans doute achetée au Wigwam Bar, on avait du mal à imaginer qu'il puisse leur nuire, détruire tout ce qu'ils avaient bâti ensemble.

Gephardt secoua de nouveau la tête. « Tu te trompes. Je ne suis pas cet homme-là. Je le connais. Il est mort. *Er ist tot.*

– Tu portes son nom.

– Oui, j'ai pris son nom, mais je ne suis pas lui. Je suis de Lübeck. Je suis soudeur. *Jetzt.* Celui que tu cherches est mort. Il s'est noyé dans le fleuve. »

L'étranger scruta Gephardt. Manifestement, il ne savait plus que croire.

« Regarde ! » Gephardt montra ses paumes marquées de cicatrices faites par le fer et l'acier qu'il travaillait. Il avait une poigne solide. Il était loin d'être beau. Il avait les jambes arquées, et bien qu'il ait le dos large il avait une épaule plus basse que l'autre et les muscles de la nuque saillants. Au village, on le surnommait « le crabe ». De toute façon, il ne comprenait pas ces gens-là. Ce n'était pas grave. Ils avaient besoin de lui, et c'était pourquoi ils le traitaient ainsi. « Je ne suis pas ingénieur. Il est mort. Il s'est noyé. J'ai juste pris son nom. »

Que voulait-il dire ? Quoi que ce soit que l'étranger cherchait, Gephardt ne pouvait pas le lui donner. Mary le voyait clairement. Et l'inconnu aussi le voyait sûrement. Il cherchait un homme, et Gephardt n'était pas cet homme, alors pourquoi ne partait-il pas ? Il devrait partir et les laisser tranquilles.

« Tu essayes de me rouler.

– Je ne suis pas de Göttingen. C'est Gephardt Miller qui était de là-bas. Je ne suis pas cet homme. Je m'appelle Herman Jünger. Je suis de Lübeck. L'autre, il a tenté de s'évader. Ils ont lancé des patrouilles sur ses traces, mais on ne l'a pas retrouvé. Rien que son cadavre quelques jours plus tard, à moitié dans l'eau, en décomposition. C'est lui Gephardt Miller. J'ai simplement emprunté son nom.

– Tu es un nazi !

– *Kein Nazi. Nein, nein. Kein Nazi.* La politique, je m'en fiche. La guerre, je m'en fiche. Je voulais travailler et j'ai trouvé un poste de soudeur à bord du sous-marin. Les nazis ne voulaient pas de moi et je n'ai jamais voulu d'eux. »

Mary connaissait ce mot. *Nazi.* Elle l'avait entendu pendant toutes les années de guerre – nazi, Allemand, Boche. Les hommes qui partaient et les rares qui revenaient employaient ces mots-là. Les trois devaient signifier la même chose, désigner l'ennemi. Mais qu'est-ce qu'on en avait à faire ? Quand la guerre était finie, elle était finie. Quand on avait payé le prix du sang, on l'avait payé. Son grand-père parlait de la guerre contre les Nadisoogs, les Sioux. Ils avaient cessé de se battre puis étaient devenus frères. *Gii-paabiindigaadiwag owiigiwaamiwaang gaa-ishkwaa-miigaadiwaad.*

« Peu importe. Tu les as aidés. Tu les as aidés à tuer ma famille.

– Je n'ai aidé à tuer personne.

– Tu mens. » L'homme tapa du poing sur la table. Le revolver fit un petit bond et l'eau dans le verre clapota.

« Je n'ai tué personne volontairement. » Gephardt lança un regard à Mary, puis il baissa les yeux.

« Menteur. Avoue donc la vérité, dit l'étranger.

– Oui, j'ai tué un homme, reconnut Gephardt d'une petite voix. Avant la guerre. À Lübeck. C'était un accident. »

Non, c'était impossible. Ou bien… Mary croisa les bras. Son mari n'était pas l'homme qu'il prétendait être. Il avait sur les mains du sang qui n'avait pas été lavé. Gephardt se tourna vers sa femme.

« J'ai tué un homme au cours d'une bagarre. J'ai frappé trop fort. (Il montra son flanc droit). Je l'ai frappé là », expliqua-t-il à Mary. Puis à l'intention de l'étranger, il ajouta : « C'était un accident.

– Menteur !

– Non, c'est vrai. Je dis la vérité. Je ne mens pas.

– Sale menteur !

– C'est pour cette raison que j'ai pris ce nom. Je l'ai fait quand ils ont voulu nous renvoyer en Allemagne. Ils m'avaient mis en prison et je ne veux pas y retourner. J'aime l'Amérique. J'aime la liberté. Ma femme… (il désigna Mary)… elle fait ce que je demande. J'ai bâti cette maison. Ma vie est ici.

– Mensonge. Tu les as aidés. Ça m'est égal que la prison t'attende. Ça m'est égal que tu te sois engagé à bord d'un sous-marin. Je n'en ai rien à faire ! Tu les as aidés. Ainsi, tu n'es pas Gephardt. » L'inconnu se tassa sur son siège. « Même si tu ne l'es pas, tu dois payer. »

Il ferma les yeux, saisit le revolver, pressa la détente.

Gephardt tressaillit, empoigna son bras gauche et considéra avec surprise le petit trou apparu dans le muscle.

« Tu m'as tiré dessus ! s'exclama-t-il, l'air étonné. Je suis touché. »

L'étranger visa plus haut et fit de nouveau feu. La tête de Gephardt tressauta sous l'impact.

À cet instant, Mary abattit à deux reprises le côté contondant de la hache à petit bois sur le crâne de l'étranger. Sa chaise bascula et il tomba. Mary voulut le frapper encore une fois, mais il s'était effondré contre le mur et la chaise lui bloquait le passage.

Le visage entre ses mains, Gephardt s'affala sur la table. Du sang coulait entre ses doigts, formant une flaque sur la toile cirée.

Mary lui souleva la tête puis, rassurée, elle se pencha au-dessus de la table, prit le bras de Gephardt pour l'examiner et le laissa retomber. Dents serrées, le blessé gémit mais ne dit rien. Mary redressa la chaise de l'homme évanoui, et pendant qu'elle le traînait au milieu de la cuisine, Gephardt continua à garder le silence.

« Mort ? » demanda-t-il enfin sans retirer ses mains. Sa voix sonnait bizarrement. Épaisse.

« Pas mort », répondit-elle. Une bosse poussait sur l'arrière du crâne de l'Allemand. Il remuait un peu, mais c'était tout.

« Il va mourir ? »

L'air sombre, Mary se contenta de hausser les épaules. Elle prit le tisonnier, remua les cendres puis ajouta des copeaux de cèdre dans le foyer. Après quoi, elle ouvrit en grand le registre du poêle, mit de l'eau à bouillir et sortit dans la cour en claudiquant. Elle cassa quelques branches de saule pourpre, l'arbre qui poussait au bord des marécages, rentra dans la maison et détacha l'écorce, qu'elle plongea dans l'eau bouillante.

Elle revint auprès de Gephardt. Il n'avait pas bougé. Une véritable mare de sang s'étalait maintenant sur la toile cirée et gouttait par terre. Elle lui ôta sa chemise, lui soutint la tête et le redressa sur sa chaise. La première balle lui avait traversé le bras sans toucher l'os. La seconde avait touché la joue. Elle tâta la pommette. Il lâcha un cri. Mary grimaça mais ne fit pas de commentaire. Il pouvait crier autant qu'il voulait.

« Grave ?

– Non.

– Une fracture ? »

Elle haussa de nouveau les épaules.

« Je ne sens rien. »

Elle trempa des chiffons en toile à sac dans l'infusion de saule et nettoya le visage de son mari. Le trou dans sa joue était noir sur les bords, comme marqué au crayon ou à la suie. Une ligne grise courait sous la peau. Chaque fois que Mary lui appliquait ces espèces de compresses sur le visage, du sang rouge foncé suintait et dégoulinait sur son menton, rougissant son pantalon.

Mary soigna ses blessures en silence. Quand elle eut fini, elle lui bourra sa pipe, la lui glissa entre les lèvres puis l'alluma avec un tison de cèdre qu'elle prit dans le foyer. Il la remercia d'un mouvement de tête et tira sur sa pipe de maïs. À chaque bouffée, il grimaçait de douleur sans se plaindre. Ensuite, elle lava la plaie de son bras et étancha le sang qui coulait.

Quand l'inconnu reprit connaissance, ses yeux se posèrent sur une scène à peu près identique à celle d'avant son évanouissement. Installé sur sa chaise, Gephardt fumait sa pipe, le dos tourné à la porte. Il avait la joue enflée et il ne pouvait pas se servir de son bras. Mary se tenait à côté de la glacière, appuyée au comptoir, les bras croisés sur son tablier. L'étranger s'assit et s'empressa de reculer jusqu'à ce qu'il soit adossé au mur. Il regarda Mary. Elle lui tendit un gobelet d'infusion, puis elle fit un pas en arrière pour l'observer. Il but une gorgée, mais la légère infusion ne lui était pas encore descendue dans l'estomac qu'il eut un haut-le-cœur et vomit sur le plancher.

« Excusez-moi. »

Mary ne dit rien. Avec force soupirs et grimaces, elle entreprit de nettoyer le sol au moyen d'une autre poignée de lambeaux d'étoffe, puis elle regagna sa place près de la glacière.

Quelques instants plus tard, l'homme essaya de boire une deuxième gorgée. Cette fois, il ne la rendit pas.

« Merci », dit-il. Il tâta sa bosse. Son chapeau était sur la table, mais il ne fit pas mine de vouloir le prendre. Gephardt bourra une autre pipe. Il offrit à son compatriote sa blague à tabac et du papier à cigarette, mais l'homme refusa d'un geste.

« Vous voulez vous asseoir ? » lui demanda Mary après qu'il eut fini son infusion.

Il hocha la tête avec précaution. Mary l'aida à se mettre debout et à faire les quelques pas qui le séparaient de la table. Il s'installa à la même place qu'auparavant. Son chapeau et son revolver étaient restés sur la toile cirée. Quatre courtes cartouches de 22 luisaient à la lumière de la lampe à pétrole que Mary avait allumée et placée sur l'étroite étagère clouée au mur au-dessus de la table, à côté d'un couteau à filets et d'une bobine de fil avec une aiguille plantée dedans. Le soleil se couchait, mais une lourde chaleur pesait toujours sur la terre et sur la maison. L'étranger sortit sa montre de poche. Il était six heures et demie.

Mary alla examiner Gephardt. Ses blessures n'étaient pas trop graves. Les garçons du village partis combattre étaient revenus en bien plus mauvais état, amputés d'une jambe ou de plusieurs doigts, et ils avaient guéri. Peut-être que rien ne pouvait tuer, sauf la mort.

« Mary, dit Gephardt. Notre hôte a faim. Tu as faim, non ? »

L'homme acquiesça.

Mary versa dans un saladier une tasse de levain qu'elle mélangea à du bicarbonate de soude, du saindoux et de la farine, puis elle mit le tout à frire. Elle posa le plat de pain fumant entre les deux hommes près d'un bocal de saindoux. D'un doigt, elle brisa le sceau de l'un de ses précieux pots de confiture de framboise qu'elle avait faite la semaine précédente, puis elle dégagea la cire tout autour. Quelques pépins rouges étaient collés dessus, et elle les lécha avant de flanquer les morceaux de cire dans un récipient pour la faire fondre plus tard afin de la réutiliser.

« Mangeons, dit Gephardt.

– Oui, mangeons », dit l'étranger.

Ensuite, il se leva. Mary l'aida à enfiler sa veste, puis elle lui tendit son chapeau. Elle enveloppa le reste de pain frit dans un morceau de toile à sac taché de graisse et le lui donna.

« Le revolver, je le garde, dit-elle. Maintenant, vous partez. Votre travail ici est fini. Vous vous en allez. » Elle glissa l'arme ainsi que les cartouches dans la poche de son tablier.

« Oui, dit l'homme, vacillant sur ses jambes.

– Plus d'ennuis pour nous. Vous partez.

– Oui. » L'étranger se tourna vers Gephardt qui se leva à son tour. Ils échangèrent une poignée de main.

L'homme sortit. Gephardt et Mary le suivirent des yeux pendant qu'il s'engageait à pas lents sur la route. Il ne tarda pas à disparaître.

Gephardt alla se rasseoir. Mary l'observa un instant. Son bras devait le faire souffrir, de même que son visage, mais il guérirait. Il redeviendrait un homme fort, celui qui réparait les choses, celui qui lui souriait. Qui que ce soit qu'il ait été dans le passé et quoi que ce soit qu'il ait fait, il demeurait celui qu'il était à présent. Aussi longtemps qu'elle vivrait, il demeurerait son mari.

On ne voyait plus rien par la fenêtre. L'homme était parti, emportant tout ce qu'il savait et le mal qu'il avait introduit dans leur maison, comme s'il s'agissait de n'importe quelle vieille maison et non de la sienne, celle qu'elle avait contribué à bâtir et dont elle avait fait leur foyer, un endroit où les épreuves telles qu'elle en avait traversé durant son enfance n'existeraient pas.

Le revolver pesait dans son tablier. Elle le posa sur la glacière et rangea les cartouches dans la boîte d'allumettes Blue Tip où elle mettait celles qui traînaient çà et là dans les poches des pantalons et des vestes. Ils avaient déjà la carabine calibre 22, mais le revolver ne serait pas de trop. Dans quelques mois la neige ferait son apparition, accompagnée par la glace, et ce serait un bonheur de confectionner des collets avec du fil de laiton pour les poser parmi les hautes herbes et les saules qui poussaient autour de la cour ainsi que sur le chemin forestier bordé de noisetiers touffus dissimulant tout ce qui vivait là. Armée du revolver, elle irait relever les collets. Des lapins leur auraient peut-être échappé, se prélassant au soleil ou juste assis, hors de portée, comme s'ils se trouvaient à des kilomètres et des kilomètres de là, car même à quelques pas de la piste, il n'y avait aucun moyen de les attraper. Avec le revolver, ce serait différent. Elle viserait et tirerait, et quand ils prenaient une balle dans la tête, ils tressautaient, tressautaient, tressautaient, et leur sang rougissait la neige – oui, la neige devenait rouge, rouge, rouge –, et leur sang poissait les fourrés, ce sang qui n'était pas comme le nôtre, parce qu'il nous nourrissait et que, lorsqu'on vidait les lapins, il permettait de faire une délicieuse sauce brune. Non, elle laisserait le sang baigner dans leur ventre ouvert avant de les déposer avec précaution dans la cocotte. Leur sang n'était pas comme le nôtre, car à l'inverse du nôtre, il représentait la vie pour nous. Avec le revolver, elle pourrait les tuer et leur vie se déploierait sur la neige, une vie d'un rouge vif qui, pareille aux framboises dans le pot qu'elle referma, attendait le moment d'être mangée.

QUATRIÈME PARTIE

Prudence

13

Wigwam Bar – 3 août 1952

Ma fille chérie je m'apprête à commettre un acte abominable. On dit que c'est un péché abominable mais je ne suis pas d'accord et c'est seulement parce que je t'aime que je me prépare. Oui aimer est le seul mot qui convienne. Il n'en existe pas d'autre pour décrire ce que j'éprouve. Richard m'appelle Ma Jolie et Goutte de miel mais il n'y a que le miel qui l'intéresse c'est un homme si simple qu'il confond le miel et le goût du miel les garçons sont comme ça – ils ne comprennent pas le monde et ce que c'est de vivre dans la réalité. Ils ne le savent pas mais moi je le sais et permets-moi de te dire que c'est épouvantable. C'est épouvantable d'être déchirée entre le désir et la haine du monde et la seule chose à faire c'est de le quitter et je te demande pardon pardon pardon parce que qui sait tu deviendras peut-être une grande brave fille une fille forte qui trouvera tout ce que je n'ai pas trouvé et pas su voir. Mais C'est la Vie. J'ai cru un jour que je pourrais voler la vie à la vie pour la faire mienne entièrement mienne. C'était ce que je croyais quand Grace et moi on s'est enfuies de ________ sans rien à nous et sans un mot d'anglais à échanger. J'avais treize ans et on était en 1938. Le village n'était pas un endroit agréable mais un vrai ramassis d'ivrognes et quand les anciens combattants recevaient leur chèque c'était la grande fête chacun mettait sa plus belle veste un pantalon propre et le bourbon coulait à flots et quand il n'y en avait plus tout le monde se précipitait vers le camp de bûcherons le plus proche et s'il n'y avait pas de bourbon pour eux ils buvaient tout ce qui leur tombait sous la main même le pétrole des lampes et tous ces Indiens s'éparpillaient dans la forêt où nombre d'entre eux s'endormaient et quand ils revenaient ils étaient couverts de piqûres de moustique et ils avaient de grosses bosses sur le front à cause des branches et des troncs d'arbre contre lesquels ils s'étaient cognés. Ç'aurait pu être drôle mais c'était une bande de sauvages et Grace et moi on n'avait personne pour s'occuper de nous et des fois on couchait dans l'église mais on nous y découvrait tout le temps. Comme je te l'ai dit j'avais treize ans et ça c'était quelque chose qu'ils voulaient parce que quand ils étaient ivres ces hommes du village ne pensaient qu'à ce qui était censé être caché entre mes jambes et qui n'avait rien d'exceptionnel à l'époque tu peux me croire. Rien d'exceptionnel du tout. J'étais aussi quelconque qu'un paysage qui s'étend à l'infini mais les hommes sont comme ça – ils s'imaginent que quelque chose de précieux est dissimulé là quelque chose qu'ils ne peuvent pas voir et qu'ils font donc tout pour essayer de voir. C'est ce qui est arrivé quand Grace et moi on habitait dans cette cabane près du magasin juste sous le nez de l'agent du Bureau des Affaires indiennes mais il n'en avait rien à faire de nous puisqu'on n'avait pas de terrain à vendre pas de bois à louer si bien qu'il ne s'intéressait pas à nous et la première fois ça s'est passé là on devait être au printemps car je venais d'avoir treize ans il faisait chaud et on n'avait chacune qu'une robe que les missionnaires nous avaient donnée et je ne crois pas en Dieu ni au Saint-Esprit parce qu'ils n'ont jamais rien fait pour moi mais je crois en une robe une jolie robe parce que dedans on est respectable aux yeux des gens. Il n'y avait pas de fenêtres dans cette cabane qui était plus une remise qu'autre chose et il y avait des châssis mais pas de vitres et les moustiques se sont régalés jusqu'à ce que je punaise ma robe devant une des fenêtres sans carreaux et la tienne devant l'autre pour qu'on ne soit pas dévorées vivantes par les moustiques qui restaient un véritable fléau une véritable plaie et avec les ouvertures bouchées la chaleur était insupportable et tu te plaignais tu étais à l'âge où on mouille encore son lit et c'est drôle parce qu'on n'avait pas de lit et qu'on couchait sur des sacs de farine et des sacs de picotin et ça me fait plaisir de penser aujourd'hui que quand tu pissais au lit ça imprégnait la farine et le maïs de telle sorte que tous ces hommes arrogants du village ainsi que leur maigre bétail bouffaient ta pisse. C'étaient des gens odieux qui n'avaient pas de fierté et qui ne manifestaient qu'indifférence devant les tristes temps que nous vivions et la triste condition qui était la nôtre je me rappelle que ce devait être à cette époque car nos robes de laine étaient assez épaisses pour arrêter les insectes et presque toute la lumière. Oui c'était sans doute en juin car on s'enfermait dans cette espèce d'entrepôt alors qu'il faisait encore jour parce que je n'osais pas me montrer quand les hommes du village commençaient à boire et on essayait de dormir on fauchait des poignées de maïs dans les sacs mais un de ces hommes âgés est entré il savait qu'on était là et il était imbibé de bourbon c'était l'un de ceux qui étaient partis pour la Grande Guerre et dans le noir il a dit les filles je sais que vous êtes là et il a tâtonné autour de lui et j'ai cru que si je restais sans bouger il ne me trouverait pas et il a buté sur les sacs puis trébuché sur des cercles en fer en disant nom de Dieu je vois rien alors que moi je le voyais très bien à la lumière qui filtrait par les interstices entre les rondins mais le bourbon rend les hommes aveugles et il a dit je jure que je vais te trouver dans cette cabane de merde. Et aujourd'hui encore je suis contente qu'il m'ait trouvée la première parce que tu n'avais que neuf ans environ et tu dormais profondément pendant que cet homme puant titubait dans le noir et sa main a rencontré ma cheville il a dit je te tiens ma petite et il a fait ce qu'il était venu faire puis son affaire terminée il est sorti la démarche chancelante tu ne t'es pas réveillée que Dieu en soit remercié parce que ma douce petite sœur je ne voulais pas que tu sois effrayée. Après j'ai pu nettoyer et à l'aube je me suis glissée dehors pour brûler derrière le magasin mes dessous pleins de sang dans le tonneau réservé à cet effet mais le propriétaire était déjà debout et il m'a crié vous les filles je ne veux pas vous voir ici à faucher je ne sais quoi et je n'ai pas discuté parce que je ne tenais pas à ce qu'il remarque mes affaires si bien que je les ai enterrées au pied du mur nord de la cabane et chaque fois que je retourne au village même maintenant j'imagine que ces haillons sont toujours là et c'est bizarre de penser que du tissu en train de pourrir existera toujours et donc à la lumière du jour j'ai enterré mes dessous sans en avoir d'autres à la place. J'ai revu cet homme le lendemain. Il était arrivé comme ça du camp de bûcherons avec sa paye de l'hiver et il était bien habillé avec un gilet et un pantalon en toile qu'il avait soigneusement raccommodé et avec toi derrière moi je me suis dirigée vers lui tu ne voulais même pas le regarder et il était devant le bureau de l'agence indienne en compagnie de notre père bonjour les filles ils nous ont dit et je me rendais compte que ni l'un ni l'autre n'avait dormi et j'ai dit papa j'ai besoin d'un peu d'argent d'un tout petit peu d'argent pour m'acheter une robe et il m'a répondu tu sais très bien que je n'ai pas d'argent pour toi alors pourquoi tu ne vas pas cueillir des baies pour les vendre ou faire ce que je t'ai dit et aller écorcer du bois ils recherchent toujours des écorceurs et j'ai dit que Grace avait besoin de quelqu'un pour veiller sur elle et je me suis énervée et sans quitter l'autre homme des yeux j'ai dit qu'il me fallait des dessous parce que les miens étaient tout usés et que j'étais maintenant pratiquement une femme pas vrai ? Mon père lui était à peine un homme mais plutôt comme une saison car il revenait une fois par an faire ce qu'il faisait à notre mère quand elle était encore en vie et après il disparaissait à nouveau. N'empêche que s'il avait su ce que cet homme avait fait il y aurait eu du sang et cet homme était plutôt lâche. Comme notre père ne répondait toujours pas j'ai redemandé alors est-ce que je ne suis pas femme je peux le montrer si je veux. Là sur les marches en plein soleil et devant tout le village. L'homme qui était entré dans la cabane est devenu tout rouge et il n'avait pas envie que ça aille plus loin. Eh bien nom de Dieu t'es vraiment casse-pieds et l'autre a dit euh j'ai ce que les filles désirent mais il y avait sûrement un sous-entendu que notre père n'a pas relevé et il a tiré un dollar de sa poche qu'il m'a tendu et mon père lui a dit si tu tiens à gaspiller ton argent avec mes enfants libre à toi. Il m'a arraché le billet et sans un regard derrière lui il est allé droit chez le marchand m'acheter quelques vêtements mais ils ne vendaient pas de dessous au village et le colporteur qui en avait ne venait que deux fois par an et uniquement quand l'équipement des bûcherons avait fait son temps on n'avait pas de boutiques comme on en a aujourd'hui et je pensais que je pourrais me confectionner moi-même ce dont j'avais besoin et avec le reste je nous ai acheté un peu de saindoux et un sac d'oranges qu'on a toutes mangées d'un coup et quand tout le monde a été soûl on s'est fait cuire des baniques sur des bâtons au-dessus des flammes du tonneau à ordures et c'était bon d'avoir un peu de gras dans l'estomac car il n'y a rien de tel que la graisse pour te faire sentir vivante. En tout cas cet homme a dû s'imaginer qu'on avait conclu une espèce d'accord car deux soirs plus tard il est revenu et ça a été la même chose il a tâtonné dans le noir en jurant et il était encore plus ivre que la première fois et comme je ne voulais pas te réveiller j'ai agité le pied pour qu'il me repère et il a dit ah ah t'es là ma poulette dans un mauvais anglais et on dit que les hommes sont des chiens mais ils ne sont même pas aussi intelligents qu'eux. Ils ne valent pas mieux que les renards qui empruntent toujours les mêmes sentiers quelles que soient les circonstances et c'est pourquoi ils sont si faciles à prendre au piège et lui il voulait refaire ce qu'il avait fait mais je n'avais pas l'intention de le laisser abîmer mes dessous que je venais de me coudre parce que je n'étais pas sûre de récolter encore de l'argent alors je lui ai dit attends et je les ai enlevés pour qu'il ne les déchire pas et il a fait son affaire il était content et il a dit oui oui tu vois j'ai ce que tu désires mais comment pouvait-il savoir ce que je désirais et il était tellement soûl qu'il a vomi son bourbon dans un coin de la remise avant de sortir et il était peut-être bête comme un renard mais c'était surtout un cochon et il est revenu régulièrement et chaque fois je réussissais à lui soutirer un peu plus d'argent et je dois dire qu'il se figurait sans doute que j'aimais ce qu'il me faisait mais ce n'était pas le cas et c'est la vérité même si on ne peut pas dire ça sans que les gens hochent la tête l'air de dire cause toujours. Mais c'est la vérité. Je n'espérais pas que ce salaud le comprenne parce que après les premières fois j'ai compris que plus je faisais comme si j'aimais ça plus il en finissait vite et je mettais un peu de saindoux là-dedans pour avoir moins mal et de toute façon il était incapable de voir la différence entre la graisse de porc et le plaisir d'une femme que je n'ai jamais éprouvé ne serait-ce qu'une fois dans ma vie. Il paraît que c'est quelque chose d'extraordinaire quelque chose qui te coupe le souffle. Quoi qu'il en soit c'est comme ça qu'on a passé l'été ou du moins une partie de l'été tant que cette ordure avait encore de l'argent à jeter par les fenêtres mais un soir il a débarqué avec un autre homme et j'ai compris tout de suite ce qu'ils voulaient et il a fait comme d'habitude pendant que l'autre était planté à côté et demandait d'une voix tonitruante où elle est t'avais dit qu'elle serait là et toi tu étais là mais tu dormais comme toujours d'un sommeil profond et tu ne savais rien des choix dramatiques que la vie m'avait obligée à faire et j'ai dit t'avise pas de la toucher sinon je hurle et je fais un tel scandale que tu pourras plus te promener dans le village sans qu'on te couvre de honte et ce salopard a éclaté de rire en disant qu'il s'en fichait qu'il se promenait jamais dans le village mais son copain gardait le silence si bien qu'il a dû réfléchir sérieusement sachant que je le connaissais. Il avait une femme et des enfants et il tenait à passer pour un homme important jouant un rôle important dans les cérémonies mais il restait un homme et tout homme important qu'il était ce fumier me traitait avec brutalité et il m'a ordonné ouvre tes jambes et ferme ta bouche on a conclu un marché alors j'ai obéi et pendant qu'il s'activait je voyais son copain qui n'arrivait pas à détacher son regard de nous deux et quand je lui ai dit comme ça t'essuieras les larmes de tes enfants avec des doigts qui sentent la chatte de ma sœur il est sorti. Ma langue était ma seule arme et le salaud m'a giflée violemment en me disant de me concentrer sur ce que je faisais et je me suis exécutée mais je savais que les choses ne pourraient qu'empirer. Le lendemain on a ramassé nos affaires et on s'est rendues à l'église où j'ai raconté au prêtre une triste histoire comme quoi on était pratiquement orphelines et qu'on avait besoin d'aller à Flandreau et il a dit que le salut de notre âme et notre éducation étaient bien sûr ce qui comptait le plus et peu après on est montées dans un chariot en direction de la tête de ligne et de là on a pris le train pour Flandreau. C'était excitant de rouler si vite à travers les collines puis dans la prairie avant de franchir la Red River et tu criais tu riais à voir tout défiler à une telle allure et tu disais que c'était ce que les oiseaux devaient ressentir et je pense que tu avais raison j'avais l'impression d'être la reine du ciel et que rien ne pourrait nous arriver et si seulement ma chérie ça avait pu être vrai.

On est descendues du train à Grand Forks et on a trouvé que c'était une très grande ville car on n'avait jamais rien vu de comparable. On s'imaginait que les silos étaient d'immenses maisons parce qu'on ignorait que personne n'habitait là et on est restées plantées au milieu de la foule jusqu'à ce que le chef de gare s'approche de nous l'air attristé pour lire la fiche qu'on nous avait accrochée autour du cou à une ficelle de boucher indiquant qui on était et où on allait parce que ni l'une ni l'autre on parlait anglais pas plus qu'on savait lire et il nous a installées dans son bureau et nous a donné du pain et du vrai beurre et c'était délicieux de manger ça assis dans un fauteuil comme des dames et on a veillé à ne pas faire de taches sur nos robes pendant qu'il travaillait sur des papiers étalés devant lui et tout ça le travail les papiers nous paraissait constituer un grand mystère et avec son uniforme sa montre de poche ses papiers on l'a pris pour un important personnage peut-être même une sorte de chef alors qu'on ignorait que ce n'était qu'un modeste employé. Mais je tiens à ce que tu saches que c'était un grand homme par sa gentillesse. Oui il était gentil. Il nous a traitées comme les enfants que nous étions ce qui ne nous était encore jamais arrivé. Au bout d'un moment il nous a fait signe de le suivre. Il nous a mises dans un autre train partant cette fois vers le sud et après à peine quelques heures on était à Flandreau une ville impressionnante avec tous ses bâtiments en brique sa laiterie sa centrale électrique et des lumières partout une chose à laquelle on n'était pas habituées et des douches des dortoirs des lits et tout ce qu'on pouvait espérer un endroit vraiment étonnant et ce mr brophy en personne nous a accueillies un homme formidablement amical qui nous a fait visiter les lieux en compagnie de la surveillante du dortoir des filles et ils nous ont montré où on allait dormir. Ils ont rangé mes affaires à côté de mon lit mais je ne voyais pas le tien et j'en ai conclu qu'on te mettrait dans un autre secteur réservé aux filles plus jeunes. On y a été heureuses pendant trois ans je faisais ce qu'on me demandait j'avais de bonnes notes et je ne me suis pas une seule fois attiré des ennuis. J'ai obtenu mon diplôme et on m'a annoncé qu'il y avait une place pour moi dans le Wisconsin loin à l'est. C'était comme une condamnation à mort. Étant donné que je n'avais pas le choix je suis partie. J'ai tenu aussi longtemps que possible puis je suis revenue te chercher. J'avais toujours été là pour te protéger et j'avais eu le cœur brisé quand tu m'avais questionnée du regard au moment où je partais parce que tu avais compris ce que cette fille nous disait mais tu n'avais pas osé poser de questions tu savais que je reviendrais te chercher. Personne ne te connaissait mieux que moi personne ne connaissait tes peurs ni ne savait ce qui te faisait rire ou tout ce qu'une mère sait parce que c'est ce que j'avais été pour toi. Je t'avais dit devant cette fille plus âgée en utilisant notre langue pour qu'elle ne comprenne pas de ne pas t'inquiéter et de te tenir prête pour le jour où je reviendrais car j'avais déjà un plan. Il m'a fallu quelques mois pour réunir assez d'argent et ensuite je suis venue te chercher. On est parties en pleine nuit parce que tu étais toute ma vie et que j'étais la tienne et qu'on resterait toujours ensemble quoi qu'il arrive on connaissait assez bien la forêt pour se débrouiller seules on était des animaux sauvages comme ils disaient et on était en sécurité dans la nature sauvage et je ne doutais pas qu'on trouverait un meilleur endroit que ce maudit village un endroit loin des bûcherons et du bourbon un endroit qui nous respecterait nous et notre jeunesse un endroit où on serait toutes les deux et c'est vers cet avenir radieux cet îlot de bonheur qu'on dirigeait nos pas. On avançait lentement on n'était plus des oiseaux rasant les paysages verdoyants mais des vers s'enfouissant dans la terre et personne ne veut être un ver mais les vers survivent ils ne tombent pas de haut pas du tout et on était heureuses d'être ensemble et on savait qu'on s'en sortirait. On irait au Canada parce qu'il y a beaucoup d'Indiens là-bas tellement d'Indiens qu'on peut se perdre au milieu d'eux. Tel était mon plan.

On se cachait dans les fourrés. On venait d'atteindre le Mississippi et on s'apprêtait à prendre vers le nord. C'est là que le chemin de portage part du grand lac Winnibegoshish comme on l'appelle et en le suivant on arrive au Bawaatang comme on l'appelle qui conduit au nord. Je connaissais la région et je connaissais les fleuves les rivières les lacs parce que quand notre mère était encore en vie j'avais été traînée de campement en campement et j'aurais pu être une vraie fille des bois comme ces Indiens qui savent des choses mais je n'en ai jamais eu la possibilité ni avant ni après parce que pendant qu'on attendait le coucher du soleil Félix et Dave et Billy et Ernie et Frankie se sont approchés et ils ont tiré sur ma sœur et elle a agonisé en tremblant et en frissonnant sur le tapis de feuilles alors qu'ils regardaient et ça a été la fin de mes rêves plus rien n'avait d'importance. C'est là que je suis restée même après la mort de Frankie et après qu'ils ont fermé les Pins pour retourner à Chicago. J'étais coincée parmi ces gens qui n'étaient pas toi qui n'étaient pas mon peuple même Félix quoiqu'il ait toujours été gentil avec moi. On a eu de bons moments mais c'était un homme comme tous ceux que j'avais connus adolescente. Le seul homme bien était Frankie et les gens bien meurent jeunes c'est connu. Ma sœur et toi en êtes la preuve en plus de Frankie. C'est lui qui s'est occupé de moi après ta mort les autres sont retournés à leurs affaires. Il n'y a que Frankie qui est venu me voir dans la petite chambre où on m'avait installée. Il n'a pas dépassé le seuil il avait trop de respect trop de bonté pour faire irruption dans la chambre et faire ce qu'en réalité il avait envie de faire il était meilleur que la plupart des hommes. Non non jamais il n'aurait forcé une femme ou profité d'elle. Il m'a dit des choses ce soir-là debout sur le pas de la porte les bras si robustes si délicats qu'on voyait que c'était quelqu'un de doux et il m'a regardée en disant qu'il reviendrait. Je reviendrai et je t'aiderai. Revenir et tout effacer il a dit si noble était son cœur. De toutes ces maudites personnes de tous ces gens qui peuplent le monde il n'y a que lui qui vaille quelque chose parce qu'il ne m'a jamais menti ne m'a jamais laissée tomber il a dit qu'il m'écrirait et il a tenu parole il m'a envoyé ce collier ce trésor que je chéris. Seulement il n'est pas revenu. Il n'est pas revenu mais ce n'est guère sa faute.

Je me fiche de ce que Billy raconte celui-là aussi c'est un drôle de type. Ce soir je l'ai vu et c'est sans doute pour ça que j'écris cette lettre. J'avais besoin qu'on me ramène en voiture et on paye avec ce qu'on a mais à l'époque où toi et moi on avait quitté cette école je ne savais pas qu'on payerait comme ça. Pas au cours de ces longues journées où on dormait dans les meules de foin et dans les granges travaillant çà et là pour manger mais ce n'était pas du travail comme celui que j'ai été obligée de faire parce que c'était un travail honnête qui me laissait épuisée et vidée mais pas du tout nouée et angoissée comme je l'ai été pendant ces nombreuses années oh tu pourrais me donner toute ma vie ce genre de travail et je ne demanderais pas mieux que nettoyer le crottin dans les stalles des chevaux nourrir les cochons ramasser les pommes de terre les betteraves faire la lessive plumer les poulets vider les poissons faire tout ce que les pauvres entre Flandreau et ici doivent faire pendant les chaudes journées de juillet où on avait marché en direction du nord puis de l'est. On avait prévu d'aller au Canada et de s'installer là-bas sur l'une des réserves et on peut dire ce qu'on veut mais tous ces petits fermiers se crevaient au boulot et c'étaient dans l'ensemble de braves gens qui nous hébergeaient souvent pour quelques jours ou même une semaine des gens simples qui ne supportaient pas qu'on nous exploite et ils étaient venus dans notre pays pour échapper eux aussi à toutes sortes d'injustices mais je ne peux pas en dire autant de ces Washburn sauf Frankie qui avait toujours été bon avec moi. Billy m'a raconté des choses qui m'ont obligée à repenser aux jours passés aux Pins que je préférerais oublier et j'ai eu beau essayer de me boucher les oreilles j'ai quand même entendu. Mon Dieu je sais très bien qu'il y a des gens qui aiment la poésie et toutes ces jolies choses mais les mots ne sont pas faits pour ça et tout ce qu'ils font c'est détruire les gens. Ils sont le mal et en dépit de ce que prétendent toutes ces personnes intelligentes on les emploie pour faire le mal et je me moque de savoir quelle langue les gens parlent mais en vérité on n'a pas le droit de se balader en tirant tout le temps sur les gens. Mais Frankie. Il était différent. C'était de l'amour et pas l'autre chose ne vous trompez pas. Je ne crois pas ce qu'a dit Billy et je les connais ces métis qui sont toujours jaloux de tout ce qu'ont les autres et ce qu'il raconte sur Frankie n'est fait que pour embrouiller. Après White Earth qu'on a évité parce qu'ils recherchent tout le temps les fugitifs comme nous on n'a plus déniché d'endroits susceptibles de nous accueillir les fermes devenaient de plus en plus petites il y avait de plus en plus d'arbres et il a fallu qu'on survive comme quand on était plus jeunes mais ce n'était pas difficile de manger de l'herbe d'arracher des poireaux et d'attraper des poissons çà et là autour des barrages de castors où ils se retrouvaient piégés seulement les journées étaient si longues et avec les orages qui éclataient parfois la nuit on ne voyait plus rien et comme on ne connaissait pas le pays on ne marchait qu'aux premières lueurs de l'aube et au crépuscule si bien qu'on ne progressait pas beaucoup. Ce jour-là on était cachées dans un massif de noisetiers si touffu que personne n'aurait pu nous trouver et on avait appris à rester sans parler et sans bouger mais Billy était assez indien pour flairer notre présence mais pas assez homme pour reconnaître un ennemi avant de tirer. On les a entendus approcher Félix Billy Ernest Frankie et David le silencieux puis ils n'ont plus fait de bruit on a cru qu'ils s'étaient éloignés et comme on ne pouvait pas les voir j'ai sauté sur mes pieds et toi aussi je suppose quand le coup de feu est parti et tu t'es mise à agiter les bras et les jambes et ton sang m'a éclaboussée et il n'a pas fallu plus de quelques minutes pour que tu te vides de ton sang et ils nous ont traînées hors du fourré ils t'ont regardée Billy a compris ce qu'il avait fait Félix a été brutal avec ton corps brutal avec moi et aussi avec Frankie qui était trop sensible pas taillé pour affronter ce genre de situation. Je n'ai pas prononcé un mot avant que Félix me soulève dans ses bras et me porte pour sortir de la forêt et je ne voulais donner à personne la moindre satisfaction si bien que je me suis tue quand ils m'ont interrogée quand le docteur m'a examinée et même quand ils t'ont enterrée mais ensuite le cadavre s'est coincé sous le ponton et ils ont compris que tout ça était vain et qu'ils avaient commis une terrible erreur et ils ont agi comme s'ils me devaient quelque chose comme s'ils me devaient ta vie et c'est ridicule parce que c'est une dette qu'ils n'auraient jamais pu rembourser et une fois tout réglé ils m'ont gardée car ils ne savaient pas où m'envoyer et je ne leur avais pas dit d'où je venais parce que retourner dans cet endroit épouvantable et sans toi à mes côtés aurait rendu ta perte encore plus insupportable. Ils m'ont donc gardée et ils m'ont installée dans le hangar à bateaux de Félix et après leur départ il a fallu que je me repose sur lui pour qu'il me conduise à l'école et me ramène en traversant le fleuve et je regardais ses mains pendant qu'il préparait nos repas nettoyait nos vêtements alimentait le feu. Je détestais le spectacle de ses doigts épais et de leurs mouvements si précis si délicats qui paraissaient tellement bizarres chez un homme de sa stature. Je ne pouvais pas m'empêcher de les haïr et de le haïr même si comme je l'ai dit Félix était gentil avec moi mais il y avait quelque chose de spécial chez lui comme s'il en savait davantage qu'il en laissait paraître. Je lui ai parfois mené la vie dure et je suppose que je le regrette car il avait alors l'air déconcerté et blessé comme un ours qui a reçu une balle dans le ventre et qui s'assoit au milieu des feuilles trop ignorant pour comprendre ce qui lui est arrivé mais de temps en temps Frankie m'envoyait des choses de l'étranger des petites lettres et des fois des cadeaux il m'en envoyait régulièrement parce que quoi qu'en dise Billy il m'aimait. Pourtant quand il était venu me voir ce soir-là et qu'il s'était tenu sur le pas de la porte il avait dit qu'il était désolé infiniment désolé mais de quoi aurait-il pu être désolé puisqu'il n'était pas responsable ? Frankie m'écrivait il mettait MON CŒUR et il me disait qu'il m'arracherait à cet endroit épouvantable et il m'a envoyé d'Angleterre ce collier avec un cœur et on sait qu'un cœur signifie AMOUR. J'étais persuadée que la guerre finie Frankie allait revenir et m'emporter qu'on vivrait heureux ensemble qu'on habiterait peut-être même tous les deux et rien que nous deux dans la grande maison. Frankie n'est jamais revenu mais Billy lui est revenu. Je n'arrive pas à le croire et je ne peux pas te laisser dans un monde pareil. Il m'a affirmé que c'était Frankie qui avait tiré et qu'il ne m'avait jamais aimée mais comment attendre d'un homme qu'il dise la vérité ? Je me rappelle avoir entendu Billy une seconde avant le coup de feu. C'est lui que j'ai entendu juste avant que tu reçoives la décharge de chevrotines il a crié : « Attends, Frankie, attends ! » Ça au moins c'est vrai je m'en souviens parfaitement mais j'ignore ce qu'il voulait dire. Pourquoi Billy aurait-il demandé à Frankie d'attendre si c'était lui qui avait tiré ? Et après m'avoir raconté ces terribles choses et m'avoir fait ce qu'il m'a fait entre les jambes Billy m'a donné la robe destinée à sa femme mais je m'en fiche je la mettrai quand même et ils verront. Je ne désirais que ma sœur et toi mais le monde ne me permettra de garder ni l'une ni l'autre c'est sûr. Pourquoi après toutes ces années m'aurait-il dit ça maintenant ? Toutes ces morts sont derrière nous. Tout est consommé. Mais pourquoi mon cœur a-t-il battu si vite quand il m'a dit ces mots que j'avais si longtemps attendus ? Le monde est un endroit trop dur pour qu'il s'agisse d'un mensonge. Ce doit être la vérité. Il ne peut en être autrement. Le moment est donc venu de prendre des décisions.

On approche du milieu de la matinée. Richard est parti nous chercher du bourbon et on pourrait s'imaginer que c'est facile de s'en procurer dans un village délabré comme celui-là mais le seul endroit où on soit certain d'en trouver c'est dans l'estomac d'un Indien ou dans celui d'un bûcheron et non sur des étagères. On a déjà bu ce qui restait d'hier et de cette nuit ainsi que le gin même si cette gnôle est aussi toxique que la plante à partir de laquelle on la fabrique toute épineuse et cassante qui pousse avec le buis de sapin autour des buissons de myrtilles et qui me donne la chair de poule comme le gin mais on boit ce qu'on a d'autant que ce qu'affirment les bûcherons est sans doute vrai à savoir que c'est du courage en bouteille et du courage toi et moi on en a besoin pour aller où on va. J'ai tout préparé hier on en trouve en rayon au magasin et j'en ai acheté comme une grande dame qui tient sa propre maison et le vendeur m'a demandé à quel usage je la destinais et j'ai répondu qu'il y avait des rats dont je voulais me débarrasser et il a dit bon Dieu tu loges au Wigwam Bar pourquoi tu laisses pas Harris s'en charger et j'ai répondu qu'ils ne s'occupaient pas bien des chambres du haut et qu'il fallait donc que je le fasse parce que je n'arriverais jamais à dormir en sachant qu'il y a un rat et je crois qu'il a compris où je voulais en venir car il a dit que depuis toutes ces années qu'il habitait au village il n'avait jamais vu le moindre rat alors je lui ai demandé pourquoi il vendait ce produit et il m'a expliqué que les gens l'utilisaient pour ceci ou cela mais surtout contre les souris et j'ai dit oui c'est probablement des souris que j'entends la nuit. Des souris. Donc je l'ai et je suis prête. Là où je vais je n'ai besoin de personne. Juste toi. Juste toi ma Grace. On dit que ce que je m'apprête à faire est quelque chose de terrible mais le monde est quelque chose de terrible en vérité. Et je te rends service tu n'as pas besoin du monde je n'ai pas besoin du monde mais nous avons besoin l'une de l'autre et il va falloir qu'on se serre les coudes et tu as intérêt à me croire quand je te dis que je t'emmène dans un endroit accueillant.

Le train vient d'arriver. Les passagers descendent les gens habituels mais il y a parmi eux un petit homme qui a une drôle de façon de marcher et qui a l'air très sérieux. Il n'est pas d'ici mais nous non plus ma chérie ma tendre chérie. Nous ne resterons plus longtemps ici ne t'inquiète pas. Je vais donc arrêter d'écrire. Je ne suis pas seule je t'ai. Et de toute manière je vais te revoir bientôt et peut-être que là-bas je te tiendrai dans mes bras et quand tu seras plus grande tu me tiendras dans les tiens et on sera heureuses et les champs seront verts et vastes et notre vie sera telle que nous la ferons.

Épilogue

Wigwam Bar – 3 août 1952

Peu après qu'une des filles de l'hôtel eut découvert le corps, le shérif arriva. Suivi du coroner. Bientôt le village entier, Indiens, Blancs et entre les deux, se trouva rassemblé devant l'hôtel, en face de la quincaillerie, de l'épicerie et sur le quai de la gare ainsi qu'à l'intérieur du Wigwam Bar.

Et, comme face à tout drame, la foule restait silencieuse. Il n'était pas dans les habitudes du village de manifester un grand émoi, et de toute façon la chaleur était telle qu'on ne pouvait rien faire d'autre que s'interroger avec incrédulité. De la mort aux rats. Et avec un bébé à naître. Seul Félix, faisant irruption au Wigwam Bar, se précipitant dans la chambre de Prudence et insistant pour accompagner le corps au bureau du coroner à l'extérieur de la réserve, sema un semblant de perturbation.

Le shérif, transpirant dans son uniforme, lui jeta un regard las.

« T'es de la famille, chef ?

– Je suis son père.

– On dirait pas. »

Félix haussa les épaules.

Le shérif le dévisagea un instant, puis il promena son regard sur les personnes présentes et sur la chambre exiguë où un petit nuage de poussière s'élevait du rebord de la fenêtre à chaque souffle d'air sec qui passait à travers le carreau. La pièce ne contenait qu'un lit en fer avec des draps blancs et une couverture grise de l'armée soigneusement roulée au pied, et une commode à trois tiroirs munie d'un lavabo blanc émaillé et d'un broc assorti posé dessus. Le tiroir du haut était entrouvert et une culotte blanche séchait, suspendue là. Sur un plateau à côté du lavabo étaient posés un gant et un pain de savon. Une robe à fleurs chiffonnée et pleine de terre était jetée dans un coin. Sur la commode, une pochette noire tranchait avec le blanc du lavabo, et sur l'appui de la fenêtre se trouvaient un collier et un pendentif en forme de cœur sur une lettre pliée avec soin près d'un bouquet de fleurs séchées, ainsi qu'une bouteille de gin, une boîte jaune en carton et une cuillère tordue. Dans la corbeille à papier, une bouteille de brandy était nichée au milieu de papiers d'emballage froissés et de diverses étiquettes de vêtements. À côté de l'unique chaise sur laquelle était drapée une courte veste en laine, il y avait une petite valise rouge en carton.

« C'est vrai ? » demanda le shérif, ne s'adressant à personne en particulier.

Il n'obtint pas de réponse.

« Je vous ai demandé si c'était vrai. » Cette fois, les yeux injectés de sang, il prit le temps de scruter les visages de ceux qui s'entassaient dans la petite chambre : Félix, Billy, Harris et aussi la fille qui avait découvert le corps.

« Non, répondit enfin Harris. C'est pas vrai. »

Le shérif considéra longuement Félix.

« Alors, c'est faux.

– C'est ma fille, affirma Félix.

– Alors, c'est vrai.

– C'est ma fille, répéta Félix.

– Bon Dieu. Très bien, très bien. »

On mit donc le corps recouvert d'un drap blanc sur une civière en toile qu'on descendit par l'étroit escalier comme un gros baluchon. Et Félix, l'air incongru, s'installa à l'arrière de la voiture de patrouille fermant la marche du cortège de véhicules officiels qui fonça vers la capitale du comté bien qu'il n'y eût aucune urgence. Tout le monde le regarda passer. Assis droit sur la banquette arrière, les mains sur les genoux, la casquette rasant la garniture du toit, il évoquait aux yeux de tous l'image des Indiens servant d'enseigne aux bureaux de tabac, comme s'il avait été changé en statue de bois. Les gens restèrent jusqu'à ce que la poussière, la chaleur et les sauterelles – étonnées, dérangées – aient repris leurs droits et marquent le temps en un lieu où le temps ne comptait plus.

C'est ce jour-là qu'ils virent le Juif. Ils se souvinrent de lui plus tard, lorsqu'ils prirent la peine d'y penser. On était en 1952 et on n'avait encore jamais vu de Juifs sur la réserve. Même les hommes qui avaient fait la guerre n'en avaient pas vu. Ni en 1944 à Minneapolis quand on leur avait donné du rosbif à la gare du Milwaukee Railroad avant qu'ils s'embarquent. Ni en Europe non plus. Aucun vivant et aucun, en tout cas, vêtu comme celui-là, costume noir et chapeau noir. Ils le virent descendre du train, rajuster son chapeau, éponger son front puis entrer au Wigwam Bar avant d'en ressortir quelques minutes plus tard et, une petite valise dans une main, un soda dans l'autre, s'engager sur la route.

« C'était qui ? » demanda Billy Cochran.

Les autres regardèrent l'inconnu s'éloigner et prendre vers l'ouest au milieu des hautes herbes qui poussaient sur le bas-côté.

« Dieu tout-puissant, je crois que c'était un Juif ! s'exclama Dickie Jr qui avait été à Dora.

– Un quoi ?

– Le dernier de sa maudite tribu. »

NOTE DE L'AUTEUR

Bien qu'il s'agisse d'une œuvre de pure fiction, j'ai consulté beaucoup de gens et beaucoup d'ouvrages au cours de sa rédaction. Parmi les livres qui m'ont été particulièrement utiles il y a *La Seconde Guerre mondiale* et *D-Day et la bataille de Normandie* d'Antony Beevor, *Shot at and Missed : Recollections of a World War II Bombardier* de Jack Myers, *Half a Wing, Three Engines and a Prayer* de Brian O'Neill, et *Combat Crew : The Story of 25 Combat Missions over Europe from the Daily Journal of a B-17 Gunner* de John Comer. J'ai aussi cité le *Manuel de pilotage du B-17.*

REMERCIEMENTS

Je voudrais remercier la Lannan Foundation pour son généreux soutien. Le temps que j'ai passé en résidence à Marfa m'a permis de terminer ce roman. Je voudrais également remercier Adam Eaglin et Becky Saletan. Je vous dois à tous deux beaucoup et sans vous je n'y serais pas arrivé.

Je voudrais aussi remercier Gretchen Potter et mes enfants, Elsina, Noka et Bine, pour avoir supporté mes longues absences et mes disparitions dans les forêts du nord du Minnesota, les déserts de l'ouest du Texas et dans ces paysages intérieurs plus mystérieux encore où naissent les romans. Mes superbes enfants, vous m'avez donné toutes les raisons de me hasarder à partir et de meilleures raisons encore de me hasarder à revenir. Merci.

DU MÊME AUTEUR

Aux Éditions Albin Michel

LITTLE, roman, 1998

COMME UN FRÈRE, roman, 2004

LE MANUSCRIT DU DOCTEUR APELLE, roman, 2007

INDIAN ROADS, récit, 2014

« Terres d'Amérique »

Collection dirigée par Francis Geffard
(Extrait du catalogue)

CHRIS ADRIAN

Un ange meilleur, nouvelles

SHERMAN ALEXIE

Indian Blues, roman
Indian Killer, roman
Phoenix, Arizona, nouvelles
La Vie aux trousses, nouvelles
Dix Petits Indiens, nouvelles
Red Blues, poèmes
Flight, roman
Danses de guerre, nouvelles

TOM BARBASH

Les Lumières de Central Park, nouvelles

DAVID BERGEN

Une année dans la vie de Johnny Fehr, roman
Juste avant l'aube, roman
Un passé envahi d'ombres, roman
Loin du monde, roman
La Mécanique du bonheur, roman

JON BILLMAN

Quand nous étions loups, nouvelles

TOM BISSELL

Dieu vit à Saint-Pétersbourg, nouvelles

AMANDA BOYDEN

En attendant Babylone, roman

JOSEPH BOYDEN

Le Chemin des âmes, roman
Là-haut vers le nord, nouvelles
Les Saisons de la solitude, roman
Dans le grand cercle du monde, roman

KEVIN CANTY

Une vraie lune de miel, nouvelles
Toutes les choses de la vie, roman

DAN CHAON

Parmi les disparus, nouvelles
Le Livre de Jonas, roman
Cette vie ou une autre, roman
Surtout rester éveillé, nouvelles

MICHAEL CHRISTIE

Le Jardin du mendiant, nouvelles

CHRISTOPHER COAKE

Un sentiment d'abandon, nouvelles

TOM COOPER

Les Maraudeurs, roman

CHARLES D'AMBROSIO

Le Musée des poissons morts, nouvelles
Orphelins, récits

ANTHONY DOERR

Le Nom des coquillages, nouvelles
À propos de Grace, roman
Le Mur de mémoire, nouvelles

DAVID JAMES DUNCAN

La Vie selon Gus Orviston, roman

DEBRA MAGPIE EARLING

Louise, roman

LOUISE ERDRICH

L'Épouse Antilope, roman
Dernier Rapport sur les miracles à Little No Horse, roman
La Chorale des maîtres bouchers, roman
Ce qui a dévoré nos cœurs, roman
Love Medicine, roman
La Malédiction des colombes, roman
Le Jeu des ombres, roman
La Décapotable rouge, nouvelles
Dans le silence du vent, roman
Femme nue jouant Chopin, nouvelles
Le Pique-nique des orphelins, roman

BEN FOUNTAIN

Brèves Rencontres avec Che Guevara, nouvelles
Fin de mi-temps pour le soldat Billy Lynn, roman

TOM FRANKLIN

Le Retour de Silas Jones, roman

TOM FRANKLIN & BETH ANN FENNELLY

Dans la colère du fleuve, roman

HOLLY GODDARD JONES

Une fille bien, nouvelles
Kentucky Song, roman

ALAN HEATHCOCK

Volt, nouvelles

RICHARD HUGO

La Mort et la Belle Vie, roman
Si tu meurs à Milltown

BRET ANTHONY JOHNSTON

Souviens-toi de moi comme ça, roman

THOM JONES

Le Pugiliste au repos, nouvelles
Coup de froid, nouvelles
Sonny Liston était mon ami, nouvelles

THOMAS KING

Medicine River, roman
Monroe Swimmer est de retour, roman
L'Herbe verte, l'eau vive, roman

SANA KRASIKOV

L'An prochain à Tbilissi, nouvelles

RICHARD LANGE

Dead Boys, nouvelles
Ce monde cruel, nouvelles
Angel Baby, roman

MATT LENNOX

Rédemption, roman

BRIAN LEUNG

Les Hommes perdus, roman
Seuls le ciel et la terre, roman

DAVID MEANS

De petits incendies, nouvelles

DINAW MENGESTU

Les belles choses que porte le ciel, roman
Ce qu'on peut lire dans l'air, roman
Tous nos noms, roman

PHILIPP MEYER

Le Fils, roman

BRUCE MURKOFF

Portés par un fleuve violent, roman

JOHN MURRAY

Quelques notes sur les papillons tropicaux, nouvelles

KEVIN PATTERSON

Dans la lumière du Nord, roman

BENJAMIN PERCY

Sous la bannière étoilée, nouvelles
Le Canyon, roman

DAVID JAMES POISSANT

Le Paradis des animaux, nouvelles

DONALD RAY POLLOCK

Le Diable, tout le temps, roman

ERIC PUCHNER

La Musique des autres, nouvelles
Famille modèle, roman

JON RAYMOND

Wendy & Lucy, nouvelles

ELWOOD REID

Ce que savent les saumons, nouvelles
Midnight Sun, roman
La Seconde Vie de D.B. Cooper, roman

EDEN ROBINSON

Les Esprits de l'océan, roman

KAREN RUSSELL

Swamplandia, roman
Foyer Sainte-Lucie pour jeunes filles élevées par les loups, nouvelles

GREG SARRIS

Les Enfants d'Elba, roman

NATHAN SELLYN

Les Caractéristiques de l'espèce, nouvelles

HUGH SHEEHY

Les Invisibles, nouvelles

WELLS TOWER

Tout piller, tout brûler, nouvelles

BRADY UDALL

Lâchons les chiens, nouvelles
Le Destin miraculeux d'Edgar Mint, roman
Le Polygame solitaire, roman

GUY VANDERHAEGHE

La Dernière Traversée, roman
Comme des loups, roman

VENDELA VIDA

Se souvenir des jours heureux, roman

WILLY VLAUTIN

Motel Life, roman
Plein nord, roman
Ballade pour Leroy, roman

JAMES WELCH

L'Hiver dans le sang, roman
La Mort de Jim Loney, roman
Comme des ombres sur la terre, roman
L'Avocat indien, roman
À la grâce de Marseille, roman
Il y a des légendes silencieuses, poèmes

SCOTT WOLVEN

La Vie en flammes, nouvelles

Composition : IGS-CP
Impression : CPI Bussière en juin 2016
Éditions Albin Michel
22, rue Huyghens, 75014 Paris
www.albin-michel.fr
ISBN : 978-2-226-31824-4
ISSN : 1272-1085
N° d'édition : 21197/01 – N° d'impression : 2021576
Dépôt légal : août 2016
Imprimé en France